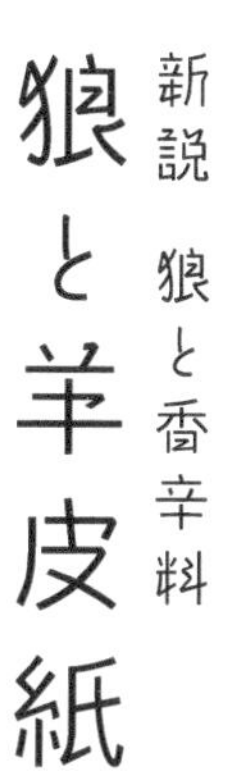

illustration
文倉 十
Jyuu Ayakura

「じゃあ、ちょっと冒険してくるね！」

神をも畏れぬ女商人
エーブ・ボラン
ウィンフィール王国貴族
ハイランド

そうこうして完全に町を抜ければ、
もはや視界を遮るものはなにもない。
はるか彼方にかすかに
低い山の稜線が見えるだけで、
見渡す限りに麦畑だった。
教会改革の旗手〝薄明の枢機卿〟
トート・コル

賢狼と元行商人の娘
ミューリ

「やはり言ったとおりだっただろう。こ奴らはただの狂信者ではない」
ラポネルの老領主
ノードストン

Contents

Designed by Hirokazu Watanabe(2725 inc.)

新説　狼と香辛料

狼と羊皮紙Ⅵ

MAPイラスト／出光秀匡

序

幕

ささやかな座席と祭壇があるだけの、小さな礼拝堂だった。

壁に窓はなく、天窓が高い位置にあるだけなので、昼間でもかなり薄暗い。

しかし朝のほんのわずかな時間だけ、天窓から差し込んだ明かりが祭壇を洗い清める時間がある。今まさにその陽光のヴェールの中、ひざまずく者がいた。

金色の光の中でなお白く輝く美しい銀髪の少女であり、眼前には真っ赤な布地の旗が一旒掲げられている。旗には金の刺繍で、一頭の狼が描かれていた。

その狼は遠くのなにかを見つめるような、あるいはそっぽを向いたようにも見える姿勢で座り、右手には聖典が、左手には麦穂が供えられていた。

そんな旗と少女の前に進み出たのは、陽光と同じ色の髪の毛をした女性だった。

少女と旗の間に立つと、祭壇に向かって一礼し、再度少女を振り向くときには腰に提げた剣の柄に手が添えられている。

そして一息にその剣を抜くと、刀身で太陽の光がはじけ、礼拝堂の暗闇を払った。

「汝、この旗に忠誠を誓うか？」

短い言葉と共に、剣の切っ先が少女の頭上に向けられる。

「誓います」

女性は小さくうなずき、剣を立てると柄を握り直し、剣の腹を少女の肩に当てた。

「ならば我が名の下に、神に代わってそなたを任命しよう」

剣が、二度、少女の肩を打つ。

「騎士ミューリ。そなたはこれより、この旗の下、仲間と共に生きるのだ」

銀髪の少女ミューリが顔を上げ、ハイランドから旗を授かった。

その瞬間、ミューリは旗を守り、名誉のために戦う騎士となった。

旗の下に集う者たちは家族であり兄弟であり、仲間であった。

ハイランドの手を借りてミューリが肩に旗を巻くと、そこだけ炎があがったように見える。

ミューリは肩に巻いた旗を顔に当て、大きく深呼吸をする。

それから、ふとこちらを振り向いた。

「兄様っ」

世界で二人だけの、小さな騎士団。

ミューリの笑顔は陽光の中でなお、ひときわ輝いていたのだった。

第

一

幕

冬の空気がすっかり鳴りを潜め、春の和らいだ朝の空気は水の匂いがした。

過ごしやすくてけっこうなのだが、朝の礼拝は寒さに凍えることがなくなり、やや物足りなさを感じている。礼拝にはもっと氷を爪で削るような峻厳さが欲しい、などと思いながら礼拝堂を出たところ、滞在先のお屋敷に出入りしている商人から一通の手紙を受け取った。

身分の高さを示す真っ赤な紐でくくられ、教会の紋章が押印された封蠟がやや厳めしい。

手紙は教皇の懐刀と名高い、聖クルザ騎士団の騎士から送られたものだった。

屋敷の中庭沿いに置かれた長椅子に座って封を開けてみると、長々しい挨拶の部分は剣で切り刻んだような文体で、騎士見習いのローズ少年が練習のために書いたのだろう。その後に、分隊長のウィントシャーによる近況報告が、流麗な筆致でつづられていた。

彼ら誉れ高き聖クルザ騎士団の分隊が、突然ラウズボーンに現れたのは二週間ほど前のこと。しかも非常に困窮し、進退窮まって故郷に戻ってきたというのだから驚きだった。

手紙には、彼らが信仰の守り手として、王国内にある評判の悪い教会を街の人々と一緒に糾弾する話が、冗談めかして大袈裟に書かれていた。ウィンフィール王国出身者にして、教皇の騎士団所属という、曖昧な立場ゆえに居場所を失っていた騎士たちは、王国内で新たに役割を見つけることができたらしい。

その手助けをできた身として、手紙から伝わる前向きな内容は素直に嬉しかった。

「とはいえ……」

と、手紙をまた頭から読み返しながら、顔が曇ることもあった。

なぜなら、王国と教会の争いはこんなふうに、思いもしなかった余波をあちこちにもたらしているからだった。どこかのでっぱりを引っ込めようとすれば、押し出すつもりのなかったところがはみ出てしまう喜劇のように、教会に対する戦いを進めていく中で、予想もしなかった影響を様々な場所に与えていた。そして、往々にしてはじき出されてしまうのは、なんの罪もない人々なのだ。

ウィントシャーたちだって、騎士団の基地から追い出されるようにして王国に渡ってきたのは、彼らに問題があったからではない。彼らの騎士としての素質になにか変化があったわけではないし、彼らは贅に溺れ背信に走るような者たちではない。王国と教会の争いによって周囲の状況が変わり、彼らはその変化に取り残されてしまったというだけのことだ。

王国と教会はどちらも大きな存在であり、彼らが戦いのために腕を振り上げれば、巨人の体から苔が落ちるように振り落とされてしまう人たちがいる。

自分はこれまで、そのことに無自覚なままこの争いに身を投じてきたところがあった。

とても身近に、まさに本人の意思とは関係のない血筋のため、世の大きな流れから取り残されている者がいるというのに、それは反省して然るべきことだった。

「まだまだ未熟者のままですね」

手紙の最後の一枚を読み終わり、それらを丁寧に重ねて、ため息をつく。

薄明の枢機卿などという名前を世間からつけられて、少し得意になっていた。

これまでの旅は、王国と教会の争いに決着をつけるという目標にがむしゃらに突き進んできたが、もっとやり方を考えるべきなのではないかと思い始めていた。王国自身、このままでは教会との戦に拙速に突入しかねないと見て、慎重姿勢を取っているくらいなのだ。

ならば今のうちに、誰も傷つかず、理不尽な目に遭わず、平和で前向きに争いを終えられるような解決方法を見つけられないものか。

そう思って具体的に考えようとしてみれば、たちまちその難しさの前に途方に暮れるばかり。己の未熟さもそうだが、非力さも自覚してため息をついていると、不意に鋭い声が聞こえてきた。

「兄様！　危ない！」

「え？」

手紙から顔を上げた直後、喉元に剣が突きつけられていた。

もちろん本物ではなく木剣だし、危ないと叫んだミューリが自分でそうしている。

中庭で剣の訓練をしていた汗だくのミューリが、息を切らしながら笑っていた。

「兄様はもう少し緊張感を持ったほうがいいね」

ミューリの向こう、中庭の真ん中では、ミューリに稽古をつけてくれていたハイランドの護衛である騎士が、手拭いで汗を拭きながらこちらに軽く一礼していた。

慌ててこちらも礼を返してから、ミューリに突きつけられた木剣を手で押し返す。

「朝の訓練は終わりですか？」

「うん。今日はこの動きを教えてもらったんだ！」

身を引いて、両手で剣を構え直すと横薙ぎに払う。ニョッヒラでは木の枝を振り回し、英雄ごっこに夢中だった下地があるせいか、動きはずいぶん様になっていた。

それから剣を戻し、腰に提げて背筋を伸ばす様子だって、小さい騎士と呼ぶのにぴったりな凛々しさだった。

「どう？　もう立派な騎士でしょ？」

けれどこちらを見て得意げに言う頃には、いつもの見慣れたおてんば娘に戻ってしまう。

「見た目だけは、多少」

甘い評点だったのだが、ミューリは不満げに頬を膨らませ、いーっと歯を見せていた。

自分とミューリが、二人だけの騎士団をつくったのは数日前のこと。

これまでの旅でずっと曖昧だった二人の関係性に名前を与え、それが騎士だった。

冒険譚が大好きなミューリは、騎士になれるという話に大興奮だったし、なにより二人にしか使えない紋章という存在を喜んでくれた。

紋章とは、血が繋がらずとも、あるいは夫婦や恋人という形でなくとも、それがありさえすれば世界のどこにいたって仲間との絆を感じられるものだ。世界地図を見上げたミューリは、狼の血を引く人ならざる者として、どこにも自分の居場所がないことを知って立ち尽くしていた。そんなミューリには、紋章のようなものこそ必要だったのだ。

この世界で、自分は一人ぼっちではない、と確かめるために。

ミューリの腰帯に刺繡された、そっぽを向いたように座る狼の紋章は、そんなふうに手に触れられる、確かな証拠なのだった。

「それ、ローズ君たちからの手紙？」

汗を拭い、長い髪の毛を縛りなおしていたミューリが手紙を覗き込んでくる。

「そうですよ。皆さん元気に過ごしていらっしゃるようです」

「ふふ。世界で一番強い騎士さんたちだもんね」

手紙に目を落とし、憧れの存在を語る乙女そのままの顔をしていたミューリだが、半分ほど読んだところで、不意にびっくりするほど大きな腹の虫を鳴かせていた。

「あ……えへへ」

さすがのミューリも少し恥ずかしかったらしい。

お腹を押さえて苦笑いしていた。

「夜明け前から剣を振っていればお腹も減りましょう。朝ご飯に向かいましょうか」

手紙を受け取ると折りたたみ、椅子から立ち上がる。

「ところであなた、鞘はどうしたんですか？」

「あ、木のところに立てかけたまま！」

ミューリが視線を向けたのは、中庭の中心に植えられている林檎の木だ。縛った髪の毛を尻尾のようになびかせ、慌てて駆けていく。鞘はハイランドによる騎士叙任式でもらったもので、狼の紋章が金線で描かれている立派な代物だった。しかし、体格の良い大人の騎士が持つものなので、今のミューリにはだいぶ大きく、ともすれば子供が悪戯して持ち出したようにも見えた。

そんな折、ちょうど剣の稽古をつけてくれていた騎士が水浴びを終えて帰ろうとしていたので、ミューリは胸に片手を当てる敬礼の姿勢で見送っていた。練習したのだろうその立ち姿には、大きな鞘でさえ違和感なく溶け込ませる度量があった。

「ん、どうしたの？」

こちらに戻ってきたミューリが、不思議そうに首を傾げていた。

「……思った以上に、騎士のようだなと感心していました」

ミューリは赤い大きな瞳をぱちぱちさせてから、得意げに笑う。

「だって、騎士だもの」

それから左手に持っていた鞘を持ち上げ、そこに描かれている狼の紋章を誇らしげに撫でる。

「この紋章に相応しい振る舞いをしなくっちゃね」

はにかむ笑顔こそまだ幼さを残した少女のものだったが、再び鞘を腰に当ててたたずむ様子には、賢狼と呼ばれた母親とはまた違う風格が漂い始めていた。

もともときちんとしていれば、そこいらの貴族の令嬢さえ恥じらうようなミューリなのだ。騎士という称号に相応しい立ち振る舞いを覚えてくれれば、どこに出しても恥ずかしくない淑女になれるだろう。

「すばらしいことです。応援していますよ」

「んふふ」

嬉しそうに笑う途端、いつものミューリが顔を覗かせてはいたが、妹の成長を喜ばしく思うし、自分も手を貸せたらと思う。

「では、立派な騎士を目指して、明日からは礼拝にも参加しませんか？」

騎士の生活で、神の教えの修得は避けて通れない。騎士団とは正式には、騎士修道会と呼ばれる組織に所属する、修道士を中心とした集団なのだから。これまでは分厚い聖典をお昼寝の枕としか見ていなかったミューリに、いよいよ神の教えを学んでもらう時がきたわけだ。

自分たちはハイランドという一人の貴族が特権を授けた私設騎士団なので、教会組織の傘下となる騎士修道会こそ組織していないが、気持ちとしては同じこと。なにより、ミューリがおとなしく聖典を読み、粛々と礼拝をする様は、想像するだけで目頭が熱くなる。落ち着きと信仰を手に入れたミューリが、春の日差しの中で穏やかに微笑んでくれたとしたら、これほど嬉しいことはない。

そうなれば、こんな頼りない兄でも妹を正しい道に導くことができたと言っていいだろう。長い道のりだった、と過去のミューリの数々の悪戯を思い出しながら感慨にふけっていたら、目の前にいるミューリは、あからさまに嫌そうな顔をして目を逸らしているのだった。

「……」

喜びが大きかった分、落胆もまた大きい。

しかしここが好機なのだ。負けてはならない、と自らを叱咤した。

「あのですね、ミューリ。騎士というものは剣だけを振っていればいいわけではありません。それでは単なる剣士です。そうではなく、その生き方において神の教えを実践し――」

と口にしたお説教を聞く様子は、剣戟ごっこで枝を振り回し、湯屋の垣根を壊して叱られていた時そっくりだ。今は隠している狼の耳が、耳栓のごとくぱたんと伏せられている様まで見えてくる。

それどころか、なんの手応えもないお説教がだんだん尻すぼみになった時、その隙を狙いすましたかのように、急にこちらを見たミューリが顔を近づけてくる。

「でもさ、兄様は騎士の私に、まだ剣を買ってくれてないじゃない」

「え？　わっ」

ミューリは腰に当てていた鞘を手に取って、ぐいっとこちらの胸に当ててから、これ見よがしに木の剣を抜いた。

「こんな木剣を持ってる騎士なんておかしいでしょ」

「……」

ミューリが騎士になると決まって以来、延々とやり取りしていることだった。

ハイランドからは騎士の象徴として鞘を受け取ったが、宝剣の類ではよくあるように、刀身は入っていなかった。そのことに大層不満だったミューリは、騎士になったのだからきちんと剣が欲しいとわめき、対する自分は、女の子が剣など持つものではありませんとその要求を突っぱねていた。

自分としては、旅の間の様々な出来事もあって、ある種の誠意として騎士という関係をミューリと取り結んだにすぎない。ミューリはあくまでも、湯屋ニョッヒラにいるロレンスとホロから預かっている、嫁入り前の女の子なのだ。剣など持たせておてんばに拍車をかけては、彼らに申し訳が立たない。

「剣は駄目です」

「なんで！」

つい今しがたまでは立派な騎士の卵だったのに、あっという間にいつものミューリに戻ってしまう。

「剣が欲しいの！　だってね、聞いて、兄様！　街の職人さんから伝説の剣の話を聞いたんだけど、すごいんだよ！」

そういうことか、とげんなりする。ここしばらくは、駄目なものは駄目ですと突っぱねられおとなしくなっていた。それが再燃したのは、おかしな話を聞いてきたかららしい。

「伝説の剣は伝説なんですよ。存在しません」

「あーるーの！」

騎士の風格はどこへやら。

大きなため息をついて、言った。

「剣は駄目です。それから、そのうち礼拝にも参加するように」

ミューリは唇を思い切り引き結び、そっぽを向く。

「兄様の馬鹿！」

狼の血を引く少女がむくれる様は、まさしく自分たちの紋章そっくりなのだった。


ミューリは好き嫌いなくなんでも美味しそうにたくさん食べるので、給仕の娘たちには妙な人気がある。その朝もたっぷり可愛がられてお腹をぱんぱんにし、部屋に帰り着くなり狼の耳と尻尾を出してベッドに仰向けになっていた。

「騎士はそんな自堕落なことをしませんよ」

「う〜……休める時に休むのが、騎士の心得だよ……」

小言にきっちり屁理屈を返してから、食べすぎのしゃっくりをしている。お腹の上には木剣を収めた剣の鞘を置き、ふさふさの狼の尻尾を間抜けな調子で左右に揺らしていた。

「まったく……騎士への道は遠そうですね」

ミューリは聞こえないふりをして、ローズたちから送られてきた手紙を再び開き、飽きずに読み直していた。

そんな様子にため息をついてから、ミューリが読み散らかした騎士道物語やら冒険譚の本を片付けつつ、昨晩も遅くまで手をかけてしまった聖典の俗語翻訳の草稿をまとめていく。

「うーん……やっぱり文字も練習したほうがいいかなあ」

眠気覚ましにかじる生玉ねぎの皮を手で掃き集めていたら、背後からそんな殊勝な言葉が聞こえてきた。手紙を見て、新米騎士のローズと、歴戦の分隊長ウィントシャーでは、筆致からして騎士としての格が圧倒的に違うことに気がついたのだろう。

「まあ、そうですね。あなたの文字は独特ですし」

ミューリの字はうまいか下手かで言えば下手で、とにかく元気いっぱいという感じだった。

「騎士になるのは大変なんだね」

天井に向けていた手紙を下ろし、ミューリは目を閉じて疲れたように言った。形から入ろうとするのはいつものことだが、案外真面目に、騎士らしく振る舞おうとしているのかもしれない。そう思ったのは、いまさらながらに、ミューリが自身に割り当てられたベッドに横になっていることに気がついたからでもあった。

この旅の間中、もう子供ではないのだからと何度言っても、ミューリはこちらの寝床に潜り込んできて甘え放題だった。それが思い返せば、騎士の叙任式以来、ミューリはきちんと自身に用意されたベッドを使っている。

最初は、自分が夜更かしする際の眠気覚ましにかじる、生玉ねぎの匂いを嫌がっているのかとも思ったが、ついさっき食堂から帰ってくる途中でも、いつもの癖で手を繋いで歩いていたところ、なにか思い出したかのようなミューリに振り払われた。

曰く、騎士は手を繋いで歩いたりしない、とのことだった。

剣を巡る争いの当てつけだろう、なんて思っていたが、どうも違うのかもしれない。

騎士という名前によって、ようやく大人としての自覚に芽生えたのではないか。

そう思って改めてミューリを見やると、おてんば娘はいつの間にか口を半開きにして眠りこけていた。

「まったくもう……」

少し期待した途端にこれだ。

とはいえ、夜明け前から剣を振り回し、たっぷりご飯を食べた後なので無理もない。

こんなあどけなさで騎士と言われても、こちらとしては苦笑しかでてこないが、せいぜいやる気が長続きしますように、とあまり期待せずに祈っておく。それから手にしたままの手紙を回収しようと手を伸ばしたところ、ミューリのお腹の上に乗っていた剣の鞘がずれて落ち、その拍子に目を覚ましていた。

「ん……あれ……」

「寝るならきちんと毛布をかけて寝なさい」

「ふぁ……寝ない、よ……ふわぁ～……」

なんの意地なのか知らないが、大きなあくびをしながらそんなことを言っていた。

「ほら、手紙がくしゃくしゃになってしまいますから」

その言葉には素直に従って、目を閉じたまま手にしていた手紙を渡してくる。剣の鞘も受け取ったほうがいいだろうか、と手紙をたたみながら考えていたら、「そういえばさ」とミューリが言った。

「なんでローズ君たちからの手紙を見て、急に暗い顔してたの？　そんな内容あった？」

「え？　ああ、いえ……」

ミューリに言っても詮無いことだと言葉を濁したところで、ミューリの視線に気がつく。

ほんの今しがたまでむにゃむにゃと溶けそうな顔をしていたのに、ちょっと怒ったような目だった。

「兄様は、私が手紙を読んで暗い顔をしていたらどうする？」

難儀そうに体を起こし、剣の鞘を膝に置いてそんなことを言う。

なにを責められているのかは、もちろんすぐにわかった。

「……あなたが手紙を見て暗い顔をしていたら、お話を聞かせて欲しいと思います」

「そうだね。で、私は兄様と同じ紋章を持つ、騎士だったと思うんだけど」

大袈裟な、と口にしたら思いきり噛みつかれるだろう。ミューリに騎士として振る舞って欲しいのなら、こちらも騎士団の仲間として振る舞うべきなのだから。

「あなたの指摘は、正しいです」

ミューリは胸の前で腕組みをして、ふん、と鼻を鳴らす。

「ただ、その……なんとなく口にするのが恥ずかしくもあるのです。身の丈に合わないことで悩んでいましたから」

その言葉にきょとんとしたミューリは、尻尾をくるんと丸めて口元に当てた。

「私をお嫁さんにしたいとか？」

なんだか久しぶりにその台詞を聞いた気がした。

「確かに身の丈に合わないことです」

けらけら笑うミューリに、つられて笑ってしまう。

ミューリはこう見えて両親の血を引き、とても頭が回る。手紙を読んだ時の大きな悩みに対し、新しい知見を得られるかもしれないと思った。

「手紙を読んで、王国と教会の争いのことを考えていました。この争いが続く限り、これから先もウィントシャーさんたちやローズ君たちのように、大きな軋轢によってはじき出されてしまう人たちがいるだろうなと」

ミューリは口に当てていた尻尾の毛先を軽く食むようにしてから、肩をすくめていた。

「現状、争いは一進一退です。世間の動向こそ、教会に対して改革の機運が高まっているようですが、教会側がおとなしく譲歩してくれるような感じではありません。最終的に戦という手段しか取れないのであれば、それは果たして神の意志に適うことなのかどうか、と」

机の椅子を引いて座り、分厚い聖典をちらりと横目で見る。

「そうなると結局、ひどい目に遭うのは町の人たちや、罪のない人たちです。私はもちろんそういった人たちの力になりたいと思っていますが……私にできることには限度があります。そのため、願わくば王国と教会の争いが平和裏に終わるようにと思いますし、その一助になりたいのですが……まったく手掛かりもなく」

自分の手にあるのは、摑みどころのない薄明の枢機卿という二つ名と、わずかばかりの神学の知識だけだ。

「金髪はなんて？」

ミューリが金髪と呼ぶのは、ウィンフィール王国の王族にして、教会との争いを信仰面から進めようとしているハイランドだ。

「ウィントシャーさんたち聖クルザ騎士団を巡る騒ぎの後も、国王は慎重姿勢を崩していないようでした。その後、良い案が出ているとは聞きません」

今の王国が戦を望んでいないのは、勝利を確信できないからだろう。

王国が島国で、教会が大陸側に本拠地を構えているため、戦となれば海峡を挟んで戦うことになり、どちらにとっても難しいものになるのが目に見えている。

それは裏返せば、互いに今すぐ攻め込まれるという心配をしないですむことでもある。

結果、争いは煮えきる直前で良くも悪くもとどまっている。

両者共に、決め手を見つけられずにまごついている感すらあった。

「うーん……私が読んできた戦のお話なら、すごい王様の権威に皆が従う、みたいな落ちが多いけど」

到底そんなことは望めそうもない。

「そもそもなんでここの王様と教会は争ってるんだっけ？」

ミューリは冒険は大好きだが、王国と教会の争いそのものにはあまり興味がない。鞘を脇に置いて足を伸ばし、鍛錬の後で体がこわばっているのか、前屈を始めながらそう言った。

「教会が世界中の国に課している、十分の一税というものがあります。これは元々、異教徒との戦のためというものでしたから、その戦が終わった今、不当な税金だと王国は主張しているわけです」

「教会の人たちは、そのお金で美味しい物を食べたり？」

「直接贅沢のために、というわけではないでしょうが……まあ、華美な生活を支えるひとつにはなっているでしょう」

巨大な大聖堂を手始めに、立派な仕立ての衣服や銀の錫杖、毎晩の豪華な宴会には金の皿まで出る始末。たとえ日々の聖務をしっかり行っていても、神の子羊が贅沢に過ごす理由はどこにもない。

彼らの優雅な生活と、本来の理由を失くした税金の徴収を並べてみれば、そこに不正ななにかを見い出すのは容易なことだ。

「だとしたら、簡単そうなお話なのにね」

「まったくそのとおりです」

非は明らかに教会にあるように見える。いったいなぜそれでこんなにも事態がこじれているのかと考えれば、やはり教会が腐敗しているのだろうと思わざるをえない。

そこには怒りよりも、悲しみがある。

聖典にはせっかく、素晴らしい教えがたくさんあるというのに。

「兄様の気苦労は絶えないね」

そんな言葉にミューリを見やれば、いつの間にかベッドのすみに腰掛け、剣の鞘を肩にかけていた。

「でも、そうやっていろんな人のために悩んでくれるから、ローズ君たちを助けたりもできたんだもんね」

「……」

意外なことを褒められた、と驚いていたら、ミューリにはその反応そのものが心外だったようだ。

「なあに、その顔」

「いえ……」

ミューリは不服そうに頬を膨らませてから、鞘を手にして立ち上がり、背筋を伸ばして騎士の立ち姿を取る。

「いっつも間抜けな羊さんみたいに考えごとしながら街を歩く様子には呆れちゃうけど、そんな兄様を守ることは、きっとローズ君みたいな人たちを守ることと一緒なんだって気がついたもの」

そして、鞘ごと剣を滑らかに一振り。

「兄様の騎士として、いよいよ頑張らなくちゃって思うよ」

ローズたちは生まれた国のせいで、忠誠を誓っていた聖クルザ騎士団から白い目で見られ、また騎士団という存在そのものが、戦のなくなった平和な世の中のせいで存在意義を失いかけていた。そんな騎士団の話は、人ならざる者の血を引くゆえ、世の中に居場所がないというミューリには深く響いて、ずっと胸の中で反響し続けているらしい。

けれどミューリはその音に怯えるのではなく、きちんと耳を傾け、成長し、世の中と向き合おうとしている。ならば自分もまたミューリの期待に応えられるよう、精進していかなければならないと改めて思う。

剣の鞘を両腕で抱いて、はにかむように笑いかけてくるミューリに、こちらも笑い返す。

「それでね、兄様」

と、ミューリが笑顔のまま言ったので、その赤い瞳を見返した。

「騎士には、相応しい剣が必要だと思うんだけどなあ」

こちらも笑顔のまま、表情を変えずに言葉を返す。

「だめです」

油断も隙もない。

たちまちふくれっ面になったミューリは踵を返し、飛び込むようにベッドに戻る。さっきのようにちょっと横になる、という感じではなく、毛布を引っ張り上げて完全に寝る体勢だ。

「兄様のわからずや！」

そう言って枕を絞め殺すかのように抱きしめ、丸まってしまった。

「……やれやれ」

虎視眈々と剣を買わせる機会を窺っているミューリだが、褒めてくれたことも嘘ではないのだろうとわかっている。

　王国と教会の争いに際しては、予期せぬ出来事や、良かれと思ったことが裏目に出ることもあろう。そこに落ち込むことや傷つくことはきっとある。けれどそもそもそんなことを恐れていては、大きな問題には立ち向かえない。それに、その時に自分は一人ではない。

　ならばこれからも、自分にできることを着実に、正直にやるべきだと思った。そうすればきっと、神は道を示してくれるだろうし、ミューリの期待にも応えられるのだろうから。

　そんなことを思っていたら、扉の向こうに人の気配を感じ、ほどなくノックが聞こえてきた。

　ミューリを見やると、耳ごと隠すかのように毛布を頭まで被っていた。毛布からつま先がはみ出ていて、ついでに尻尾の毛先もちょろりと見えていたが、それくらいは大丈夫だろう。

　扉を開ければ、屋敷の下男が立っていた。

「お休みのところ失礼します。ハイランド様がお戻りになられました」

　ハイランドは騎士の叙任式を終えると、宮廷に呼び出されて街から離れていた。わざわざ下男が報せにきたのはなにか用事があるからだろう。宮廷で動きがあったのかもしれない。

「すぐ伺います」

「執務室におられるとのことでした」

　下男は頭を下げ、ひょこひょことした足取りで去っていく。扉を閉じてから再びミューリを振り向くと、頭まで被った毛布を巻き込むように体を丸め、籠城戦の構えだ。

「ミューリ、行きますよ」

毛布を剝がそうとするが抵抗される。ゆさゆさ揺すると、はみ出た尻尾の先っぽがぱたぱた振られているので、遊んでいるらしい。

そっちがそのつもりならと、机の上に置いてある剣の鞘を手に取った。

「騎士としての忠節を忘れてしまったようですから、剣の鞘もハイランド様にお返ししてきますね」

そのとたん、ミューリが毛布をはねのけて顔を出す。

「兄様の意地悪！」

「意地悪ではありません。ほら、髪の毛をちゃんとして」

むくれたミューリはこれ見よがしのため息をついてベッドから降り、櫛を手に取って髪を梳き始める。

「兄様、金髪には、次の旅は伝説の剣を探しにいきたいですってちゃんと言ってよ！」

せっせと髪を梳かしながら素っ頓狂なことを言ってくるミューリに、疲れた返事をするばかりだった。

執務室に赴くと、ハイランドの前には山ほどの羊皮紙が積みあがっていた。

王族の身分を持つ者が大きな都市に滞在すれば、街の人々は争いの仲裁や問題の解決、それに種々の陳情を持って列をなす。それらの対応に加えて、王国と教会の争いを巡る問題でも奔走しているのだから、まったく頭が下がるばかりだ。

「私は暇に耐えられない性分だからちょうどいいんだよ」

労をねぎらう言葉にも、あっけらかんとそう答えていた。

「それで、なにか宮廷で動きがあったのでしょうか？」

ウィントシャーたちからの手紙や、ミューリと話していたこともあって、そのことを我慢できずに聞いてしまう。

ハイランドはやや目をぱちくりとさせてから、微笑んだ。

「我が王国と共に戦ってくれるその気持ちを、大変嬉しく思う。保身ばかりの他の貴族たちに聞かせたいものだ」

そんなことを言ってから、笑顔はそのままに、疲れたように息を吐く。

「残念ながら進展はないよ。王はいましばらく時間を稼ぎ、民衆が教会の不正を糺そうと団結するのを待っている」

贅に溺れた教会の改革の機運は、確かに大陸側でも広がっているらしい。

けれどそれも広まり続けるか定かではないし、いつまで続くかもわからない。

待つだけというのはなんとも不安でじれったかった。

「私も気持ちは同じだ。けれどできることをしていくしかない」

「そう、ですね」

苦しいのはハイランドも一緒だろうし、むしろ煮えきらない王たちを直接目の前にしているのだから、自分などより一層気苦労が多いはずだった。

「すぎたことでした」

「とんでもない。君たちという味方がいると思えば、宮廷でも涼やかに立ち振る舞える」

ありがたい言葉だと頭を下げれば、ハイランドは話題を変えてきた。

「それはそうと、騎士としての訓練は順調なようだね」

その言葉は、自分の隣に立つミューリに向けて。

「剣の筋がとても良いと聞いているよ」

部屋の外には、ミューリに剣の稽古をつけてくれる騎士が護衛として立っていた。

護衛に呼んだというより、今しがたまでミューリのことを聞き出していたのかもしれない。

ハイランドはどういうわけか、王族にも遠慮のないミューリのことがお気に入りなのだ。

「馬上槍試合は腕力がものを言うから難しいが、剣闘試合ならそうでもない。君たちの紋章が翻るのを楽しみにしている」

「だって、兄様！」

上機嫌にミューリはこちらを見てから、ハイランドに向き直る。

「でもね、ハ、イ、ラ、ン、ド様」

ミューリは急に声を落として、ハイランドを上目遣いに見やる。

「この兄様は、私に剣を買ってくれないんだ。騎士になったのに、いつまでも木剣なんて変でしょ？　私は兄様のことをたくさんの困難から守るため、剣が必要だって言ってるのに、聞く耳も持ってくれないんだもの」

「……」

苦々しい視線を隣に向けても、ミューリはどこ吹く風。

自分とミューリの争いを知っているハイランドは、楽しさが勝った苦笑いを見せていた。

「まあまあ。こうも考えられる」

ハイランドはミューリに言った。

「ぴかぴかの装備に身を包み、家の権勢を背景に乱暴狼藉を働く、貴族の馬鹿息子がいるとしよう」

「うん？」

ミューリがきょとんとハイランドを見る。

「その馬鹿息子が町の人々に暴力をふるっているところに、貧しい身なりの旅人がでくわした。旅人は馬鹿息子に言った。乱暴はやめなさい。馬鹿息子は旅人が丸腰なのを見て、返り討ちにしてやろうと襲いかかった。するとその旅人は剣すら抜かず、道端の棒きれを手に取って戦い、圧倒してみせるんだ」

　町の辻で見かける演劇にありそうな筋書きだ。

「彼が剣を抜くのは、いよいよという時のみ。木の枝でさえ誰も敵わないのならば、剣を抜く時は竜にだって勝てるに違いない」

　演劇の舞台で勇者が秘めたる力を解き放つ時、観客の子供たちは諸手を上げて喝采する。もちろんミューリもその例に漏れず、自分の腰に提げられた木剣を見て、そこに宝石が詰まっていることに気がついたような顔をしていた。

「真の勇者は武器を選ばない。それよりも、しっかりと訓練に励むこと。大切なものを守る、いざという時のためにね」

「そっか……そうだね！」

　顔を上げたミューリは、すっかり丸め込まれているようだった。

　ハイランドはミューリの笑顔に満足そうにうなずき「それで」と言ってから咳ばらいを挟む。

「そんな新任騎士の君と、兄上の薄明の枢機卿殿に、ちょっとお願いしたい仕事があるんだ」

「なんなりと！」

　背筋を伸ばし、本物の騎士に仕込んでもらった直立不動の姿勢を見せるミューリにひとしきり微笑んでから、ハイランドは言った。

「君たちに、悪い噂がある領主の身の潔白を確かめにいってもらいたい」

「ん……ええ？」

まさか竜の討伐を依頼されるとは思っていなかったろうが、ミューリは拍子抜けしたような声を出した。

「君たちが助けた聖クルザ騎士団が、王国の各地を巡って教会の不正を糺しているだろう？その流れで、教会だけでなく、幾人かの領主が自分たちの信仰の正当性を主張したがっている。王国も歴史が長く、異教徒から改宗した祖先を持つ家や、過去に異端を出したことのある家もある。そういう家の者たちは、騎士団の矛先が自分たちに向けられるのではないかと怖れている。そのうちの一人のところに向かい、君たちの目で確かめてきて欲しい」

ミューリはぽかんと口を開けてから、ゆっくり閉じてこちらを見る。

その目は、そんなつまらなそうな仕事は断れ、と言っているし、手でこちらの足を叩いては、自分の鞘を指さしている。

もちろん伝説の剣がどうこうというミューリのことは無視し、尋ねる。

「それは、異端審問のような役目を、ということでしょうか？」

「いや、そこまで大袈裟なことではない。どちらかというと、君という存在が領地に赴き、問題ないと確認された、という事実が必要なのだ。貴族同士反目し合っているところでは、こういう機会を捉えて相手の悪い噂を流し、追い落とそうとするからね。王国内に無用な混乱を起こさせないための処置だ」

どうやら真実を巡るようななにかではなく、政治的な判断からのことらしい。ミューリがますますつまらなそうにむくれている。

「もちろんすべての陳情に同じことをしていられない。今回、その領地に赴いて欲しい理由はふたつある」

そう言った時、ハイランドがミューリをちらちら見ている気がした。

「ひとつ目は、その領主の治める土地が王国有数の麦の産地であるということ。もしもここに信仰上の問題が生じているなんてことになったら、王国内の麦の価格が動揺しかねない」

ウィンフィール王国は島国で、食料供給に問題が起こっても、他国から取り寄せるのには海を渡らなければならない。それは教会という巨大な組織を向こうに構えて争っている時には、あまり有利とはいえない条件だ。

国内の麦の産地の安寧は、絶対に必要なことだろう。

「それで、ふたつ目なんだが」

ハイランドの顔と声が、一段深刻なものになる。

王国の命綱とも言える麦以上の問題を秘めているのだろうか、と緊張する。

そして、ハイランドは緊張するこちらではなく、隣のミューリを見ながら言った。

「身の潔白を示したいと宮廷にやってきたのは、ノードストン家という家の家督を継いだばかりの若い領主なのだがね」

そこで言葉を切り、たっぷりの間を開けてから言葉を続けた時、ハイランドは芝居がかった笑みを見せていた。

「彼の領地には、死者の国から幽霊船がやってくると言われているのだ」

大人の話に飽き飽きしていたミューリの目が、たちまち輝き出したのだった。


ノードストン家は王国の歴史の中でも特に古い家柄で、建国の戦の際にはかなり初期からウィンフィール王家に従っていたらしい。その功績があって、家の紋章は王家から特別な許しを得た羊の図案である。

けれども戦上手が領地の経営巧者とは必ずしもならず、王国の平定が進んで戦がなくなると、それに応じて家の権勢は衰え、いつしか王国内では痩せた土地にしがみつくばかりの没落貴族になっていたらしい。変化が訪れたのは、先代領主が若くして家督を継いだ時だという。

歴代当主のように威厳ばかり求めて領地の管理など後回し、というわけではなく、領地の改革に熱心に取り組んだ。そうして牧羊をするくらいがせいぜいだった痩せた土地を、麦の大産地に作り替えたのだという。その大発展は奇跡とさえ呼ばれていて、実際に当地では農耕の守護聖人にちなんだお祭りも有名らしかった。

自分とミューリはそこまで聞いた時、ちらりと顔を見合わせた。痩せた土地が突然麦の大産地に変わる。しかもその土地に信仰的な問題が持ち上がっているとなれば、思い当たることはひとつしかない。

ミューリの首に提げられている麦の詰まった袋というのは、麦の豊作を司る賢狼から持たされたものなのだから。

けれど、ハイランドの話には、どうも古い精霊とはまた違うものが絡んでいるようだった。

「麦の生産によって、ノードストン家は大いに繁栄した。しかし時を経るにつれ、怪しげな噂も漏れ伝わってきた。それが幽霊船だ」

ミューリが固唾を呑み、ハイランドが小さく微笑む。

「ただ、幽霊船の噂というのは、実のところそんなに珍しくもない。港があれば、そこに必ずひとつはあるくらいだ。きっとこのラウズボーンでも港の人間に聞けば教えてくれるだろう」

拍子抜けしたミューリの肩が落ちる。

「しかし、ノードストン家の領地では二度も、その幽霊船が漂着したなんて話があるんだ」

たちまちミューリがつま先立ちになり、呆れるやら笑えるやらだ。

「では、そのお話について伺ってくればよろしいと？」

「主軸はそうなるだろう。しかし実は、この家の悪い噂というのはこれだけじゃない。幽霊船の話を補強するというか、怪しげな噂を助長するようなことがある。先代領主の……奇行というのかな。多少問題のある、有名な人物だったんだよ」

身の潔白を証明したい、と宮廷に赴いたのは、家督を継承したばかりの若い領主だというので、なんとなく構図が見えてきた。

「つまり、先代領主の行いのため家につきまとっている悪い噂を、新しい領主様が払拭したいと」

「そういうことなんだが、本当に異端だった、という周囲の評価を私は信じていない。一代で荒れ地を麦畑に変えたような人物だから、行動力は並ではなかったと父王も仰っていた。それゆえに行きすぎることや、周囲からの理解が得られないこともあったのだろう。だが……」

ハイランドはそこまで言って、口にしていることに自信を持てないようなためらいを見せる。

それから視線を机の隅に落としていたのは、言葉を整理していたためらしい。

「私も話でしか知らないのだが、先代の領主は錬金術師と深く付き合っていたようだ」

「錬金術師」

その単語を繰り返したのは、奇妙な類推が働いたから。

「錬金術師の力で、鉛を黄金に変えるように、荒れ地を麦畑に変えた、と？」

「誰もがそんなふうに想像するし、先代のノードストン家が錬金術師を抱えていたのは記録に残っている。それだけでは異端とは言えないが、風聞が良いものではない。過去には周囲の貴族からやり玉にあげられ、宮廷で申し開きをしたこともあるらしい」

今も問題なく家が存続しているということは、おとがめなし、ということなのだろうが、確かに周囲からすると怪しげな印象は拭えないかもしれない。

「さらに極めつきは、おかしな妄執に囚われていたことだね」

幽霊船。錬金術師。そしておかしな妄執ときて、隣のミューリの好奇心は今にもはちきれそうだが、これ以上になにがあるのか、自分には想像もできない。

ハイランドは小さく咳ばらいをすると、こう言った。

「彼は西の海の果てに、誰も見たことのない国があると言っている」

腹が減ったと道を歩いていたら、だしぬけに行く手に兎が現れたようなもの。

声を上げたのはミューーリだった。

「その話っ――もがっ⁉」

と、ミューーリが文字どおり飛びかかるようにしたところを、慌てて抱き止めた。

「その話なのですが」

目を丸くしているハイランドの前で、興奮に任せてなにを口走るかわからない仔狼の口を手で塞ぎ、自分が話を引き取った。

「えーっと……そう、デザレフの町でも聞いたのです。西の海の果てには、新大陸があるという話を」

羊毛の仲買人を務める、羊のイレニアの話だ。イレニアはその誰もたどり着いたことのない大陸に、人ならざる者たちの国を創ろうとしていた。

そしてそのイレニアは、こうも言っていた。

「むが……もう、放してよ！　王国は秘密裏に新大陸の話を追いかけているっていうのは本当なの⁉　この王国の船だけが、一度だけ新大陸にたどり着いたことがあるって！」

ミューリが声高に叫び、自分の血の気が引く。そんな陰謀論を、まさに王族に聞かせるだなんて。

しかし、呆気に取られたハイランドが、徐々に我を取り戻した後に見せたのは、無礼を叱責する怒りの表情ではなく、苦笑いだった。

「世間ではそういう噂になっているのか」

ハイランドの反応に、今度はミューリがきょとんとしていた。

「その噂は……多分、実際にあったことを可能な限り膨らませて、色付けしたものだろう。噂の大元は、実際にノードストン家なのだと思うが」

ハイランドはそれから顎に手を当て、考えながら言った。

「なんとなく、なぜそんな話になって広まっているのかはわかるよ。ノードストン家の前領主は、かつて宮廷に儲け話を持ち込んだんだ」

「儲け、話？」

呟くミューリと顔を見合わせていたら、ハイランドが説明してくれた。

「宮廷にはその手の話がよく持ち込まれる。金の大鉱脈が発見されたとか、まったく新しい隊商路が開かれたために大貿易が始まるとか、とにかく一攫千金が得られそうだから資金を出さないかという話だ。ノードストン家の前領主は一時期、新大陸に向かうための資金を出さないかと熱心に説いて回っていたそうだ。その時に、自分の船が新大陸にたどり着いたということを売り文句にしていたらしい。それがきっと宮廷出入りの商人たちの口を通じて、面白おかしく広まっているんだろうね」

ミューリは憮然とした顔をしていたが、それは王国の陰謀がなかったことに対するものか、それともハイランドの話をどう評価したらいいかわからない、ということだろうか。

「口さがない者たちは、それをノードストンによる詐欺ではないかと責め立てたらしいが、本人は本気で信じているというのが当時の判断だったそうだ。なにせ麦の儲けをほとんど注ぎ込んで、自費でも船を出していたという話だからね。そして、欲深さと愚かさを競う大会があれば上位を争えるような者たちが集う宮廷でさえ、胡散臭さが勝る話だった。だから誰も資金は出さず、その話は立ち消えになった。しかし」

ハイランドは言葉を切って、こちらとミューリを交互に見る。

「ノードストンの叫びは残響として人々の耳に残り、噂となった。悪い材料はたっぷりそろっているから、どんな話でも作り放題だろう。私が宮廷でちょっと聞き集めただけでも、ノードストンは錬金術師を水先案内人にして、幽霊船を使って死者の国を目指し永遠の命を買いつけようとしている、なんて真顔で言う者たちがごろごろいたよ」

突然麦の大産地に変身した領地。たびたび目撃される幽霊船。そして錬金術師との深い関係に、熱に浮かされたように追い求める西の海の果て。

それだけの粘土を集めてせっせとこねれば、どんなおぞましい物語だって作れるだろうというのは、さっそくなにかお話を練っているらしいミューリを見れば明らかだ。

「とはいえ、毀誉褒貶の激しい領主も、年老いて引退した。若い領主は領地に対する悪い噂をどうにかしたいと願っている。折しも王国と教会が対立する時勢でもあるから、自らの領地が原因で教会に付け込まれるようなことがあっては、王への忠誠に背くことになると言っている。まあ、本音半分、新領主として王への忠誠心を示したい下心半分だろうが、我々としても王国の大事な食糧庫だから、無視するわけにはいかなかったんだ」

ハイランドの説明では、先代領主は異端というより、どこの土地にも一人はいる奇矯な人物ということなのだろう。たまたまそれが麦の一大産地の領主であったので、少なくない影響を世にもたらしているのではないか。

「君をお使いにやるようで申し訳ないが、ノードストン家はとても重要な家だ。新しい領主から話を聞いてやって、お墨付きを与えてくれないか」

王国の食糧問題は、教会との戦がちらつくうえではとても重要なもので、ちょっと前には王国の食卓に並ぶ魚の供給を担う、北方の島嶼地域まで赴いたりした。

それに、ノードストン家の新領主が慌てているのは、聖クルザ騎士団の面々が王国内の教会を糺して回っていることが原因だというのだから、責任の一端は自分にもある。

「お任せください」

頭を下げると、ハイランドは小さくうなずいた後に、視線を自分の隣の新米騎士に向けた。

「ノードストン家は、麦の積出港として栄えているラポネルという港町に居を構えている。君も向かってもらえるだろうか？」

ミューリが騎士の称号を授かり、自分と二人しか使えない紋章を特権で定めてくれたのは、このほかならぬハイランドだ。行けと言われたらなにを置いても向かうのが当たり前なのだが、ミューリはそういうことに頓着しない。

そして、ミューリと仲良くしたがっているのに、当のミューリからいつもつれなくされているところのあるハイランドは、それらのことをたっぷり考慮したうえで、ノードストン家の話を引き受けたのではないかと思った。

なぜなら。

「もちろん任せてよ！」

相手は幽霊船が出たり錬金術師がいたりする、怪しげな家なのだ。

竜を倒すような話が大好きなミューリは、そう声高に叫んだのだから。

ほとんど儀礼的な訪問になりそうとはいえ、王国にとってのノードストン家の重要性に鑑みれば、呑気にしているわけにもいかない。

それに、ハイランドはほとんどありえそうもない、という感じで話してはいたが、ノードストン家の前領主が本当に異端だったという可能性だってなくはないし、人ならざる者が絡んでいる可能性だって十分に考えられた。

いずれにせよ、ラポネルに向かう前に下調べは必要だろうと思ったし、執拗にそのことを要求する者がいた。

もちろん、ミューリだ。

「兄様、新大陸に向かう幽霊船だって！」

もう何度目かわからない言葉に、返事すらしなくなっていた。それでもミューリは気にしていないくらい、予想もしなかった不思議な話に興奮しっぱなしだった。

ノードストンの領地についての下調べと、そこに赴く足を確保するために屋敷を出る際も、興奮で耳と尻尾が出てしまってもいいように、フードのついた裾の長い外套を着せてから出てきたほどだった。

「謎の錬金術師はきっと、賢者の石で不死の力を手に入れたんだよ。そうして蘇らせた死者を船員にして、不死の幽霊船を作ったんだよ。恐ろしく危険にして、果てしのない西の海に向かう、冒険のためにね！」

ノードストンにまつわる噂話を材料に、ミューリはそんなお話をひねり出していた。

頭の中にはたくさんの夢と空想が詰まっているから、不思議な話でひっぱたけば、何年も取り換えていないベッドの藁を叩くような勢いで、きらきらしたお星さまが溢れ出る。

ただ、その興奮に一役買っているのは、間違いなく新大陸にまつわる話の存在だ。

「ねえねえ、このお話、イレニアさんにも教えてあげたほうがいいよね？」

新大陸はそもそもイレニアから聞いた話だった。西の海の果てに誰も見たことのない土地があり、そこに人ならざる者だけの国を創りたいと言っていた。

ミューリが新大陸の話に興奮するのは、単なる冒険心からだけでなく、世界地図の上にはどこにも居場所のない人ならざる者にとって、誰も住んでいない新大陸が特別な意味を持つからだ。

「ただ、ハイランド様のお話を聞く限り、逆にがっかりさせることになると思いますが」

イレニアの話では、唯一ウィンフィール王国の船だけが、かつて新大陸にたどり着いたことがあるとのことだった。イレニアはそこから、王国がひそかに新大陸の占領を目指して動いているのでは、と推理していた。しかし、それはある種の願望に近かったのでは、とも思う。つまり、自分たちでは遠洋航海の船など到底組織できないから、その辺りは王国の計画に便乗しよう、という腹積もりだ。

しかし新大陸の噂が広まった経緯をハイランドから聞いた今、王国が秘密裏に動いているというようなことはなさそうだ、というのが正直な感想だった。

「あの金髪はお人好しだもの。王様に騙されてるんだよ」

あれこれ空想を働かせるのは結構だが、ハイランドを悪く言うのだけはだめだ。

「ハイランド様は、私たちの騎士団のために骨を折ってくれた方ですよ」

ミューリは反射的に言い返そうとして、それもそうだと思い直したようだ。

とはいえそれで興奮そのものが収まったわけではないらしく、どこに行くにも腰に提げている剣の鞘を揺すりながら言った。

「でも、こうなったらさ、いよいよ伝説の剣が必要だと思うんだけど」

幽霊船の噂と、西の海の果てを目指していたという話は、ミューリの中の冒険心に尽きぬ燃料をくべてしまったらしい。

「幽霊船の秘密を暴かなきゃならないんだからね。そこには骸骨兵や、悪魔だって乗ってるかもしれないんだよ！」

しかし伝説の剣ならばそれをひと払い、とばかりに、架空の剣を握った姿勢で覚えたばかりの横薙ぎを実演するミューリは、道行く人から笑われていた。

「……必要ありません」

「なんで！」

ミューリに向けて大きくため息をつく。まずなにから諫めればいいのかと迷うくらい、ミューリの妄想は膨らんでいる。

「そもそも伝説の剣ってなんなんですか？」

「伝説の剣は伝説の剣だよ！」

なんの説明にもなっていない。

「じゃあ、どこで手に入れるものなんですか？」

放っておいて大騒ぎされるよりかは、こうして会話をしながら歩いたほうがましかもしれないと思い、水を向けてみる。

「伝説の剣は冒険の果てに手に入れるものって決まってるじゃない。知らないの？」

そんなこともわからないのかという目でこちらを見た後、その蒙を啓いてやろうとばかりに言葉を続けてきた。

「伝説の剣が収められた洞窟に向かうこともあるけど、そのほとんどが材料を集める旅かな」

「材料」

ちょっと興味を引かれ、ミューリにもそれが伝わったらしい。

機嫌を直したように笑顔になり、こちらの隣に立ち、左手を握ってくる。

「まず、鉄を得るため、鋼の体を持つ竜から鱗をはぎ取ってくるんだよ」

いきなりすごい難関だし、なぜ竜の鱗が鋼なのかは聞いてはいけないことなのだろう。

「それから精錬の火を熾すため、木の精霊がいる森の、千年を超える樹齢の木を取りにいく」

「木の精霊……そんなのいるんですか？」

麦に宿る狼はもちろん、兎や鷲、羊、鯨の姿をとる精霊ならば知り合いにいる。

思わずといった感じで聞いてしまったが、ミューリは足を蹴ってきて、質問を無視した。

「刀身を打つための金槌は、かつて雷をその身に受けた特別なものじゃないとだめなんだよ」

異教の神々の話で、そんなものがあった気がする。一振りで雷を起こし、放り投げても手元に戻ってくる不思議な金槌だった。

「そして、真っ赤な鉄を鍛えるための冷たい水は、世界の果てにある大きな滝の水を使うんだって」

子供が大人を困らせる無垢な問いに、海の果てはどうなっているの？　というものがある。海の果ては滝になっていて、そこで世界が終わっているんだよ、というやつだ。ミューリは西の海の果てに新大陸があると信じているので、さらにその先に世界の終端を示す滝があると信じるのは簡単なことなのかもしれない。

むしろ世界の構造についてややこしい疑問を抱いていないことにちょっとほっとする。この世界を神が創造したという土台に立つ教会にとって、そこは異端のたまり場になっているからだ。

ハイランドが依頼を引き受けてきたノードストン家は、新大陸を追いかけているという話だったが、そのあたりのこともあって、神経を尖らせているのだろう。

そんな世の中の都合などてんで気にかけていないミューリは、呑気な様子で伝説の剣についての説明を滔々と続けていく。

「竜の鱗は、竜は無理にしても、鯨のオータムお爺さんに頼んだらそれっぽいお魚さんを見つけて持ってきてくれそうだし、千年を超す樹齢の木なら、母様に聞いたら簡単に見つけてくれそうだし、金槌もどうにかなるでしょ。もちろん世界の果てにある滝の水は、新大陸からならすぐ取りにいけるだろうしね！」

ミューリの空想話のたちが悪いところは、ところどころでおとぎ話としか思えない現実が手助けしてくるところだ。

「それから、大事なのが刀身に使う鋼の製錬方法で、普通の鉄だったら不純物を取るために卵の殻とかを炉にくべるんだけど」

騎士の叙任の話が出てから、ミューリは剣が欲しくて、足しげく鍛冶屋のいる職人街に通っていた。そこで聞きかじってきた知識を、さも昔から知っていたかのように語ってみせる。

「伝説の剣を作る鋼のために炉にくべるのは、穢れなき信仰を持つ美しい乙女の髪の毛を一房なんだって」

この手のお話は、献身的な乙女が出てこないと始まらない。

最後はもちろん英雄と結ばれるのだが、なぜかミューリは自分の髪の毛を手で撫でていた。

「これも簡単に手に入るでしょ？」

微塵の疑いも抱いていない無邪気な笑顔を見せられ、こちらは苦々しい顔になる。穢れなき信仰を持つ、美しい乙女。

ごくごく狭い部分に斜めから光を当てれば、そうだと言えなくもないが、それを白日の光の下で見たらどうなるか。

判断に苦しみ返事をしないでいると、またミューリに素知らぬ顔で足を蹴られた。

「最後に、伝説の剣とその使い手を結びつける柄の部分。ここに使われるのが」

と、ミューリは腰に提げた立派な鞘に収まる、木剣の柄を撫でた。

「聖者の骨」

古い剣には、柄に骨を使ったものが多い。ニョッヒラには各地から権力者がやってくるから、秘伝の武具自慢なんかで見かけることがあった。柄に聖遺物を嵌め込こんだ奇跡の力を持つ宝剣などが定番で、その手の古いものは基本的に柄が骨だった。人骨もあったかもしれない。

だが、聖者の骨をまるごと柄に使うような大胆なものはなかった。

それは死者の骨を使うなんてとんでもないという話ではなく、聖遺物があまりに貴重すぎるからだ。刀身すべてが黄金の剣だって、到底天秤が釣り合わない。

「柄に使えるような聖者の骨なんて、大聖堂が建立できるくらいの価値ですよ」

これはさしものミューリも諦めざるを得ないだろう。

そう思ったのだが、ミューリはなぜか、じっとこちらを見つめていた。

無表情に、獲物を狙う、狼のような目で。

その視線の意味に気がついて、若干の寒気を覚えながら言う。

「……私は、聖者ではありませんからね」

ミューリはなおも静かにこちらを、特に腕のあたりを見つめてから、むうっと口を尖らせた。

「一本くらいいいじゃない」

どこまで本気かわからないが、ミューリの目はあまり笑っていない。

「伝説の剣を作れるんだよ？　骨の一本くらいなんて安いものだよ」

「その一本はかけがえのない一本です！」

「え～？　きっとまた生えてくるって。子供の頃の骨とかないの？」

「歯じゃないんですから……」

高値で取引される聖人の遺骨には、まさにその手の詐欺がある。子供の頃の頭蓋骨、成年期の頭蓋骨、歳を取ってからの頭蓋骨、というふうに。

恐ろしく賢いかと思えば、とんでもないところで子供のまま。

疲れたように肩を落とし、ミューリに言った。

「伝説の剣が欲しければ、完成品のある洞窟を探してください」

ミューリは仕方ないなとばかりに肩をすくめた直後、じろじろ物色していたこちらの腕から視線を下にふと落としたかと思うと、声を上げて驚いていた。

「ああ、もう、また手を繋いでる！」

伝説の剣について滔々と語るのもずいぶん子供っぽいと思うのだが、ミューリの中には自分なりの大人の基準があるのだろう。手を振りほどくミューリを、やれやれと眺めていた。

そうこうしながら到着したのは、歴史あるラウズボーンの街では旧市街と呼ばれる一角で、古くは小麦専用の荷揚げ場だった倉庫を改装した建物だ。

貴重な食料を保管する建物だけあって、武骨な作りは愛想の欠片もない。

今その屋敷を根城にしている大商人の名は、エーブと言った。

「ノードストン？」

「はい、なにかご存知ではないかと」

小麦の荷揚げをしていた場所なので、かつての倉庫は河口に面している。けれども長い堆積の結果船をつけられなくなって、港の機能そのものが対岸の新市街のほうに移ってしまった。

おかげで今は静かな場所となり、そこの住人は対岸の賑やかな様子を眺め、海鳥の鳴き声を聞きながらのんびり酒が飲めるという塩梅だった。

「もちろん知っている。ウィンフィール王国で数少ない、麦の大産地を支配する家だろう。うちの商会でも長く取引しているな」

「実はそこにまつわる、妙なお仕事をハイランド様から引き受けまして」

背もたれが深く倒れた椅子に寝そべり、葡萄酒を啜りながら書類仕事をしていたエーブは、面倒くさそうにこちらを見た。

「あそこほど妙な場所もそうそうないがね」

「噂はご存知ですか」

エーブは鼻を鳴らして、手にしていた羊皮紙を、側仕えの砂漠の国の娘に手渡した。

「異端審問にでも向かうのか？」

薄明の枢機卿とノードストンをふたつに並べれば、やはりそこを連想するらしい。

「西の海の果てに向かう、幽霊船を捕まえにいくんだよ！」

ミューリが元気よく口を挟み、エーブは珍しく驚いていた。

そして隣で呆れている自分に気がつくと、皮肉っぽく笑った。

「苦労がしのばれる」

「エーブさんからも言ってやってくれませんか。幽霊船などというのは迷信だと」

幽霊船の話というのは、港があればどこにでもひとつくらいはあるものだ、とハイランドは言っていた。歴戦の貿易商人であるエーブならば、聞き飽きたような話だろう。

それに新大陸の話を追いかけているイレニアは、エーブの商会で羊毛の仲買人としても働いている。エーブのことだからイレニアから聞いた話を一とおり調べ、とっくにハイランドの話していたノードストンがその噂の大元だと知っているのではないか。

しかし椅子から立ち上がって縁台から部屋に戻る途中、エーブはすれ違ったミューリの頭をぐしぐしと撫で、こう言ったのだ。

「イレニアの好きな新大陸のことはわからないが、霧深い日に海をさまよう無人の船なら、私も実際に遭遇したことがある」

ミューリの狼の耳が、ぴょこんと飛び出した。

「まあ、詳しい話は中でしよう」

部屋の中に入るエーブの後ろを、ミューリが子犬のようについていく。部屋と縁台のはざまで立ち尽くした自分に、エーブに仕える砂漠の国の娘がたおやかに微笑みかけてくる。

幽霊船は実在するというのか？

長テーブルについたエーブは、潮風で少し乱れた前髪を手で撫でつけてから、向かいの席を手で示したのだった。


今日も着飾った砂漠の国の娘が、黒っぽい干した木の実の乗った皿を持ってきてくれた。

「ナツメヤシの良いものが手に入ってね。沸かした牛の乳ともとてもあう」

ほどなく熱々の牛の乳が注がれた木のジョッキも置かれ、至れり尽くせりだ。

「で、幽霊船だったか」

ミューリはナツメヤシの甘さに驚き尻尾をぱたぱたさせていたが、幽霊船の単語を聞くと、たちまち狼の耳と背筋をぴんと伸ばしていた。

「エーブお姉さんは見たんでしょ？　なら、本当にいるってことだよね？」

エーブはにやりと笑い、自身もナツメヤシの実をひとつかじる。

「私は霧深い日に海を漂う、無人の船を見た、と言っただけだ」

ミューリが眉間に皺を寄せてエーブを見やれば、エーブは牛の乳ではなく葡萄酒を受け取り、一口啜った。

「ただ、尋常の様子ではなかったよ」

濃い瑠璃色の液体で、エーブの唇がなまめかしく光る。

「ちょうどこのくらいの季節のことだ。ノードストン家のお膝元、港町ラポネルの沖合は海流の影響か霧が出やすいんだが、その日もまあ、ずいぶん濃い霧が出ていたものだよ」

ミューリはそんなエーブをじっと見つめ、手にしたナツメヤシをかじるのも忘れている。

「それこそ牛の乳の中を泳いでいるようだった。反対側の舷に立つ船員の顔さえ見えなかったんだからな。けれどそういう時、不思議なほど音だけはよく聞こえるものだ。ふと、妙な方角から木のきしむ音が聞こえてきた」

乳白色の霧に覆われた船の上で、ぎい、ぎい、と木のきしむ音が聞こえてくる様子を想像する。きっとその場にいた船員たちは、動きを止めて音に耳を澄ませたことだろう。

「海面を見ることもできないほどの霧だから、海は波のないべた凪だ。そんな中、その船がぬうっと、霧の中から現れたんだ」

ジョッキの底から、黒いナツメヤシの実が浮かび上がってきたような錯覚を覚える。

「まあまあ大きな商船だった。しかしどこの所属か示す旗はなく、甲板上に誰もいなかった。おかしなことに、櫂さえも動いていなかった」

風のない海で船が進み、しかも木のきしむ音がしたとなれば、その船が櫂を漕いでいたと考えるのが妥当だろう。

「呼びかけても返事はなく、あてどもなくさまよっているようなその船は、船首をこちらの船の右舷にぶつけて動きを止めた。それでようやく我に返った私たちは、ぶつけられた文句のひとつでも言ってやろうと罵声を浴びせたが、うんともすんとも返ってこない。埒が明かないので鉤縄を投げて船を固定し、梯子を渡して乗り移った」

ミューリの固唾を呑む音は、街角の劇なら合いの手となったことだろう。

「妙な様子だったよ。甲板上には掃除の真っ最中だったようなブラシや、手入れの途中の綱がそのままになっていた。なのに人の気配はどこにもなく、声をかけても返事のひとつもないんだからな」

ミューリが手を握りしめ、前のめりになって話の続きを待つ。

「甲板から船内に降りれば、竈では炭が赤々と燃え、朝食用らしいスープが大鍋で煮えていたし、あたりには食べかけの木の皿やらが置かれたままで、船員が雑魚寝していただろう毛布にはまだ体温が残っていた。しかし」

誰もいない、と静かにエーブは付け加えた。

「どこにも、誰もいなかった。今の今まで、人がいた痕跡だらけなのに」

ミューリはいつの間にかこちらの服の裾を掴み、喉に食べ物が詰まったような顔をしていた。

骸骨兵と戦う冒険譚は大好きでも、こういう話は苦手なのかもしれない。

しかし、どうしても聞かざるをえない。

「エーブさんは、本当にそんな船を見たと？」

エーブがこの手のことで嘘をつくようにも思えないが、どうしても信じられないという気持ちが喉の奥からそんな言葉を押し出してしまう。

エーブはむしろその反応をこそ求めていたように、不意に笑顔になって葡萄酒を飲んだ。

「本当だが、まあ、どういうことか説明はつけられる」

「え？」

「最初はさすがの私も肝を冷やしたし、歴戦の船乗りたちでさえそうだ。そのくらいの偶然だったんだよ」

どういうことかまったくわからず、思わず隣のミューリを見てしまう。

謎解きならばこの銀色の狼の方が得意だ。

しかし、ミューリもまた、不思議そうな顔でこちらを見上げていた。

「ノードストン家にまつわる話に限らず、幽霊船の話っていうのは大抵が、霧の深いべた凪の海が舞台になる。だが、これには理由がある」

「……まったく見当もつきません」

いつもなら間抜けだなんだと手厳しいミューリも、深くうなずいて同意してくれた。

「海賊だよ」

意外な一言だった。

「誰もいない船は、海賊に襲われたんだ。商船は費用をけちって漕ぎ手をろくに乗せないから、風のないべた凪の海では格好の標的になる。しかも深い霧は、捕食者の姿を隠してくれる」

「じ、じゃあ、消えた船の人たちは？」

ミューリの問いに、エーブは優雅に答えてみせる。

「船員たちは身代金目当てか、奴隷として売るために連れ去られる。あるいは近くの島かなんかに置き去りにされる。しかも商船ってのは荷物を積むためにずんぐりしていて、海賊の乗る小型の船では曳航しにくい。そのために高価で軽い積み荷だけ奪われ、船は放っておかれて海を漂うことになる。そういう船にたまたま遭遇した奴らが奇妙な状況に腰を抜かし、幽霊船話のできあがりってわけだ」

その説明は、すべて理に適っていた。

「では、ノードストン家の幽霊船も、その手の？」

「まあ、ほとんどがそうだろう」

「ほとんど？」

訝しんで聞き返すと、エーブは先ほどとは違うちょっと嫌そうな表情を見せた。

「与太話も、まあ、ある」

エーブは現実的な商人だ。羊の化身であるイレニアでさえ、羊毛の仲買人には向いているだろうと平気で起用するような人物だから、その反応は意外だった。

「それって、王国の記録に残っているっていう話？」

「私もそこまで詳しく知っているわけではないが……おい、アズ！」

エーブが部屋の向こう、廊下に向かって人の名を呼ぶと、音もなく扉が開き、寡黙そうな鋭い目つきの青年が顔を見せた。護衛としてこの屋敷で何度も見かけている人物だ。ミューリの狼の姿も見ているので、狼の耳と尻尾を出した女の子がナツメヤシをかじっていても驚きはしない。

「お前が商いをしていたのはノードストン領の辺りだろう？　あそこの馬鹿げた噂話を詳しく知らないか」

「……面目ありません。通り一遍の話しか」

「王国の記録に残っている幽霊船ってのは、嵐の日に海岸に幽霊船が漂着したとかしないとかの話だったよな」

「はい。そのように聞き及んでいます」

　主従の会話に、ミューリが口を挟む。

「それってさ、これは幽霊船だ！　ってわかる証拠があったってこと？　たとえば……骸骨の兵士が乗っていた、とか」

　エーブと、アズと呼ばれた青年は笑いもしない。主従は視線を交わし、アズのほうが答えた。

「調査に赴かれるとのことなので、不正確な知識で目を曇らせるわけにはまいりません」

　できることはできる、できないことはできない、と割りきる性格らしいアズだったが、ふと言葉を付け加える。

「お館様、ここの港に停泊中の船に、あの土地出身の船乗りがいたはずです。彼なら詳しい話を、正確に知っているのではないでしょうか」

　エーブはアズを見てから、こちらを見る。

「お前たち、どうせラポネルに向かう船の手配も、私に頼むつもりだったんだろう？」

　ラウズボーンは港町で、ラポネルも港町のようなので、海路で行くのが圧倒的に早い。陸路ならばハイランドでも手配できるが、海路となると商人を頼るしかない。

「もし可能であれば」

「なら、ちょうどいいな。その船員がいる船を傭船するか。うちもそろそろ買いつけた品を南に送りたかったんだ」

エーブはそこまで言って、ふと顎に手を当てる。

「しかし、そうか、ラポネルか……」

「なにか？」

その問いに、エーブが狼のような笑みを見せた。

「あそこの領主の弱みを握ったら、売ってくれないか？　高値で買い取るぞ」

ノードストンが治める領地は、ウィンフィール王国でも有数の麦の大産地だという。

弱みを握って脅せれば、ずいぶん儲かるに違いない。

「私たちは、その領主様ご自身が身の潔白を示したいということで、赴くのですよ」

「ふん。泥棒を取り締まろうと躍起になる衛兵隊長がいたらな、大体その町の泥棒はそいつが仕切ってるんだよ」

ミューリが愉快そうに笑っているので、ため息交じりに言う。

「確かにニョッヒラの湯屋でも、蜂蜜の壺が消えた時、最も熱心に手伝う者が犯人でしたね」

ミューリが今よりもっと幼く、浅はかな悪知恵を働かせていた頃の話だ。

今は騎士にならんというくらいに成長したミューリが、口を引き結んでこちらの肩を叩いてきた。

「まあ、ノードストンの悪い噂なんてのは、麦で大儲けしている妬みからくるものだろうさ」

エーブは身も蓋もないことを口にする。

「とはいえ与太話からとんでもないものが出てきたら、それはそれで面白そうだが」

「面白くないですよ」

ノードストン家におかしな話が持ち上がれば、王国内の麦の価格が動揺するとハイランドは心配していた。無責任な悪い笑みを見せているエーブは、問題を抱える領地を叩いて出てきた埃に、火を点けて一儲け企もうとする悪い商人だ。

そして子供もまた、焚火が大好きだったりする。

「幽霊船はあるんだよね？　骸骨の兵士が乗ってるんだよね？」

ミューリがそんなことを言って、目を輝かせていた。

「しかし」

と、エーブはアズを下がらせ、背もたれに体を深く預けると、腹の上で手を組んだ。

「ハイランドはつまらん仕事にお前を使ってるな。教会との争いはどうなってるんだ？」

王国にも大陸側にも広く根を張っているエーブの商会は、戦が起きればどちらの陣営相手でも商いができる立場なので、関心があるのだろう。

ちょっと前には、戦をあえて起こそうとするエーブの陰謀を暴いたばかりだった。

「王国の重要な領地の領主様が、悪い噂に困っているというんです。大切な仕事ですよ」

エーブは鼻で笑ってみせた。

「聖典の翻訳も終わりかけてるんだろう？　せっかく名が高まっているんだ。大陸に遊説にでも行かせればいい。あっちこっちの権力者が大騒ぎしてさぞ面白いことになるだろうに」

「大陸か……なら、ついでに伝説の剣も探せるね？」

余計なことを言うミューリに肩を落としてから、エーブに言った。

「私は王国と教会の争いを、平和裏に終わらせたく思っています。エーブさんの目的とは反対ですよ」

するとエーブは心外だとばかりに鼻を鳴らす。

「平和に争いが終わるのなら、それはそれで構わない。けれどその時は、ぜひとも我が商会を和解の式典の納品業者に指定してくれよ」

どんな状況からでも利益を得る機会はあるようだ。

そのたくましさに感心するような呆れるような気持ちだったが、ふと、そんな抜け目のないエーブに聞いてみたいことがあった。

「エーブさんから見ると、この争いというのはいかがですか？」

「ん？」

ナツメヤシの実に手を伸ばしていたエーブが、こちらを見た。

王国と教会の争いについては自分なりに考えていたが、自分の思いつくことなどたかが知れているし、ミューリもあまり変わらないようだった。しかしこの非情にして希代の大商人ならば、自分たちには思いつかないような解決策を持っているかもしれないと思ったのだ。

「私からすると、王国と教会の争いは、教会側が非を認めれば、すぐに終わるはずなのではと思っていました。それがそんな気配はまったくなく、膠着したままです」

「ふん」

エーブの小さな笑みは、自分の言葉に対するものか、それともいつの間にか自分の分のナツメヤシを食べ終えてしまったミューリが、エーブの分に伸ばそうとした手をぴしゃりと叩けた満足感からか。

「教会側が非を認める、か」

その言葉で、どうやら前者だとわかる。

ただ、純粋に疑問だった。

「違うのですか？」

「ものの見方の話だ。幽霊船とまではいかないが」

エーブは葡萄酒を啜り、テーブルに手を置くと、人差し指でこつんと叩く。

「争いの発端は、十分の一税だろ」

「そう、ですね」

異教徒との戦のために集められていたもので、その戦は十年も前に終わっている。

「王国側は、もはや戦は終わったのだからその課税に根拠はなし、ということだった」

「はい」

とても単純な理屈だ。

「そこが違うんだろう」

まったくわからない。それとも自分だけだろうか、と隣のミューリを見やると、この手の話にはまったく興味がないのか、エーブの手元にあるナツメヤシをじっと見つめていた。

「白か黒かの理屈の話じゃない。もっと泥臭い、感情の話だよ」

「感情？」

信仰ならまだしも、王国と教会の争いで感情の話が出てくるなんて思いもしなかった。

「十分の一税は異教徒との戦のために集めたものだ。それに世界中の国々が応じて、戦の資金を教会に奉じた。ということは、戦いの主体は誰だ？　教会だろう」

神の教えに従う者たちは、教会の紋章の下に集ったはず。

「そしてずいぶん長いこと戦って、最後のほうはいいかげんになりつつも、ついに十年ほど前にその戦が終わった。教会側の大勝利でな」

もちろん各地には異教に根差す風習がまだたくさん残っているだろうが、広い土地でまとまった勢力としての異教徒は、もはや存在しないだろう。

「ということは、戦の最大の功労者が誰かという質問には、教会だと答えるだろうな」

点と点を線で結べば、そんな結論になりそうだ。

そこに、なおもエーブのナツメヤシを見つめたままのミューリが言った。

「ああ、じゃあ、税金はご褒美だと思ってるってこと？」

「兄君も少しはこいつを見習ったほうがいいな」

エーブが笑うが、自分にはなんのことか全然わからない。

「兄様はこれでいいの。私が守ってあげるんだから」

「ああ、そういや騎士になったんだったな。お祝いだ」

エーブはそう言って、ナツメヤシを一粒だけミューリの皿に移していた。

「それで……その、褒美とは？」

尋ねると、分け与えられたナツメヤシを不服そうに一口で頰張ってしまうミューリが答える。

「そのまんまの意味だよ。戦いの先頭に立って戦って、勝ったんだもの。世の中が平和になったんなら、それは誰のおかげ？　戦った人のおかげでしょ？　だから……税金は、そのご褒美！」

話しながらさらなるナツメヤシに伸ばすミューリの手は、ことごとくエーブに退けられている。そんなミューリを前に、自分はなにかを言おうとして言葉にならず、口が半開きになってしまう。そんなことは、一度とさえ考えてみなかった理屈だからだ。

「要は分け前を巡る話ってわけだ」

ミューリからナツメヤシを守り抜いたエーブは、満足げに笑っている。

「教会としては、税を正当な勝者の取り分だと思っている。実際、冒険心溢れる商人でさえ行かないような土地にもせっせと人を送り、教会を建て、多大なる犠牲の下に維持して、信仰の領域を広げていった。葡萄酒と塩漬け肉の宴というのは、教会のほんのわずかな側面にすぎない」

それはわかる。北の島嶼地域に赴いた時も、異教なのか正教なのか判別のつかない人々に囲まれた土地で、教会の旗が翻っていることのなんと心強いことだったか。

今の時代でさえそうなのだから、その昔はいかほどのことだったか。

「そこに、数多の手勢のひとつにすぎなかったウィンフィール王国が、もう戦は終わったのだから金を出す必要はないはずだとか言い出したら、それはまあ、面白くなかろうな。今までの我々の苦労を無視するつもりか？　となるわけだ」

きっと教会の聖職者名簿には、文字どおり数えきれないほどの殉教者の名前が記されている。教会の立場になってみれば、確かにエーブの言うようなことも理解できた。

「それに、お前もついこの間遭遇した問題だよ」

「問題？」

「ほら、聖クルザ騎士団だ。そこのお嬢さんも夢中だったじゃないか」

騎士団の単語に、ミューリは急に自分のあるべき姿を思い出したらしい。慌てて居住まいを正していた。

「異教徒との戦は、ずいぶん長いものだったろう。そうすれば、戦を前提にして多くの人や物が動く。異教徒を倒すためだからと、宣教の聖職者たちが雪の降りしきる荒野に小屋を建て、歯を食いしばって耐えていたり、そこに定期的に物資を運ぶ役目を負った行商人だっていただろう。あるいは聖クルザ騎士団のような者たちが、日々鍛錬して汗を流し、装備をそろえて進軍し、また彼らを支える者たちが多くいたはずだ」

自分が物心ついたときにはすでに戦況は決定的で、北への遠征は貴族の行事と化していたらしいが、それでも当時の雰囲気はなんとなく覚えている。自分は教会に滅ぼされる側の土地の生まれだったから、教会の戦力は圧倒的だったと記憶している。

けれど圧倒的な戦力は、ただそれだけで存在しているのではなく、多くの人たちの努力の結果として存在しているのだ。

「そして戦は終わった。物語だとそこでめでたしめでたしだが、現実はそうはいかない。戦のために配備された人員や物資の流れがある。ものすごい数の人間が、戦を前提にした仕組みから仕事を得ているわけだ」

「……」

エーブの言いたいことが、なんとなくわかってきた。

「しかも話はそれだけじゃない。教皇からしてみたらどうだ。それこそ若い聖職者だと師匠の師匠の師匠の時代から守り抜いてきた前線の教会を、戦が終わったからもう用なしだ、来月からの支援はなしだ、と伝えたいと思うか？　戦が終わったからと、全身全霊で訓練に打ち込み、数多の仲間を戦場で失ってきた騎士たちに、戦はもうないから解散だと伝えたがるか？　逆だろう。よく頑張った、これが褒美だ、と言ってやりたいはずなんだ」

異教徒との戦が終わって平和になった今、聖クルザ騎士団は褒美を受け取るどころか、無用の長物となったせいで、寄付や活動資金を打ちきられ食うや食わずの状況だった。

自分は騎士たちだけを見ていたから、彼らへの資金を削るなどなんとひどいことを、と憤っていたが、もう少し想像力を働かせるべきだったのかもしれない。

教会側だって、好き好んで騎士たちの活動資金を削らせたはずはないのだから。

「十分の一税を失えば、今まで教会のために戦ってきた者たちを放り出さざるをえなくなってくる。ウィンフィール王国は」

と、エーブが言葉を切る。

「そういうものを、不当だと言って中止させようとしているわけだ」

エーブが語ったのは、まさにものの見方の話だった。

「もっとも、王国の言い分もわかる。王国だって今の収入じゃ、すべての貴族たちに十分な扶持を与えてやれないからな」

エーブはまさに、そういう不満を持っている王国の貴族たちに注力し、王国の動揺から利益を得ようとしていた。

「終わった戦のために金貨を海の向こうに送るくらいなら、長い歴史の中で共に戦ってきた家臣たちに与えたいと思うだろう。世界は狭いんだよ。全員が手を広げて寝ることはできない」

誰かが手を伸ばせば、誰かが手足を引っ込める必要がある。

聖クルザ騎士団のウィントシャーやローズたちは、まさにそんな具合で追いやられてきた。

そして王国にも、家督を継承できないために不満を持つ貴族の集団が大勢いる。

王国も教会も、似たような構図で問題を抱えているのだ。

「しかもこの手の話の厄介なところはな、引くに引けなくなるってことだ」

エーブは葡萄酒を手に取り、一口啜る。

「お前のようなお人好しなら、互いに譲歩すればいいじゃないか、晩飯のおかずを一品減らして節約すればいいじゃないかって思うだろう？　いや、教会が非を認める、だったか」

自分の見識の狭さをちくちくとつつかれる。

けれど、エーブがとても大事な話をしてくれているというのはよくわかった。

「想像力を働かせてみるんだな。この手の争いで譲歩するってことは、仲間に対して、分け前が減ることを受け入れてくれと言うのに等しい。上に立つ者として、その一言を言えるか？　そいつらは何世代にもわたって共に戦ってきた者たちだろうし、いつか起こるだろう戦の際には背中を預けて戦う者たちだ。その一言を言うには、結構な理由が必要だ。敵との争いが無益だとわかっていても、停戦の説得をする相手というのは、実は敵側ではない。説得すべきは身内なんだよ」

理屈ではなく、感情の話とエーブは言った。

もしも商人風に考えるならば、十分の一税廃止のための戦いに、十分の一税として支払う以上の費用をかけるのは馬鹿げている。そして教会は実際に聖務を停止し、多くの教会が門戸を閉じ、人々から得られたはずの莫大な寄付金を失ってまで、まさにそんな馬鹿げた抵抗を続けている。

それは理屈やそろばん勘定の上にある、組織としての感情の話なのだ。

「では……王国と教会の争いは、容易には解決しないと」

結論はそうなる。

臣下を富ませるため、権力者たちがどんな手段を執ってきたかと言えば、隣国へと土地を奪いにいく戦だった。それはつまり、この争いも戦でしか決着を見ないということを示している。

冷たい結論に、自分は言葉を失っていた。この争いで振り回されるような人が出ないよう、穏便に、早急に解決してくれたらいいと願っていたようなことが、あまりにも無邪気で間抜けだったと思い知らされたのだから。

「だから、まあ……そうか。今回の話は、お前たちにとっては朗報なのかもしれないのか」

そこに聞こえた単語が、パンの中に交じっていた小石のように感じられた。

どこに朗報などがあるのか、と半ば怒りを込めて見返したところ、ミューリが「あ！」と声を上げた。

「新大陸ってことだよね？」

「え？」

なぜここに新大陸の話が出てくるのだと驚けば、意外なことにエーブが同意した。

「そう。うちのイレニアも夢中なそれだ。万が一その大陸があったとしたらどうなる？」

「え……どうなる、と言われましても……」

全然わからない。ミューリの主張ではそこに月を狩る熊がいて、イレニアたちはそこに人ならざる者だけの国を創りたいと思っている……と、そこまで考えて気がつく。

人ならざる者だけの国。

なぜそんなものを作れるかと言えば、そこが誰のものでもない白紙の土地だからだ。

「王国と教会の争いは、この皿を巡る話のようなものなんだよ」

エーブは、ミューリが手を伸ばそうとするナツメヤシの盛られた皿を、右に左にと躱している。そこに砂漠の娘が、笑顔でミューリの前に新しい皿を置いた。

「分け前を巡って膠着しているのなら、両者で追いかけられる獲物を見つけてくればいい。どっちの頭領も、争いの矛を収めるいい口実になる」

狭い部屋の中で争うくらいなら、ともに広い土地に出かけて新しい家を建てればいいという理屈だ。

「与太話からとんでもないものが出てきたら、さぞ面白いと言ったろう？」

二の句を継げずに呆気に取られていた。

だとすると、ハイランドから依頼された仕事は、決してつまらないものなどではありえない。幽霊船だの錬金術師だのという妙な噂のつきまとう元領主は、新大陸を目指して宮廷で資金を募ろうとまでしていた。もしもその人物が確かな手掛かりの下に行動していたのなら、もしも新大陸というものが本当に存在するのなら、それは王国と教会の争いを解決する突破口になるかもしれないのだから。

「ハイランドの奴は、それを見越してお前たちにこの話を振ったのかもな。王国と教会の争いを収めるなんて手柄を上げたとなれば、ハイランドも一躍王国の花だ。あいつも策士だな」

まさかそんな過大な期待をかけていてくれたのか、と思ったところ、口を挟んだのはミューリだった。

「えー、どうかなあ」

懐疑的な物言いのミューリは、首をすくめていた。

「あの金髪はむしろ、私のためにこの話を見つけてきたみたいだったけど」

そんなはずはない、と言えなかったのは、ハイランドが仰々しくノードストン家のことを話す間、ちらちらミューリのことを気にしていたことに自分でさえも気がついていたからだ。

「実際、大喜びだったたろ」

「うん。だって、まさに冒険譚じゃない！」

ハイランドの目論見がミューリを喜ばせることにあるならば、その目的は十分に達せられているが、反対に自分のほうは、エーブの話に抱いた希望がしぼんでいくのを感じていた。なぜなら、ハイランド自身は、ノードストン家にまつわる噂話や、先代領主が追いかけていたという新大陸の話を、まったく信じていないようだったのだから。

「まあ、私も新大陸の話は眉唾だと思うが、もしも真実ならば使いでがある、ということは確かだな」

エーブの声音に若干の優しさが含まれているように感じたのは、気のせいではないのかもしれない。王国と教会の争いを解決できるかもしれない、と思った時の自分の様子は、多分それくらいのものだったのだ。

とはいえ、ミューリが夢中になって追いかけ、月を狩る熊がそこにいるかもなんていうことまで想像していた新大陸の話が、現実の問題を解く鍵になりえるというのは、夢の中で見た絵を現実で見かけた、というような奇妙さがある。

そこに、ミューリがこちらを見て、得意げな顔をしていることに気がついた。

「兄様もようやく、新大陸の重要性を理解したいみたいだね」

ミューリの言葉と先輩面を、否定することはできない。

新大陸が存在してくれたらと強く願う気持ちが、自分の中にも芽生えてしまったのだから。

「あ、でも、それはそれで困る……のかな？」

ミューリは新しく用意されたナツメヤシをむぐむぐと食べながら、言った。

「私とイレニアさんは、そこに新しい国を創るんだもんね。兄様がややこしい人たちを連れてきたら、それができなくなっちゃう？」

確かに王国と教会が船を差し向ければ、イレニアやミューリたちの目的と衝突することになりそうだが、イレニアはそのことをむしろ利用しようとしていたはずだ。

「イレニアは、王国が新大陸を探しているはずだと信じていただろ。で、王国に大陸を発見するだけ発見させた後、用済みにするようなことを考えてなかったか？」

あいつも案外悪い奴だからな、とエーブは付け加える。

ふわふわした黒髪が特徴的な、穏やかそうなイレニアだが、思いのほか過激で強情なところがあるらしい、というのは黄金羊のハスキンズからの話でも感じたことだ。

「まあ、そうだね。遠い遠い場所にあるんなら、私たちのほうが有利だし」

そして、こちらはエーブに負けず劣らず現実的なところも持ち合わせた狼だ。

見上げるばかりの巨大な羊、三つ向こうの山にいる鹿でさえ追い詰められる狼だけでも、打ち倒すには相当の軍勢が必要だろう。しかし援軍を送ろうにも、はるか遠くの海の果てから送らなければならない。さらにミューリの知り合いには、島かと見まがうばかりの鯨がいたりするのだから、人側が援軍を送ることそのものが至難の業になるに違いない。

となると、イレニアたちが新大陸で主導権を握るのはまったく無理な話ではない。問題といえば、古の時代にその土地を目指したという、月を狩る熊になる。

そんなことを考えている自分に気がつき、眩暈に似たものを覚えた。

夢と現実がごっちゃになっているような感覚だ。

「ふふ。精霊の時代が復権するかもという話と釣り合うには、西の海の果てにあるという大陸くらい夢見がちでないとな。そんな規模の話の前には、王国と教会の争いなど、小さなものだ」

「夢じゃないよ！」

ミューリの言葉に、エーブは肩をすくめていた。

「なんにせよ、しがない商人としてはお前たちに肩入れする理由がまたひとつ増えそうだってことだ」

新大陸があるとわかれば、ミューリたちのような存在のみならず、王国と教会の争いという世界を巻き込んだ騒ぎさえ、解決に導けるかもしれない。

けれどエーブの口調が軽いのは、もちろんそんなものあるはずがない、というのが当たり前すぎる判断だからだし、自分も理性ではそちらを支持している。

この話題を自分の中でどう扱うべきかは、船の上で天秤を釣り合わせるような心持ちだった。

空想の世界に没頭しながら、現実の世界でも鋭く立ち回れるミューリというのは、実は思っている以上にすごいのかもしれないと思った。

とはいえ、ノードストンがどんな手掛かりを持って新大陸を追いかけているのかなど、詳しいことは現地に赴かなければこれ以上はわからない。なんだかひどく振り回されたような気疲れを感じ、ナツメヤシを自分もひと口かじってみた。

濃い甘さが口いっぱいに広がって、張り詰めたものが緩んでいく。

「ねえねえ、兄様」

ほっと一息ついているところに、ミューリに話しかけられた。

「西の大陸には、このナツメヤシもあるのかな」

自分では対峙することすらおぼつかない大陸の話に、わかりやすい食欲を当てはめてみせる。

そんなミューリの図太さに、良くも悪くも力が抜けて、笑ってしまったのだった。

エーブの話から思いがけず重要な意味を帯びたハイランドの依頼だったが、果たしてハイランドも新大陸に期待をかけているのかどうかは、確かめようとは思わなかった。もしもハイランドがエーブの言うように先を見越していたのだとしたら、自分にそのことを打ち明けなかったのはそれなりに理由があるはずだし、あとはもっと単純に、現段階では新大陸の話が荒唐無稽すぎて、真面目に口にできるものではなかったからだった。

自分は与えられた仕事をきちんとこなし、その中で新大陸の手掛かりを探してみればいい。

そして、もしも本当に大陸がありそうだとなったら、改めて話を持ち出せばいい。

そんなあたりで、この話の落ち着きどころを自分の中に見つけていた。

ミューリが主張している月を狩る熊の存在や、イレニアたちの目的と手段という話は、砂上に描かれた旅行計画書のようなものだ。まずは目的地が本当にあるのかないのか、それが重要なのだから。

一方で、ミューリのほうは自分が新大陸の話に興味を持ったのが単純に嬉しいのか、ラウズボーンの市政参事会が管理する書庫のあの本を読めこの本を読めとうるさかったが、それはよく考えると自分がミューリに神の教えを授けようとするのと同じなのかもしれないと気がつき、少し反省した。

そうしてハイランドから仕事を依頼された翌々日。

自分たちはノードストン家の領地で最も大きな港町であるラポネルに向かうため、エーブの商会がラウズボーンで仕入れた品を南の土地に運ぶ船に同乗させてもらうべく、港に向かっていた。

出航の日は大聖堂の鐘の音と共に起き出して準備をし、朝のすがすがしい空気の中桟橋にやってくれば、エーブはすでに積み荷を運び込むため荷運び人をこき使っていた。

そんなエーブが、自分たちを見るなりこう言った。

「おやおや、お前たちは本当にあの地へと向かうのか？　ノードストンの呪われた領地を踏めば、なにが起こるかわからないぞ」

わざとらしさ満載の軽口に、ミューリが朝日よりも目を輝かせる。

「望むところだよ！」

「エーブさん」

夢の中でも剣を振り、悪を討とうと鬨の声を上げる寝言の絶えないミューリのせいで、昨日今日と寝不足気味だ。自分が非難めいた声を向ければ、エーブは楽しげに笑っていた。

「だが、亡霊退治は騎士の定番だからな。そうだろ？」

「もっちろん！」

おてんば娘をエーブが煽るのは、ミューリの狼の鼻があれば新大陸はともかく、ノードストン家の醜聞を嗅ぎつけ、それを梃子に商いの足しにできるかもしれないと思っているからだろう。

相変わらずのエーブに感心するやらげんなりするやらしていると、別の落ち着いた声が割って入る。

「噂はあくまで噂だ。君たちならば、真実を明らかにしてくれると信じているよ」

わざわざ見送りにきてくれたハイランドは、幼い女の子をそそのかす悪魔に対する、理性の天使というところだ。

「藪をつついて大蛇が出てくるかもしれないがね」

　エーブの言葉には含みがあったが、気がつかないふりをした。

「ちょっとお話を聞きにいくだけです。それに、ノードストン家の悪い噂は、麦で大儲けしすぎているせいからくる妬みだと言ったのは、ほかならぬあなたですよ」

　エーブのほうも肩をすくめて軽くかわし、積み残しの荷物を荷揚げ夫に指摘していた。

「まったくもう……」

　呆れていると、ミューリが小さく言った。

「私はおっきな蛇が藪から出てきて欲しいけどな」

　そちらを睨みつけると、エーブを真似するかのようにそっぽを向いていた。すっかりエーブから悪い影響を受けているミューリにため息をついていたら、ハイランドが言った。

「しかし、本当に護衛は要らないのか？」

　エーブが悪い姉なら、こちらは心配性の姉だろう。

「それは大丈夫！　兄様のことは任せてよ」

　胸を張り、こちらの腕を摑むミューリの言葉は半分本気で、半分建前だった。

　ノードストン家の話をハイランドから聞いて、まっさきに想起したのは人ならざる者の存在だ。錬金術師、という怪しげな存在も、よくよく考えてみるとその隠れ蓑なのではないかと考えることができる。

　となれば、人目があるとまずい話が出てくるかもしれず、行動の自由を確保するため護衛は丁重に断るしかなかった。

それでなくとも、今回は船に乗って南に向かい、ノードストンの領地にある港町に着いたら話を聞いて戻ってくるだけだ。あまりハイランドに甘えっぱなしというのもよくないし、船には案内役として屋敷で話を聞かせてくれたアズが乗るというのだからそれで十分だった。

心配性のハイランドがまだ気をもむのをよそに、船長らしき男が船乗りたちに号令をかける。

栈橋の上に散らばっていた船員たちも、渡し板を伝ってぞろぞろと甲板に向かっていた。

「では、お話を聞き集め、ノードストン家の噂の真相を確かめてまいります」

「船賃に見合った耳寄りな情報を期待している。儲けられそうな商品の話でもいいが」

「じゃあエーブお姉さんのツケで買い物してもいい？　儲けは折半で！」

エーブとじゃれ合うミューリの様子に、ハイランドはなにかを我慢するように無関心を装っていた。口を挟もうかとはらはらしてしまうくらいだったが、もちろんミューリはハイランドのそんな様子に気がついていた。

くるっと身を翻すと、ハイランドの正面に立って言ったのだ。

「この剣、ありがとう。悪魔がいたら、これで兄様を守るからね！」

そう言って、腰に提げた細身の剣を叩いて見せた。礼拝堂で賜ったものとは別の、ミューリの今の体格に見合った細身の剣で、その鞘にはきちんと狼の紋章が刻まれている。

どうもハイランドはその剣を、下賜した儀礼用の宝剣の鞘とは別に、普段使いのものとしてミューリに贈るつもりだったらしい。しかし自分がミューリに対し剣を持つのを認めなかったので、渡しそびれていたとのことだった。

そこで、あまり危険はないらしいとはいえ、旅に出るのだからという名目で渡したいと、ハイランドから申し出られた。王族という高位の人間から言われたからというより、ハイランドのミューリに対する気持ちを無下にできなかった。

そしてもちろん、ミューリは大喜びでハイランドに抱き着いていた。

「君の冒険の役に立つなら嬉しいよ」

ミューリに甘いハイランドは実に嬉しそうだが、年頃の女の子が剣を持つなどとんでもないと言い争った身としては、ハイランドに満面の笑みを見せた後のミューリが、わざとらしくこちらにも笑いかけてきたことには顔を引きつらせるしかない。

「じゃあ、ちょっと冒険してくるね！」

甲板に上がったミューリが大きな声で手を振って、ハイランドとエーブがそろってそれに応えて振り返す。そんなふうに出航した高揚感も落ち着いた頃、船のあちこちを探検していたミューリが船倉に戻ってきた。

「アズさんに手伝ってもらって、ノード……なんだっけ。そこのお話を聞いてきたよ」

仕事が早い、というよりも、単に気になって仕方がないのだろう。それにしても名前を覚えないのは、母親の賢狼もそうだったなと、変なところで母娘の共通点を見る。

そんなミューリは船倉に積まれている羊毛の詰まった袋に腰掛けてから、成果を報告した。

「大筋はエーブお姉さんたちから聞いてきたのと同じだったし、新大陸の話は全然。残念だけど、金髪が言ってたみたいにやっぱり一部で噂になってただけなのかな。みんな新大陸の話を聞こうとすると、嘘だとわかる話ばっかりして、頭まで撫でてきて子供扱いだもの」

騎士の自覚に目覚めかけているミューリだが、頰を膨らませて怒る様は確かに頭を撫でたくなる。

「まあ、新大陸の話はノードなんとかさんから直接聞いたほうがいいのかも。金髪も、エーブお姉さんでさえも信じてなさそうなお話を、真剣に追いかけてたみたいなんだから」

つまりそれは、なんらかの手掛かりを持っていた、と期待できるのだが、果たして。

「あなたは、ノードストン様がなにかを摑んでいたと思いますか？」

屋敷だと、新大陸の話を真剣にするなんてことは、なお気恥ずかしかった。しかし船の上は、夢と現の境目みたいに揺れている。その揺れに任せ、聞いてみた。

「うーん……熊の足跡を海の底に見つけていた、鯨のオータムお爺さんでさえ、懐疑的だったよね。イレニアさんが渡り鳥さんたちに聞いてもわからないなら、そのノードなんとかさんだけが特別な手掛かりを得ているっていうのは難しそうだよね」

ミューリは夢見がちかと思えば、冷静だったりする。もしもノードストンが人ならざる者の力を借りて麦を育成し、その伝手を使って西の果ての大陸のことを調べていたのだとしても、なにか独自のものを得ている可能性は低そうだった。

だとすると、なにか確信があってのことではなく、奇矯な行動の多い人物の見た夢というのが、たまたま西の海の果ての大陸だったということなのか。

そんなことを思っていたら、ミューリがこちらを見て苦笑いしていた。

「どうしました？」

「んー？」

ミューリは少し体を引いて、首をすくめている。

「兄様がこの話を真剣にお話ししてるって、なんか変だなって」

確かにこれまで、自分は夢みたいなことを諫める側だった。

「私がいい顔をしなかったのは……あなたに月を狩る熊の話をあまりして欲しくなかったからですよ」

鯨の化身オータムは、海の底に西に向かって歩く巨大な生き物の足跡を見つけていた。そんな巨大な存在は月を狩る熊以外に存在せず、その熊はミューリの母である賢狼たちが生きた時代を流血によって終わらせていた。ミューリはその熊を、古き眷属の仇とみなしている。

「……その点については、私も少しは反省してるよ」

ミューリは唇を尖らせて、尻尾を神経質そうに振っていた。

「私たちの仲間をたくさん殺したかもっていうのは今でも唸りそうになるけど、エーブお姉さんの話を思い出すべきだもんね」

「エーブさんの？」

意外な名前に驚けば、ミューリは船倉に切られた小さな窓から、狭い空を見上げていた。

「月を狩る熊にもなにか理由があったのかもって。なにせ、熊の仲間は私たち以上に今の世の中にいないんだもの」

ウィンフィール王国の建国に手を貸したような伝説の黄金羊ハスキンズでさえ、熊の化身たちには会ったことがないと言っていた。それはつまり、精霊の時代の争いでは圧倒的勝者だったはずの熊たちが、戦利品には見向きもせずどこかに消えてしまったことを意味している。

王国と教会の争いについて、エーブはまったく新しい視点をもたらしてくれた。

そのことに鑑みれば、かつての争いそのものが、避けられぬ原因によってもたらされた悲劇なのかもしれないというのは、確かに一考する価値のある視点だった。

と同時に、狭い視界で恨みの炎を見つめるのではなく、一歩引いて月を狩る熊のことを考えるようになったミューリに、素直に成長の跡を感じていた
「あなたが大人になってくれたような気がして、私はとても嬉しいです」

「……なったような気がして、じゃなくて、大人なの！」

羊毛の行李の上に胡坐をかいて、不満そうに頰を膨らませていた。

ミューリはまったくもうとため息をつき、「それで」と話を変えた。

「新大陸の話はそんな感じだけど、幽霊船の話はみんなが真剣な顔で話してくれたよ」

今でも時折目撃談が出回るようで、話題になるのはこちららしい。

「まあ、正体は海賊に襲われた船だろうねとも言ってたけど、追加のお話も聞けたよ」

「追加の？」

「うん。そのさまよう船を曳航しようとしたら、何度結んでも綱がほどけちゃうって話もあるんだって。甲板の綱の結び方見た？　力任せには絶対にほどけないよ。しかも誰も乗っていない船のはずなのに、近づこうとすると不意に進路を変えて、また霧の中に消えちゃうことも多いって。だから何度も目撃されているのに、ただの一隻だって港に連れ帰られたことがない。幽霊船は、永遠に霧の中をさまよっているんだって」

「作り話の定番ですね。白日の下に晒されては不思議さが保てませんから」

つい現実的な思考が口をついて出て、興ざめした顔のミューリの視線に気がついた。

「……兄様が新大陸の話に興味を持つのは、考えものかも」

言わんとすることはわかるのだが、性格なのだから変えようもない。

それに、楽しむために追いかけているわけではないのは幽霊船も同じだ。

「で、ですが、幽霊船については王国の記録にも残っているんですよね？　それについてはいかがでしたか」

確かノードストン領出身の船乗りがいるとのことだった。

そして、ミューリはその話でようやく機嫌を直してくれた。

「その船乗りさんも見つけたよ。そしたら、実際にその場所にいたんだって！」

ミューリは赤い瞳をらんらんに輝かせ、にんまり笑って牙を見せる。

「夜になったらお話聞かせてくれるってさ。頭の固い兄様も、納得せざるをえないだろうね」

それはまた別問題だろうと思ったが、抵抗はやめておいた。

それに、幽霊船が実在するなどというのは、西の海の果てに大陸があるというのと同じくらい、信じられないものだ。

「ただ、どんな話なんでしょう、ということは気になります」

ノードストン家にまつわる奇妙な噂。

その一端が、明らかになるようだった。

「あれは、私の髪の毛がまだ真っ黒だった時のことですがね」

塩の柱のような髪の毛を短く刈り込んだ船乗りが、岩で作った細工物を思わせるごつい手で、その白い頭を撫でる。海賊との戦いでついたという右の瞼の大きな切り傷のせいで、どこか眠たそうな表情にも見える。シモンズと名乗った歴戦の船乗りが床に胡坐をかくと、潮風で丸く削られ尽くした巨岩のようだった。

寡黙で、力強く、きっとどんな嵐に見舞われてもびくともせず、与えられた船乗りとしての役割を十二分にこなすのだろう。

こんな人物が軽々しく嘘をつくとは思えないと、そんなふうに思わせる人物だった。

ラウズボーンを出て一日目の夜、船は小さな港のある入り江に入った。船員や他の乗客は見張りを残して陸に上がり、海に面した居酒屋で賑やかに騒いでいる。アズは自分たちの護衛ではあるがボラン商会の商人でもあるので、商いのために他の商人たちと共に陸に上がっていた。

そのおかげというべきか、宴会の騒ぎを遠目に見ながら、月明かりの照らす静かな甲板上でシモンズから話を聞くことができた。

「私はノードストン家の領地にある、小さな村出身です。その時は、何年かぶりに家に戻っていました。季節もまあ、こんな時期です。冬の名残の嵐が時折襲ってきて、油断のならない時期です。その日もまた、嵐の匂いが夕方からぷんぷん漂っていましたよ」

訥々語る様と、時折きつい蒸留酒を飲むしぐさは気難しそうに見えるが、興味津々のミューリに向けるまなざしは優しかった。故郷には四人の娘がいるらしい。

「ご存知か知りませんがね……嵐の夜には、沿岸の村人が見張りに立つんですよ。難破船があると、漂着した土地の責任で保護しなきゃならんのです。まあ、中には吹き流されてきた獲物をかすめ取ろうなんて不心得者もいるわけですが、私らは主に、流されてきた人を助けるのが役目です」

「私たちもちょっと前に、北の海で同じ目に遭ったよね」

氷が浮かぶような極寒の夜の海だった。

二度と思い出したくなくて曖昧に笑うと、シモンズは目をぱちくりとさせていた。

「そりゃあ難儀なことだ。この季節はまだ向こうは冬だろう。冬の海に落ちたら、滅多なことでは助からない」

「黒聖母様って知ってる？　その奇跡で助かったんだ」

黒聖母は北の海の伝承で、ちょっと異端の匂いがする。わざわざそんなことを口にしなくてもいいのにと思って、気がついた。ミューリはわざと迷信深い話をして、シモンズが幽霊船の話をしやすくしているのだ。ここで話を合わせなければ、後でまた銀色の狼に叱られる。

「私たちは北の島嶼地域で海に投げ出された後、小さな岩礁に作られた修道士の庵に流れ着いたんです。神と黒聖母様の御導きでしょう。九死に一生を得たとはあのことです」

可能な限り厳かに言うと、シモンズは深くうなずいていた。

「わかりますよ。海ではなんだって起こりますさね。良いことも、悪いことも」

ざりざりと頭を掻いて、シモンズは空を見上げた。

「あの夜は、黒雲が恐ろしい速さで流れてました。まともな船乗りなら早々に港に逃げ込む天候でしたが、風と潮の悪い流れに捕まると、陸に近づけないまま夜を迎えてしまうこともある。特にノードストン家の領地の海岸線は複雑で、慌てて陸を目指すと簡単に座礁してしまう」

「そうなんだ……この船は大丈夫？　だよね？」

「私より凄腕の船乗りがたんと乗っている。しかも積み荷はほとんどがボラン商会のものだ。支払いの良い商会の船は滅多に沈まない」

シモンズが話に気軽に応じてくれたのも、ミューリの人なつっこさだけではなく、アズの仲介と、自分たちがエーブと繋がりのある商会の人間を装って乗船していたからだろう。薄明の枢機卿だと名乗っていたら、幽霊船の話には口をつぐむはずだ。

「それで、雨が降り始め、風がいよいよ強くなった夜のことです。波濤が巨人の足踏みのように地面を揺らす中、完全に翻弄された状態で沖合を流されていた船が見つかりました」

「その時にもう、幽霊船だってわかった？」

シモンズは当時のことを思い出すように、目を閉じた。

「一報を受けて他の村人たちと海岸に出て、沖合を見やった時の印象は……そうだな。ずいぶんいい船なのに、どんな間抜けが操船しているんだ、というものだ」

強烈な風に押され、甲板を覆うほどの高波に揉まれ、いかにめちゃくちゃになっていたかをシモンズが語る。腕のいい船乗りとは、嵐に巻き込まれても無事に切り抜ける者ではなく、嵐に巻き込まれないために操船できる者だという話を、ミューリは食い入るように聞いていた。

「難破船が見つかってから、すぐにその地域の代官に連絡がよこされました。同時に教会に人が走って寝ぼけ眼の老司祭様を連れてきて、村中の女が家で湯を沸かし始めました」

「お湯？」

ミューリが小首を傾げると、シモンズが初めて笑みを見せた。

海の塩が目に沁みるような、どこか悲し気で、深みのある笑みだった。

「帆が裂け、船尾にかけてかなり傾いていましたから、浸水もひどいのがわかりました。沈没しないのは神の御加護か、気まぐれかという状態です。そういう時、女は湯を沸かし、男たちは家の竈からそれぞれ火の点いた薪を持ちより、油をひいた大きな皮の敷物で雨を遮って明かりを作ります。ほどなく船を見捨てて海に飛び込み、必死に岸を目指すだろう船乗りたちのために」

真っ暗な海の向こうに明かりが見えたとしたら、一体どれだけ遭難者の心の助けになるだろう。自分の時は、それが銀色のミューリだった。

おてんばでわがまま三昧だが、いざという時には頼れる騎士なのだ。

「だが、待てど暮らせど、一人としてやってこなかったんですな」

シモンズは丸くて分厚い背中を盛り上げるように息を吸い、ゆっくりと吐く。

「あんな嵐の中で船が沈みかけていたら、まずは不運な小僧が一人二人、海に投げ出されて押し流されてくるものです。だから、航行中の船ではなく、どこかの港から流されてきた無人の船なのではないかという声も出ました。第一、沈没に巻き込まれれば海底まで一緒に引きずり込まれてしまう。普通は船がああなったら、船乗りたちは一縷の望みを賭けて、海がどんな状態だろうと船を見捨てて陸を目指す。だが、あの夜は……」

海はただ、黙々と荒れるばかり。

シモンズの遠い目は、今になってなおその時の様子をありありと思い出し、その場に立っているかのようなものだった。

「不気味でしたよ。荒れ狂う海に、船だけがぽつんといるんです。あれだけ風と波が耳朶を打っていたのに、ひどく静かな夜だった気さえします」

船から岸を目指す者たちがいれば、海岸の方向を示す者に、応援する者、命からがらたどり着いた者を引き上げる作業で大騒ぎになるのだろう。

けれどそんなことはなく、村人たちがただじっと立ち、黙って海を見つめている。海岸では心細そうに灯台代わりの火が燃え、家では湯が使う当てもなくぽこぽこと沸いている。

なにかが変だ、と感じるのに、十分すぎるお膳立てだ。

「雨の中、渋々といった様子でやってきた代官が、どうも船が無人のまま流されてきたらしいと聞いて怒り、帰ろうとしていた時でした。村人の一人が、海岸に奇妙なものを見つけたんです」

砕ける波の中、打ち寄せるそれに近づく村人が目に浮かぶ。

「暗闇の中で妙に白かったから、羊毛の房ではないかと思ったようです。確かに、言われたらそう見えたのも仕方ない」

「でも、違った？」

シモンズはうなずかず、代わりに首をすくめた。

あの時のことが真実なのかどうか、本人でさえ疑っているかのように。

「人骨だった。それも次から次に、大量に流されてきたんです」

夜の海は墨を溶かしたように真っ黒だ。そんな暗闇から、人骨が次々と吐き出されてくる。

雨と風に打たれながらそれを拾い上げた村人は、自分が悪夢の中にいるのでは、と思ったことだろう。

「悲鳴が上がり、多くの村人が逃げ帰りました。残ったのは漁師や、私のような船乗りです。海では妙なことに嫌でも遭遇するから、いくらか慣れていたってわけですが……逃げた村人たちを笑えません。なにせ、材料がそろいすぎていた」

嵐の夜に翻弄される船と、一向にそこから逃げてこない船乗りたち。

代わりに岸にたどり着いたのが人骨ならば、どんなに信仰篤い正教徒だって、こう想像する。

「あの船は、死者が舵を取って永遠の嵐の中をさまよう幽霊船なのではないか。そう思ったのはその時です。司祭様が一喝してくれなければ、いつまでも立ち尽くしていたでしょうね」

シモンズが言うには、戦の時代を知る肝の据わった老司祭が率先して海に入り、人骨を拾い始めると、いわく見栄っ張りの船乗りたちが震える足を叩きながら後に続いたという。

どれだけ拾っても尽きることがないと思われたそれは、明け方までかかって回収された。教会に並べたところ、二百人分は優に超えるのではないかと見積もられたらしい。

「色がくすみ、かなり古いものも交じってましてね、こいつが船長だろうか、なんて言ったものです」

殊更背中を丸めて話すのは、シモンズ自身も、なんだか妙なことを言っていると自覚があるからなのだろう。

「では、王国に記録されているというのは、その一連の話ですか？」

「ええ。これが船の上で起きたのなら、海で見かけた蜃気楼、なんて調子で終わるところですが、我々は陸の上にいて、朝日が昇ってからも目の前には大量の骨があった。それは難破船からの漂着物で、漂着物は沿岸に領地を持つお偉方が定めた法に従う必要があります」

霧の中に消えていくような、もどかしい終わり方をする幽霊船の話ではないということだ。

「ただ、漂着した品物や人員は保護して、元の場所、元の持ち主に返すという海の掟も、骸骨が操船していたかもしれない船が座礁したとなると、ややこしいことになりますさね。一体領主様はどこの誰と返還の交渉をすればいいのかって話になりますから」

悪い夢のような話と、現実が交錯している。

船酔いに似た感覚は、実際に甲板が少し揺れているせいだろうか。

「代官は夜中の嵐の中でもわかるくらい、顔を真っ青にしていました。領主様のところに馬を走らせる様子には同情しましたよ。事の経緯を正直に説明したら、頭がおかしくなったと疑われかねないですからね」

世の中の貴族がすべてハイランドのように寛大で、物わかりがいいわけではない。

「でも、報告しにいって、偉い領主様がやってきた？」

ミューリの問いに、シモンズはゆっくりとうなずく。

「今は引退された先代ですがね。鷲鼻の立派な、鋭い眼光の御仁でしたな」

この騒ぎは公式に記録され、ノードストン家が幽霊船を使って貿易している、というような噂の根拠になった。

しかし、ここまでの話だけでは、ノードストン家にそんな悪い噂が向けられる理由はないような気がする。たまたま不気味な船が座礁した土地の領主、とも考えられるからだ。やはり言いがかりに近いことなのだろうか。

ミューリのみならず、自分もまたシモンズの言葉を待った。

「馬に乗ってやってきたノードストンの領主様を、皆が取り囲みました。これは神が示した世界の終わりの兆候ではないかと訴えるものもいましたよ。だが、領主様は顔色ひとつ変えず、司祭様の案内で教会に入り、ずらりと並んだ人骨を前にこう言ったんです」

——案ずるな、過去に似たようなことがあった。これはすべて嵐が運んできた悪い空気の見せる夢であり、神の御加護によって数日後には覚めるであろう。

そんな馬鹿なと思ったが、シモンズは大きく息を吸って、吐く。

顔を上げれば、真顔だった。

「翌日の朝のことです。聖堂から、忽然と骨が消えていました」

「……」

さしものミューリも言葉を失い、なんと言えばいいのか困っているようだった。

「誰かが運び出したのなら、狭い村ですからすぐにわかります。でも、二百人分は優にあろうかという大量の人骨が、煙のようにどこかに消えてしまった。それこそ神の御加護で悪い夢が晴れたのかもしれません。あるいは……」

ミューリが、ごくりと喉を鳴らした。

「骸骨が、自分の足で？」

夜中の教会で、かたかたと骨が鳴り、動き出す。彼らの腕が、足が繋がって、最後に自分の頭を手で載せて、教会から出ていった。

ミューリはそんな場面を想像しているのだろうし、シモンズの真面目な顔はそれを肯定しているようにも見えた。

確かに消えた人骨の話はあまりに突拍子もない。

ただ、一方で自分には気になることがあった。

「船はどうなったのでしょう？　やはりその、そちらも夢だったのですか？」

その問いに、シモンズはふうと詰めていた息を吐いた。

「悪魔も座礁した船は持ち去れなかったらしく、そのままでした。後日、引き揚げましたよ」

幽霊船がついに白日の下に明らかになる。ミューリの目の見開きようは、もう少しで狼の耳と尻尾が出てきそうなほどだった。

「しかし船乗りの死体はもちろん、積み荷もなく、船の所属を示すような証拠さえなにひとつ残っていませんでした。単に木で作られた船が一隻だけ、そこに残されていたんです。あの嵐の夜のことがすべて、夢だったかのように」

三人が沈黙し、穏やかな潮騒だけが、月明りの照らす甲板を洗っている。

シモンズは当時のことを思い出して目を落とし、ミューリはあまりに巨大な肉の塊に食いついてしまったかのように、まごついていた。

身じろぎの後に口を開いたのは、なんとか理性を働かせた自分だった。

「えっと、領主様は、ノードストン家の領地で昔にも同じような幽霊船騒ぎがあったとおっしゃったんですよね？　そちらの話は、あまり有名ではなかったのでしょうか」

そんな不気味な話が残っていれば、人骨が発見された時点で皆が思い出しそうなものだ。

しかし話を聞く限り、難破船発見の時点ではシモンズも知らない感じだった。

「ええ、当時はその話を誰も知りませんでしたから、驚きましたとも。内陸部の村の話ならともかく、同じ海岸沿いの村の話のはずですからね」

「作り話だったの？」

ミューリの問いに、シモンズは首を横に振った。

「調べたところ、年代的には私が子供の頃の話でした。戦乱の時代は終わったものの、今度は異教徒との争いが激しくなった頃です。当時は異教徒が教会に追われ、あるいは教会への見せしめとして正教徒たちが殺され、その死体で満載になった船が海を漂っているなんてことが珍しくなかったそうです」

それゆえに特に注目もされず、記録には残されたが、人々の記憶に残ることもなかった、ということなのだろうか。

「そっちの幽霊船も、骨が消えちゃったの？」

ミューリの問いに、シモンズはなぜかこちらを見る。

「子供には、あんまりいい話じゃないかもしれませんが……」

「子供じゃないよ！」

まるっきり子供のように言うミューリに、シモンズは娘を思い出したのか小さく笑っていた。

「お聞かせいただけたら」

その言葉に首をすくめ、言った。

「船の上で喧嘩が起これば、啖呵は決まって、魚の餌にしてやるぞ、です。わざわざ陸に上げて見ず知らずの者たちを大変な手間をかけて葬るには、時代が悪すぎたんでしょう。今でさえ、棺の工面は大変ですからね」

つまりは処理に困って、海に捨てたということだ。

それを誤魔化すため、突然すべてが消え去ったという話に作り替えた。

「流れ着いた戦の犠牲者を魚の餌にしたなんて、正直に年代記に書くわけにはいかんでしょう。それで幽霊話に仕立て上げた。あるいは、もしかしたら船にはまだわずかながら生き残った者さえいたかもしれません。だから流れ着いた骨が消えてしまったなんて話にしたのは、混乱した時代の辛い話を、可能な限り誤魔化す方便だったのではないですかね」

生き残りはいなかったし、流れ着いた骸は神によって天に還ったということにして。

血で血を洗う、恐ろしい時代の話だ。

「それに、海難事故があるとその年は魚がよく獲れるってのも事実でして」

人々の亡骸によって魚が肥え、そのおかげで多くの人が飢えから救われたのだとしたら、彼らの魂も慰められたと考えるのは身勝手な願いだろうか。

「ただ、問題がありまさあね」

シモンズのそんな声に我に返る。

「作り話だったはずのことが、おじさんの目の前で起こったんだもんね」

ミューリの言葉に、シモンズはほっとしたように見えた。

話を疑わず、心底信じてくれる者がいる。

それがちょっと夢見がちな女の子でも、心強い味方なのだ。

「一度あったんだから今回もまたそれだろう、なんて領主様から言われたら、私らとしては、そうですねとしか言えません。実際に骨は消えてますし、船はどこの誰のものかもわからない。我々としては現実を受け入れるしかない。けれど当然、噂は立ちましたよ」

あの船は領主が悪魔と契約した積み荷を運ぶ幽霊船であり、領主は探索の果てにたどり着いた死者の国と貿易をしていたのだと。

「それに、普段からちょっと変わったところのある領主様です」

「西の海の果てに大陸があるって信じてたり？」

ミューリの探りに、シモンズは味のある笑みを見せる。

「領主様は、一体なにを見て、その話を確信しているものやら。見張りの小僧が西の水平線に大陸があるなんて叫ぶ時は、海藻の山か、さもなくば鯨の背中ってのが定番です。中には神の気まぐれとしか思えない蜃気楼ってこともあるが、それも時間が経つと消えてしまう」

シモンズも西の果てにある大陸については懐疑的のようだ。

人生の大半を海の上で過ごしているからこそ、あり得ない話だと思っているのかもしれない。

がっかりするミューリをよそに、シモンズはこちらを見た。

「新大陸の話もそうですが、あそこの領主様は、昔から変な物を買い集めてましてね」

「変な物？」

「この船でも何度か運んだことがあるんですが」

そう言ったシモンズは、懐から確かに意外なものを取り出した。

「わ、金のさいころ⁉」

月明かりの下で、ミューリが驚いた。

シモンズは肩を揺らし、咳き込むように笑っている。

「愚者の黄金ですか？」

自分の言葉に、シモンズはゆっくりとうなずく。金にそっくりな鉱物で、黄鉄鉱と呼ばれる鉄の一種らしいが、その二つ名は良い印象のあるものではない。

「私はさいころ代わりに使ってますが、ノードストンの領主様は、こんな代物をしこたま買い集めてるんでさ。商人たちは注文があれば見つけてくるし、運びたいというなら私たちは船に載せますがね。だが、こんなものをなぜ山ほど集める必要があるのかさっぱりわかりません。だから私たちはね、噂しているんですよ」

元々寡黙そうなシモンズが、喋り疲れたように、なお静かに言った。

「あの領主様は、この愚者の黄金と引き換えに、悪魔からなにかを買い集めているのではないかって」

「悪魔から？」

ミューリはさいころのような金属を手に、首を傾げていた。

「悪魔の住む国は、すべてがあべこべですからね。聖なるものは足蹴にされ、嘘と欺瞞がはびこっている。そこでは支払いに、金の代わりに愚者の黄金が使われているんでさ」

悪魔の世界のおとぎ話にミューリは興味を引かれているようだが、確かにそんなことを考えたくなるくらい、理由がわからない。

「尋常の理由ではこんなものを大量には買い集めません。ノードストンの領主様には不穏な噂が多いですが、根も葉もないってわけじゃありません」

それからミューリに向け、自分に向けた視線は、注意を促す視線だった。

夜の海を眺めていると、ふとした拍子に吸い込まれるから、あまり夜は甲板に出るなと言われたことがある。それと同じで、悪魔に魅入られた者に近づけば、自身もまた悪魔に取り込まれると言わんばかりに。

シモンズの話はそんな警告を一笑に付すことができるようなものではなかったし、シモンズ自身がまた、軽々しくなにかを話すような人物には見えない。

「ノードストン家とは、そういうところでさあ」

歴戦の船乗りが、月を見上げて言った。あそこに向かって舟を漕いでくれと言われたとしても、そんな顔をしないのではという表情で。

ノードストン家の新領主は、領地にまつわる悪い噂を払拭し、家として潔白を証明したいと、宮廷にやってきたらしい。

果たしてそれは真実からのものなのか。それとも。

船の上は、夜のさざ波の上でかすかに揺れている。
それはあるいは、なにかの暗示なのかもしれなかった。

第

二

幕

ノードストンの領地は麦の大産地だが、領地の中心は内陸ではなく、麦の積出港である港町のラポネルだという。

麦の名産地であれば大量の穀物を輸送するたくさんの船が必要になり、荷物を運ぶ人足や、麦の買いつけに訪れる商人たち、そんな彼らを目当てに商いをしにくる商人といった、すべての人々の必要を満たす者たちがいなければならないので、どんどん町が大きくなっていくのだろう。

ラポネルは船の上から見てもかなり大きめの港町で、桟橋がいくつもあり、ラウズボーンほどではないにしても大きな船が何隻も停泊していた。

シモンズから聞いた話が不気味だったせいもあって、もっと陰鬱とした、ちょっと荒廃したところを想像していたのだが、まったくそんなことはなかった。

自分たちの船がラポネルの港に入ったのは夕刻のことで、威勢のいい船乗りが集まる港町ではいよいよ賑やかになり始める時間帯だ。

ミューリは甲板から蠟燭の灯り色に染まり始めた町を見て、期待に胸を躍らせる一方、船を降りる際にはシモンズと少し長めの別れの挨拶をしていた。帰りは別の船になるだろうから、きっとシモンズとはもう会えない。旅は一期一会の繰り返しであり、情の篤いミューリにとっては、野宿や粗末な食べ物よりも辛い旅の側面といえる。

笑顔で手を振って甲板をあとにしたものの、桟橋に降りればふと、表情が夕闇に陰っていた。

ってみせた。

「騎士は辛い時こそ、笑うものですよ」

耳元で囁けば、ミューリは前髪が目にかかったようなしぐさをしてから、恥ずかしそうに笑ってみせた。

その後、アズに案内されて向かったのは、町の宿ではなく大きな荷揚げ場を持つ港沿いの商会だった。ラポネルではついこの間までお祭りの期間だったらしく、まだ客が残っていて宿は取りにくいのだという。自分は屋根さえあればどこでも構わないし、商会は五階建ての豪華な造りだったので口うるさいミューリもご満悦だ。情報も集めやすいから、なんの不満もない。

アズの仲介で商会の主人に挨拶し、数日お世話になる礼を述べてから部屋に通された。

急に訪ねたにもかかわらず、三階の部屋をあてがわれたのにはやや驚いた。五階建てなら最上階が使用人たちで、四階が雑魚寝の大部屋や簡素な部屋になり、三階や二階は大事な客や商会の主人の部屋になる。今回はエーブの手配らしいので、そのおかげだろうが、後が怖い。そんなことを思いながら立派な部屋に入れば、ミューリが開口一番こう言った。

「兄様、外に行こう！　大きな町だよ！」

幸いと言うべきか、忙しい季節のようなので商会も人の出入りが激しい。挨拶がてらのんびり主人と夕食という雰囲気でもなく、荷ほどきをする間中服の裾を引っ張られていたこともあって、アズに一言断ってから外に出た。

「あー、やっぱり陸地がいいな」

ミューリはご機嫌な様子で何度も足を踏み鳴らしている。母親の賢狼ホロは酒があれば船の上でも一日中だってごろ寝している性格だが、ミューリに船倉は狭すぎるらしい。あるいはシモンズの話を早く確かめたくて、いてもたってもいられなかったのかもしれない。

ともすれば駆け足になりそうなミューリを追いかけながら、町の中心部へと向かった。

けれど目抜き通りに足を踏み入れるや、おてんば娘は拍子抜けしていた。

「あれ……もうお店おしまい？」

道行く人こそ多いものの、居並ぶ露店はさっさと店じまいを始め、通り沿いの酒場も木窓を閉め始めていた。夜遅くまで明かりの消えないラウズボーンに慣れすぎていたのかもしれないが、自分としてはちょっとほっとする。

「これが正しい生活というものです」

日が昇れば働き、暮れれば家に帰り眠る。いつまでも賑やかなラウズボーンがおかしいのだが、ミューリは宴会が日常のニョッヒラ生まれだ。まだ火を落としていなかった羊の串焼きの露店で三串も買って、不満そうに肉を頬張っていた。

そのまま道を進んでいくと、広場に行き当たった。周囲をぐるりと囲む大きな商会や宿を従える王のように、立派な教会がある。広場の中心には見事な像もあり、この土地が豊かなことを示していた。

遠くからすでにその様子は見えていたのだが、いざ目の前にやってくると、ミューリのみならず自分も目を見開いて驚いた。

「わあ、きれーい」

ラポネルの町の教会は、ラウズボーンの大聖堂ほど大きいわけではない。けれど不釣り合いなほど大きな献灯台があり、そこに町の人々が手にした蠟燭を次々捧げていた。

無数の蠟燭の灯りに照らされるのは、麦わらで作った冠を被り、羊飼いの杖を持つ女性の彫像だった。

「珍しいですね。聖ウルスラだなんて」

「だれ？」

「豊穣と畜産の守護聖人の一人です。あまり有名な聖人ではないのですが……ほら、麦の一大産地ということで、実りに感謝するお祭りがあると言っていたでしょう？」

聖ウルスラが静かに見下ろす教会の扉は開け放たれ、中に入りきれない者たちが外にまで並んで祈りを捧げている。にもかかわらず参拝者は途切れず、店じまいをしてきた商人や職人たちが、粛々と広場に集まってきていた。

そんな彼らを見下ろす聖ウルスラの彫像には、祭りの余韻が窺える生花の首飾りがかけられていた。

「ただ、彼女の足元にあるのはなんでしょうね。見たことのない意匠ですが……」

聖人が絵に描かれたり彫像になったりする時は、その聖人が担う役割や伝説によって類型化されている。聖ウルスラならば、麦わらの冠と羊飼いの杖が必ず入り、豚や羊に乗っていることが多い。

けれどラポネルに置かれた彼女は、楕円形のなにかに腰掛けていた。

「あれは水瓶だよ」

通りがかりの商人が声をかけてきた。

「ラポネルの祭りには参加しなかったのかい」

ひげを蓄えた商人は、遠慮会釈なくこちらの身に着けている服を上から下まで値踏みする。よそ者を警戒する地元商人ではなく、なにか売りつけられそうな獲物を狙う、外地の商人のようだ。

「あ、ええ。まさに先ほどの船で来たばかりでして」

「そいつは残念だったな。何年かぶりの賑やかな祭りだったのに」

「お祭り」

昔お世話になった凄腕の行商人から教えてもらった極意、話し好きそうな相手には無知なふりをせよ、だ。

「なんだ知らないのか？　ほら、薄明の枢機卿様のおかげでデザレフやラウズボーンの聖堂が門戸を開いたっていうだろ？　それでこの町も教会が再開して、何年かぶりに派手なお祭りだったんだよ。あんた、せっかくの儲け時に間に合わなかったね」

話している相手がまさにその薄明の枢機卿だとはきっと思っていないだろうが、自分たちの冒険がこうしてあちこちに影響を与えていることを改めて実感する。

そして、黄色い歯を見せて笑う商人にミューリが言葉を向ける。

「お祭りってどんなものだったの？」

「ふん？」

自分もミューリも、ハイランドから借りてきた服を着ているので、親切にすれば見返りがあるとでも思ったのだろう。

もったいぶってうなずいてから、教えてくれた。

「この土地の伝説が基になっていてな、いわく、古い時代の戦で荒廃していたこの土地に、ある日あの聖ウルスラ様が降臨なされてからのことが再現されているって話だ。先代の領主様は聖ウルスラ様から水瓶を授けられ、その水瓶の水を畑に撒いたらみるみる麦が実っていったと言われている。それを感謝して、司教様が先頭に立って奇跡の水瓶から聖水を撒いて歩き、その後ろでは領主様をはじめ、町のお偉方が手製の籠やら甕やらを持って、食べ物やお菓子なんかを配り歩くんだ。若領主のステファン様になってからは元々大盤振る舞いだったのが、今回は数年ぶりってことで、それはもう豪勢なもんだった。しかも急な話だったから、私らのような外地の商人まで声をかけられてね。いやあ、儲かったよ」

ミューリが今にも泣きそうな顔なのは、あとちょっと早ければ、そのお祭りに参加できたのに、ということだろう。

ただ、自分が気になった点はもちろん、お祭りの楽しそうな様子ではなく、麦の生産が聖ウルスラの御加護と言われていることだった。錬金術師がどうこうとか、悪魔の力を借りてどうこうという悪い感じの噂話が出回っているのは、領地の外だけのことなのかもしれない。

「ま、狭い町だ。またどっかでお目にかかるだろう。いい儲け話があったらよろしくな」

「ありがとうございました」

商人と握手を交わし、ミューリも笑顔で握手を交わし、商人は人ごみに消えていった。

「お菓子をばら撒くお祭りだって」

現金なミューリは、すっかりこの町が好きになったらしい。

「とはいえ、お祭りが終わったばかりにしても、これだけの人たちがお祈りにやってくるのは素晴らしいことですね」

献灯の蠟燭だって安くない。それに自分がひどく感心したのは、聖堂に多くの人々が詰めかけているから、というだけではなかった。

自分がこの町の最も良いところを挙げろと言われたら、彼らが礼拝を終え、清らかな気持ちのまま家路につく帰り道では、露店や酒場がすでに店じまいをしているところと言うだろう。ラウズボーンも夕刻の礼拝は大盛況だが、その後に飲みにいくための待ち合わせという側面が非常に強いのが、なんとも苦々しかった。

なので粛々と礼拝にやってきては、静かに帰っていくラポネルの人々の様子を見ていると、事前に聞き集めていた噂とはまったく違い、実に敬虔な信徒の集う町だとわかった。きっと聖堂を取り仕切る司教様も、熱心に仕事を行う素晴らしい人に違いない。ぜひお目にかかって信仰についての教えを授かりたい……と思うのだが、薄明の枢機卿だとばれれば相手に迷惑がかかるかもしれない。こういう点でも、王国と教会の争いは早く終わって欲しい。

そんなことを思っていたところ、ミューリに服の裾を引っ張られた。

「兄様、商会に戻ってご飯用意してもらお」

お菓子を配る祭りの話を聞いたら、串焼き三本くらいでは足りなくなったのだろう。日もとっぷりと暮れ、いよいよ町からは明かりが消えていく。ラウズボーンと同じ感覚でいると色々不便をこうむりそうなのも事実だ。

「しかし、急にお願いして作ってもらえるでしょうか」

こんなことなら早めに食べ物だけでも確保しておけばと思っていたら、教会から離れると急に人通りが少なくなる道を一緒に歩いていたミューリは、小さく肩をすくめていた。

「全然大丈夫だと思うけどね」

「そう、ですか？」

確かに商会は忙しそうで、帳場台には目覚まし用だろう生の玉ねぎがいくつも転がっていたので、夜通し働く者たちが多そうなことは見て取れた。

しかし、どうやらそういうことではないのだとわかったのは、早々に閉じられた商会の扉を開け、中に入ってからのことだった。

「葡萄酒を追加でくれ！」

「こっちは麦酒だ！　仕込みたてのがあるって聞いてるぞ！」

荷揚げ場だった場所にはぎっしりテーブルが並んでいて、旅装姿の商人や荷揚げ夫たちだけでなく、町の住民らしい者たちもいて満杯だった。もうもうと立ち込める酒と肉の脂の匂いの中、テーブルの間を給仕の娘たちが忙しく立ち回っている。彼女たちは片手で五つも六つもジョッキを持ち、時には客から一杯勧められて一息に飲み干し、喝采を浴びていた。

厳かに礼拝に集う人々や、日暮れと共にたちまち静かになった町の様子との落差に、なにかのお芝居を見せられているようだった。

「あはは、思ったよりすごかったね」

ミューリはそんなことを言って、給仕の娘を捕まえると、部屋に食べ物を運んでもらえるかどうか尋ねていた。うまく交渉できたらしいことは、ミューリがこちらに目配せしてさっさと部屋に向かったことからわかったが、自分はなにがなんだかわからず、即席の酒場の喧騒に追い立てられるようにミューリの後を追った。

「ここが酒場になると知っていたのですか？」

荷揚げ場に入りきれなかったのか、一階の廊下でもそこかしこで立って飲み食いしている者たちがいて、なにか大きな宴会を思わせる雰囲気だ。

二階に上がるとさすがにそういう人もいなくなったが、空のジョッキを山ほど手にした娘とすれ違い、部屋で酒盛りする者たちも多くいるのだとわかる。

「知らなかったけど、道を歩いてたらどこの建物からもすっごくいい匂いがして、楽しそうな声が聞こえてきたからね」

三階にある自分たちの部屋に入ると、ミューリは蠟燭に火を点けて木窓を開ける。通りは静まり返っているが、廊下に出て階段を覗き込めば、楽しげな笑い声が聞こえるだろう。

「町の人たちは、無理にお行儀良くしてるんじゃないかな」

ミューリが見下ろすラポネルの町は、ラウズボーンならば宵の口といった時刻だが、すっかり寝静まっているように見える。

「無理に……ということは、みんな扉を閉めてから、中でこの大騒ぎということですか」

「少なくとも大きなところは全部そんな感じだったよ。あのお祈りの人たちだって」

と言ったところで、扉がノックされた。

妙に低いところをノックするなと思ったら、赤毛の若い娘が右手にジョッキをふたつ、左手には料理の載った木皿を合計四つも載せていたので、いつだったかのミューリみたいに足で扉を蹴っていたのだろう。

港町っぽい荒々しさに苦笑いだが、そういう雰囲気が大好きなミューリは油で揚げた小魚をつまんで口に放り込み、狼の耳と尻尾を出して満足そうだった。

「それで、なんでしたっけ」

「うん？」

いそいそとジョッキに口をつけようとしたミューリの様子に、直観が働いて手首を掴む。

ジョッキを奪って匂いを嗅ぐと、案の定、葡萄酒だった。

「お酒は駄目です」

「なんで！　騎士になったじゃない！」

「関係ありません。ホロさんからも言われています。火とお酒だけはまだ駄目です」

賢狼の名を出されると、さしものミューリも尻尾から力が抜ける。

むくれたままそっぽを向き、憂さ晴らしとばかりにパンにぎゅうぎゅう羊肉を詰めていた。

「さっきの続きですよ。町のお行儀の良さはわざとらしくて、お祈りの人たちは？」

羊肉を詰められるだけパンに詰め、大口を開けてかぶりついたミューリは、しばし顔中で咀嚼してから、ようやく口を開く。

「お祈りの人たちも、真剣そうなのは見た目だけだよ。みんな周りの目ばっかり気にしてて、お祈りはむにゃむにゃ適当に言ってるだけだったもの」

礼拝のようにじっとすることが大の苦手なミューリなので、余計に気がつきやすかったのかもしれない。そしてもちろん町のお行儀良さは、一皮剝けばこの騒ぎだ。

「あなたの見立てが正しいなら……誰かに強制されている、という感じですか」

ミューリが手をつけない煮豆をパンに載せながら、至極当たり前の結論にたどり着く。

「まあ、領主様ですよね」

すれ違った商人も、町のお祭りは代替わりをしてから賑やかになったとも言っていた。

「領地にまとわりつく悪い評判をどうにかしたいって、本気で思ってるんだろうね」

エーブもハイランドも、ノードストンの悪い話は、麦の産地ゆえに大儲けしていることからくる妬みとも言っていた。けれど悪い噂の根源には、間違いなく先代領主の存在がある。代替わりに際して、その手の悪い噂を一掃したい気持ちがあるのだろう。

「とはいえ、ちょっと極端な感じもしますが……」

「そう？　兄様がいつまでも私を子供扱いするみたいに、一度ついた印象を拭い去るのは大変なんだよ」

つんとしながらパンにかぶりつくミューリだが、背伸びしてお酒を飲みたがったり、不思議な幽霊船の話に夢中になったりと、まだまだ子供だとみなす根拠はいくらでも挙げられる。立派な騎士として振る舞ってくれるのはずいぶん先のことだろう。

「ただ、もうひとつの可能性もあるよ」

ベッドに腰掛け、足をぶらぶらさせながらパンを頬張っていたミューリは、唇についた脂を親指の腹で拭っている。

「本当に悪魔と取引してるから、臆病なほどにそれを隠そうとしているとかね」

そういう考えも、もちろんある。ニョッヒラの湯屋で、蜂蜜を入れた壺が消えた時の話を思い出すべきだ。それに悪魔と取引している話がそのままありえるとは思わないが、悪魔を崇拝している異端者の話ならば可能性はなくはない。

「あるいは」

と、ミューリは羊肉で膨らんでいたパンをあっさり食べ終えて、指を舐めながら言った。

「麦畑に行ったら、簡単に説明がついちゃうかもしれないけど」

食いしん坊の少女には狼の耳と尻尾が生え、胸元には麦を入れた袋がぶら下がっている。自分が子供の頃の旅で行き倒れずに済んだのは、麦の豊作を司るという不思議な狼に助けられたからだ。

けれどその可能性を指摘したミューリの顔は、あまり晴れないままだったし、ふたつめのパンにも取りかからなかった。

世に人ならざる者の数は決して多くはなく、狼の同胞は特に少ないらしい。ミューリの母親のホロが旅をしていた頃も、結局出会えなかったというから、あまり期待しすぎないようにと自分を戒めているのだろう。

伝説の剣はどこかにあるはずだと信じて疑わないのに、そういうところだけは変に年相応の女の子。そんなミューリの心の支えになれればと、その肩に手をかけようとした時のことだった。

「けど、狼がいたらいたで、喧嘩になっちゃいそう」

「へ、え？」

その理屈がまったくわからないでいると、ミューリはこちらの伸ばしかけた手を見て、丁重に押し戻してから立ち上がる。

「だって、ここの領主様の紋章は羊じゃない。どう考えたって、狼であるべきなのに！」

紋章には流行り廃りがあり、狼の紋章は古い時代に取り残される側だった。狼こそ森の王、というつもりがあるかどうかはともかく、狼の力を借りて麦を豊作にしているのなら、当然紋章は狼にすべきという考えのようだ。

「皆さん色々な事情があるのですよ」

そうなだめてもミューリはむくれたままで、ふたつ目のパンに手を伸ばすと怒りを込めるかのように羊肉を詰め込んでいた。そんな様子に呆れ笑いつつ、傷ついてしゅんとしているよりは良いかとも思う。

むくれているミューリを横目に、扉を開けて廊下に顔を出し、通りかかった娘に葡萄の果汁と、辛子種がたっぷり載った豚の腸詰を頼む。

その夜は美味しいものを食べて、どうにかミューリの機嫌も直ったのだった。

翌日、昨晩の大騒ぎが幻かなにかだったかのように、商会はどこからどう見ても普通の商会に戻っていた。とはいえよくよく荷揚げ場を見ると、先日は気がつかなかったテーブルやら酒樽やらが積み上げられていて、その隙間を昨晩の食べ残しのご相伴に与ろうかという鼠がちょろちょろしていた。

商人や荷揚げ夫が忙しく立ち回る中、商いの交渉が終わって商人と別れたアズが、こちらに気がついて挨拶をしてくる。人使いの荒いエーブは、彼を自分たちの護衛のためだけに同行させるのではなく、きっちり商いもやらせていた。

ちょうどよかったので、昨日の町の様子なども含めて話を聞いてみた。

「私も久しぶりに訪れて面食らいました。領主が代替わりして以降、酒場の営業が特に厳しいようです。けれども人々は日々の酒を欠かせませんから、商会を訪れたところたまたまもてなされた、という建前にしているようですね。商会に旅人の歓待は欠かせませんから、教会も文句はつけられないというところでしょう」

立ち働く人々はもちろん酒場の人間のようです、とアズは付け加える。

こうして、酒場ではないが酒場と同じもてなしを受けることができる場所のできあがり。

よくある誤魔化しの一例だ。

「その厳しさは、やはり噂が原因で？」

「そうだと思います。教会はご覧になられましたか」

「見てきました。とてもすごい人出で」

アズはうなずき、少し周囲を見回してから、声を落として言った。

「領主様が職人組合や商業組合にお達しを出して、礼拝に向かわせているようです」

昨晩のミューリとのやり取りが思い出される。

「この町の教会が門戸を開いたのも、コル様のご活躍の影響があった以上に、領主様が司教様にずいぶんお金を積んだからのようです」

王国と教会が争うようになって以来、教皇の命令で王国では聖務が停止されていた。日々の礼拝に参加できないのはもちろん、赤子の洗礼や結婚、葬儀などの重要な節目で神の御加護に与れないことは、町の人々にとって非常に辛い状況だ。教皇はそうやって神の教えを人質に取っていたので、教会が門戸を開くのは、本来彼らにとっては教皇の命令に逆らう行動と言える。

そのため、門戸を開いてもらうには少なからぬ説得が必要だったろうが、お金を積んでまでというのはなにかが間違っているような気がした。

そして、アズはこちらの考えていることがわかっているのか、小さくうなずいた。

「ここはただでさえ信仰的に疑われやすい土地ですから、若領主様が顔色を窺うべきは国王だけではないということでしょう」

悪魔と取引しているなんて噂が出回っていれば、教会から異端審問官が派遣されたのも一度や二度ではないはずだ。門戸を閉じる教会に大金を積み、信仰がぜひとも必要なのだと恭順の意思を見せるのは、今後のための必要な保険というやつなのかもしれない。

「じゃあ、兄様は天秤に載せるもうひとつの錘ってことだね」

「おそらくは」

ノードストン家は王国と教会の、どちらにも良い顔をする必要がある。教会に恭順の意を示したから、次は王国に良い顔を、というところだろう。しかも麦の産地として儲かっているせいで敵が多いときているから、まだ若いらしい新領主はさぞ気苦労の多い運営を強いられていることと思われた。

「ちなみにさ、ここの前の領主様ってまだ生きてるんだっけ？」

アズの腰に提げられている剣をちらちら興味深そうに見ながら、ミューリは言った。

「存命のようですが、当然、現領主とは折り合いが悪いです。昨晩の酒の席で聞き集めた話では、代替わり後は城館の地下に幽閉されているとか、旅に出たとかいう話もあるようです」

権力を巡る政争の果てに、負けた側を幽閉したり追放するという暗い話は少なくない。

ただ、そうなると気になることがあった。

「それは……平和的な家督の移譲ではなかったということでしょうか？」

「いえ、そこに問題はなかったかと思います。どちらかというと、あの先代領主がおとなしく引退しているはずがない、という町の人々の想いからきている噂のようです」

町の人々からも、単なる領主とはみなされていないのだ。

「錬金術師さんのほうは？」

「そちらは知っている人そのものがほとんどいませんでした。ずいぶん前に亡くなられているようです。町の古い人間以外だと、言い伝えかなにかだと思っているかもしれません」

「なるほど……。ということは、お話を総合すると、少なくとも代替わりした領主様については、今までの悪い噂とは無縁な感じなのですね」

「表向きは」

笑顔の裏に真実を隠す、エーブ・ボランの商会の一員らしい慎重な一言だった。

「ほかに聞き集めておいて欲しいことはありますか？」

「ええっと……」

隣のミューリを見ると、肩をすくめられる。

「今のところは」

「左様ですか。では、新領主のステファン様に、コル様の到着と謁見の申し出をしておきましょうか？」

ハイランドの言では、こういう用向きの際は事前に到着の日時を連絡し、領地の正式な客として出迎えを受けるのが普通らしかった。しかし、新大陸の話や麦の生産に人ならざる者が関わっている可能性など、行動の自由を確保したうえで調べたいことがいくつかあったため、到着を知らせずにきた。

それにアズの話を総合すると、どうも新領主は単なる噂の否定のためだけに、自分を呼んだわけではなさそうだ。もう少しラポネルの町を見て、自分なりの考えをまとめておきたかった。

そのことを告げると、アズはもちろん口を挟まず、恭しく頭を下げていた。

「必要あらばなんなりと。この町にいる間はあなた方の役に立てと、お館様のご命令です」

やはり、商人よりも傭兵やその手の戦いに従事する人間のように見えるが、信用はできるはず。礼を述べると、静かに目礼を返された。

その後、自分たちとの会話が終わるのを見計らっていたらしい商人が、アズに声をかけていた。アズはこちらに律義に礼をしてから、商会の奥に向かった。賑やかな町なので、商人たちも忙しそうだ。この荷揚げ場も、そこから見えるラポネルの港も、ラウズボーンに負けるとも劣らずで、暗い空気のようなものはまったく感じられない。

月明りが照らす船の上ではありえそうに聞こえた話でも、いざここに幽霊船がやってくるなんて考えると、あまりにも現実味がなかった。

さっきのアズの話と、賑やかな港の様子を前にして、つい呟いてしまう。

「夢と現を行ったりきたりするような話ばかりですね」

馬鹿げた空想話のようなことがあるかと思えば、生き馬の目を抜くような現実的な話が出てきたり。ため息をついていると、荷揚げ場の壁に貼られたラポネル近郊の地図を見ていたミューリが、こちらの服の袖を引っ張ってきた。

「とりあえず、麦畑を見にいこ」

そこにはお酒が好きな狼の化身がいるかもしれず、そうなると悪い噂を巡る多くの疑問に答えが出る。しかもその人ならざる者が、イレニアのような志を持って独自に西の果ての国を探していた、なんてことがあるかもしれない。

ミューリが一刻も早く確かめにいきたがるのも当然かとその表情を見て、一難去ってまた一難という言葉を思い出した。

「喧嘩は駄目ですからね」

念のためにそう釘を刺すと、ミューリはこれ見よがしに肩をすくめ、腰に提げた剣の柄に手をかけたのだった。

ノードストン家の麦畑を見学しにいきたいのだがと商会で尋ねれば、内陸に向かう街道沿いに行けばいいと教えられた。大した距離ではないらしいので、徒歩で向かうことにした。

ラポネルの港町からは都合三本の道が延びていて、二本は海岸沿いに南北に、もう一本は内陸ののどかな草原地帯を北西に向かって延びていた。町の大きさの割には市壁らしい市壁もなく、木の柵を越えるとすぐに草原地帯になって、あちこちで羊の群れが草を食んでいた。

道のほうは行きかう人の数も多く、なんなら道沿いにパン屋や食堂までぽつぽつあって、市壁の外にもだらだらと町が続いているように感じた。

それが気のせいではないらしいとわかったのは、お昼を回って少し経った頃に到着した村の名もまた、ラポネルだったからだ。

「同じ名前の町がふたつもあるの？」

「こっちが元々あったラポネルでしょう。ほら、古い石垣がちらほら残ってます」

道沿いには、風雨にさらされ黒ずんで崩れかけた腰の高さほどの石垣が、とぎれとぎれに残っている。道沿いの柵のようにも見えるが、目で追いかけていくと、あちこちで住居によって寸断されていた。石垣が先にあって、後から建物が作られたのだ。

「あれは羊の囲い場の石垣でしょう。この辺りでは元々、見渡す限り羊を飼っていたんだと思いますよ」

最初は小さな集落で、少しずつ石垣を取り壊し、村を拡大してきたように見えた。そのため、屋根に草を葺いたうずくまった熊のような古めかしい建物があるかと思えば、港のほうにあっても遜色ない、壮麗で綺麗な四階建ての商会らしき建物もある。

中でも珍しい石造りの建物を見つければ、そこは見上げるばかりに大きな醸造鍋や蒸留器を備えた造り酒屋だった。歪なりんごのような形をした、人の背丈を越えるものもあれば、蜂蜜を高いところから垂らしたような形のものもある。

酒の味をまだ知らないミューリは、素直に蒸留器の装置そのものに感心していた程度だが、昔の旅ならここで行商人と酒好きの賢狼が一悶着起こしていたことだろう。

その様子を想像して軽く笑っていたのだが、ミューリが大きくなった時のことを想像すると、その笑いも固まってしまう。

おねだりの仕方も、その威力も、きっと輪をかけてすごくなるのだろうから。

「?」

小首を傾げるミューリに、なんでもありませんよと微笑んでおく。そして胸中だけで、早く騎士として一人前になってくれますように、と祈ったのだった。

そんな感じでうねうねと曲がる道をそぞろ歩いて賑やかなほうに足を向けていたら、小さな教会と、農村でよく見かける東屋を伴った広場に突き当たった。

「あ、お菓子の壺!」

ミューリが指さしたのは、足元に大きな水瓶を置いた港町のほうとは違い、水瓶を小脇に抱えている聖ウルスラの像だった。

「こっちに飾られてるお花のほうが新鮮だね」

「麦の豊穣を祈るお祭りだそうですから、こちらが舞台だったのではないでしょうか」

聖ウルスラは首に花輪をかけられ、足元に生花が置かれている。大きなパンまで供えられていて、農耕や牧畜といった、豊饒に関わる守護聖人らしさが窺える。

像そのものはどこにでもありそうな意匠で、聖ウルスラは正統派な美人といった感じだ。

しかし、もしもこの聖ウルスラが麦の豊穣を司る人ならざる者ならば、なにかしらの特徴がこっそり隠されていたりしないだろうか。たとえば顔立ちがあの賢狼に似ているだとか。

そう思ってしげしげと見つめていたら、脇腹あたりの服を引っ張られた。

「……なんでそんなじっと見てるの？」

怒ったような、悲しいようなミューリの顔つきにちょっと意表を突かれる。

そして、やきもちだと気がつくまでに、多少の時間がかかった。

「ホロさんに似ていないかなと思っただけですよ」

その言葉の意味はわかったろうが、ミューリは落ち着かなげに服を引っ張り、歩き出す。

「似てないし、あんまり見てちゃ嫌」

すぐに服から手を放し、大股に先を歩くのは、今の顔を見られたくないからだろう。大人だ騎士だと言いながら、まだ空を飛ぶのに慣れていない蝶のような不器用さに、小さく笑ってからその手を摑んで引き留める。

「あそこでパンを焼いて売ってますよ。少し早いですが、お昼ご飯にどうですか？」

麦の産地なだけあって、並んでいるのはどれも小麦パンのようだ。大きな丸パンや細長いパン、三つ編みにして輪っかを作った凝った形のパンまである。足を止めたミューリはそちらを見て、それから握られている自分の手を見て、最後に細めた目でこちらを見る。

「すぐそうやって食べ物で釣ろうとする。それに、私は誇り高い騎士だって言ったでしょ」

手を振り払い、腰に両手を当てて不服げだ。

「失礼しました。では、このまま麦畑に向かいましょうか」

「まあ、いらないとは言ってないけど」

ミューリはそう言って薄く笑い、さっさと駆け出してパン屋に向かう。

「ほら兄様！　早く！」

機嫌良く振られる尻尾が見えるかのようだ。

「はいはい」

と返事をし、良い匂いのするパン屋に向かったのだった。


自分は手のひらに乗る程度の丸パンを、ミューリはねじりパンに蜂蜜がかかったものを選んでいた。そんな自分たちの格好がいかにも買いつけがてら散歩にきた遠方の商人らしかったせいか、パン屋の主人からはずいぶんと熱心に村の麦を売り込まれた。

お買い上げはなんとか商会で、と言っていたので、親戚が商会を営んでいるのかもしれない。

麦の相場が高いのか安いのかはわからなかったが、少なくともパンはおいしかった。

「実際に麦の質は良いと思うよ」

パン屋から少し離れた空き地に石垣がぽつんと取り残されていたので、そこに腰掛けてパンを食べていると、ミューリがそんなことを言った。

「焼き立てだからではなく？」

「焼き立てでもだめな小麦粉だとだめだよ。ぼそぼそしてたり、全然甘くなかったり。これはすっごくおいしい。土地が肥えてるんだと思う」

ミューリは小麦粉に混ぜられた大麦の粉さえ嗅ぎ分けるので、味や品質については本当に良いのだろう。満足げに蜂蜜のかかったパンにかぶりついているミューリに微笑んでから、自分もパンをちぎって食べようとして、ふと気がつく。

「あなたも食べますか？」

少し離れたところに、栗色の毛並みの小さな子鼠が一匹いた。パンを小さくちぎって置いてやると、子鼠は驚いたようにあとずさる。ちらちらと窺っているのは自分ではなく、隣のミューリのようだ。けれども良い匂いに勝てなかったのか、恐る恐る近づいてきて、欠片を咥えるや跳ねるように走っていった。

だれにも頼れず一人で旅をしていた子供の頃、夜露をしのぐためにこっそり忍び込んだ農家の納屋で、かちかちのパンを鼠に分け与えた時のことを思い出す。誰かと食事を分かち合えるのはとても素晴らしいことだ、と思っていると、隣のミューリからの視線に気がついた。

「どうしました？」

はっと我に返ったようなミューリは、「別に」と言ってすまし顔だ。尻尾が出ていればもっとわかりやすかったろうが、それでなくともなにを考えていたのかはわかる。

なんで鼠にばっかり！　自分にも食べさせて！　と大口を開けて迫ってこなかったのは、大きな進歩だろう。

そのご褒美に、パンを大きくちぎってミューリの手に載せた。

「仲間は持てる食べ物を分かち合うものですから」

ミューリは目をぱちぱちとさせ、嬉しそうにそのパンを頬張ってから、珍しく自分の分をちぎってこちらにくれたのだった。

「そういえば、ラウズボーンでは鼠をあまり見ませんでしたね」

「ん？　鼠さん？」

「部屋を借りていたお屋敷は立派でしたから、お屋敷で見かけないのは当然にしても」

アズが案内してくれたラポネルの商会でも、荷揚げ場には夜の酒場でのおこぼれを狙いにきているのか、鼠がうろちょろしていた。

「あの街で見かけなかったのは、鶏がいるからじゃないかな」

ミューリの言う鶏は、もちろんただの鶏などではなく、鷲の化身シャロンのことだ。

鷲は鼠にとって天敵だから、怖がって街中にはいないのかもしれない。

ただ、怖いと言えば世の中で怖いものの三本の指に入る狼が隣にいる。

「今までの旅でもあまり見かけなかったのは、あなたのおかげですか？」

船などは鼠と蝿がつきものなのに、どの船旅でも害に悩まされることがなかった。油断すれば荷物の麻袋に入り込まれ、貴重な食べ物や革紐をかじられたものだ。

「私は弱い者いじめなんかしないけど、向こうが勝手に逃げるかもね」

誇り高き狼なのだから、とばかりに胸を張る。

「もしそうだとしたら、ありがたいことです。昔、一人で旅をしていた頃には、夜中につま先を鼠にかじられ、痛みで飛び起きたことが何度もありましたから」

ミューリはきょとんとしてから、そういえば、というような顔をしてこちらの足を見る。

「まだ兄様の足はかじったことがなかったね」

おやつのような物言いに苦笑いしてしまうのと同時に、伝説の剣の話の時のことを思い出す。ミューリは骨が欲しいとこちらの腕をじっと見つめていた。銀色の狼が嬉しそうに、尻尾を振りながら骨をかじる様を想像し、つい足をさすってしまった。

「でも、猫もいないんだよね」

パンの最後のひとかけらを口に放り込むと、ミューリはそんなことを言った。

「港のほうが賑やかだからでしょうか？」

「うーん？」

ミューリはなんだか納得がいっていなかったようだが、パンも食べ終わったので、麦畑に行くことにした。道はパン屋の主人に聞いておいたので、特に迷いもせず町を抜けることができた。西に向かうほど建物はまばらになり、代わりに一軒一軒が大きくなっていく。放し飼いの鶏や豚に交じって野良犬が軒先に寝そべり、ミューリを見つけると慌てて立ち上がって一声吠えていたりした。

そうこうして完全に町を抜ければ、もはや視界を遮るものはなにもない。はるか彼方にかすかに低い山の稜線が見えるだけで、見渡す限りに麦畑だった。

「すっごい！」

王国にきてから広々とした景色はたくさん見てきても、麦畑にはあまり出くわさなかった。ニョッヒラの山間に細々と生える、野生の麦程度しか見る機会のなかったミューリには、海以上に衝撃的な光景だったのかもしれない。

「うわー……わあ⁉」

だだっ広い麦畑をすべて一望のもとにしようとしたミューリが、後ろ向きに倒れそうになる。慌てて支えると、けたけた笑っていた。

「畑の中にも集落が点在しているみたいですが……それにしても広いですね」

足元の道は麦畑の中に延びていて、途中の辻で四つに分かれ、それぞれの道の先を追いかけていくと小さな集落が見えた。麦の生産のため、放牧くらいにしか使っていなかった草原を開墾し、ある程度広がると再び集落を作って周囲を開墾し、というのを繰り返したのだろう。

しかし、この光景の白眉は単なる広さなどではない。いっそ畏敬の念を抱いてしまうほどに衝撃的なのは、整然とした畑の構造のほうだった。

「よく見ると、全部が小麦ってわけじゃないんだね」

いくらか落ち着いたミューリも、もちろんすぐにそのことに気がつく。畑の構成は麦一辺倒ではなく、色分けされたように作物が入れ替わっている。目を瞠るのは、それが一定の法則に従って区切られているからだ。

青々とした麦、カブかなにかの野菜、おそらくは飼料用の雑草、それから空き地。その繰り返しが几帳面に区分けされ、視界の限界まで続いている。緩やかに吹く風には、植物の青々とした香りがたっぷり含まれていた。

「それで、どうですか。お仲間はいそうですか？」

同じように深呼吸をしていたミューリに話しかけると、力なく息を吐く。

「……いないと思うかな」

急に麦の名産地へと変わった不思議な土地。それなら狼の眷属がと思ったのだが、空振りだったようだ。

「麦を根付かせた後に、旅に出たとかでしょうか」

静かな目で麦畑を見ていたミューリに可能性の話を向けると、狼の血を引く少女はゆっくりと首を横に振った。

「違うと思うな。それに、もしそうだとしたら、追い出されたってほうが正しいかも」

「え？」

「この麦畑の作り方は、母様を村から追い出した方法に近いと思う。私も父様から聞いただけで、初めて本物を目にするけど」

そう言って教えてくれたのは、麦畑をいかに効率良く運営するかの方法論だった。

目の前にある畑が四種類に色分けされているのは、年ごとに別々の植物を育てることで、地力を回復させ続けるためらしい。またこの方法ならば、麦が不作の年でもそれ以外の作物が不作分を補ってくれるから、こうして毎年の豊作凶作の波を抑えつつ、使える土地を最大限に増やせるのだという。

ミューリの母である賢狼ホロが麦の豊作を司っていた頃は、集落を中心に畑を三色に分けるのがせいぜいだったようだ。三圃制と呼ばれたそれでさえ、当時は人の知恵による大きな改善だったという。

それ以前となると、まさに豊作を司る神々に祈りを捧げるほかなかったらしい。

「ここは、すごいね」

古い時代の精霊の血を引く娘は、ため息交じりにぽつりと言った。

「規則的で、完璧で……効率の良いことを限界まで突き詰めた感じ。畑じゃないみたい。母様みたいな、私たちみたいなのがいられるような場所なんてどこにもない。冷たい雪山より冷たい場所だよ」

賢狼ホロの話は、作物の豊作を司る古代の精霊が、人間の技術に負けた話だった。

人として生を受けている身として、ミューリの無表情にひどく居心地の悪さを感じてしまう。

「でもさ、兄様」

「……なんですか？」

少し身構えてしまったが、それはミューリを見くびりすぎというものだったようだ。

「ここの古い領主様は、行動力はあるけどおかしなことも信じ込んでいる頑迷な人、みたいな話だったよね？」

「え、ええっと、まあ、そうですね」

急に現実的な話に引き戻され、一瞬頭が混乱してしまう。

しかしミューリはこちらの様子になどお構いなしに、もう一度畑を大きく見まわして、力強く言った。

「そんなはずないよ。すっごく頭の良い人だと思う。そうじゃなきゃ、こんなすごい畑を作り出せないもの」

王国では珍しい麦の大産地。しかも領地の周辺ではさほど麦が育たず、昔から名産地だったわけでもない。そこで口さがない人々からは、なにかよからぬ方法で麦を育てているに違いないと言われていたし、自分たちは狼の化身がいるのではないかと思った。

しかし麦がよく育つには、努力というきちんとした理由があったようだ。

「……そうなると、どう考えるべきでしょうか」

ミューリの指摘は、自分たちの最初の印象を覆すものだ。目の前の畑のように整然とは考えがまとまらない頭の中を、どうにかこうにか言葉にする。

「この畑から想像できるのは、合理的な領主様です。そうすると、悪い噂となんだかすごく相性が悪い気がする、ということですよね」

明るく賑やかなラポネルの町と、幽霊船の話がまったくそぐわないように。

「となると……新大陸の話にしたって、妙な気がしてきますね。そういうのは、こう、ちょっと夢見がちで、信じやすい性格の人が追いかけることでしょうから。几帳面で努力家な人が追いかけているとなると、変な気がします」

それとも理知的な異端者のように、正確におかしかったのだろうか？

「うーん……」

ただ、ミューリは自分の意見に懐疑的のようだ。

「自分で言っておいてなんだけど、そのあたりは両立するかもって思った」

「そうですか？」

「うん。だって私も、真面目で几帳面なのに、この世の誰も会ったことがないような、本当にいるのかもわからない人を延々追いかけているっていう人のお話を知ってるくらいだし」

ミューリの話に、恋愛譚の主人公の話だろうかと思いかけたが、慌てて言い返す。

「神はいらっしゃいますからね」

「なら伝説の剣もあると思うんだけど？」

「う、くっ……」

してやられて唸っていると、ミューリがふと視線を遠くに向け、小さく笑った。

「あ、私、この土地の秘密がわかったかも」

「え？」

「ほら、錬金術師の話だよ」

ノードストン家の領地に悪い噂がつきまとうのは、先代領主の奇行とあわせ、この土地に囲われていたという錬金術師の存在もあった。最初はその錬金術師が人ならざる者の隠れ蓑なのかと思ったが、この畑の様子を見る限りその可能性は薄そうだ。

それはそうと、一体今の話のどこに、錬金術師が出てくるような要素があったのか。

頭を働かせていれば、そのことそのものが面白いかのようにミューリが笑っていた。

「錬金術師が、私みたいに可愛い女の子だったなら？」

「……はあ？」

ミューリは、自信に満ちた笑顔でこちらを見上げていた。

「几帳面で真面目な人ほど、女の子に弱いでしょ？」

その実例がここにある、とばかりの笑顔を向けてくるミューリに苦い顔をしつつ、言いたいことの軸みたいなものは理解できた。

「つまり、悪い噂は全部、領主様の惚れていた錬金術師が原因だと？」

ミューリはうなずき、思いのほか真面目な視線を畑に向けた。

「こんなすごい畑を作る人なんだもの。金髪とか、あのシモンズのおじさんとかから聞いた話とはなんかそぐわないけど、錬金術師の人が原因なら、すんなり理解できない？」

確かに情愛は理屈を超える。

前領主が錬金術師に惚れていたのだとすれば、不毛の大地を麦の大産地に変えてしまうような勤勉さを持ち合わせていても、錬金術師の誇大妄想に付き合ってしまう、ということがあるかもしれない。

ハイランドの弁によれば、国王からも行動力がありすぎると評されていたような、ノードストン家の前領主だ。きっと恋の仕方も生真面目で、妄信的だったのではなかろうか。その盲目さゆえ、本来錬金術師が追いかけていた新大陸への出資を宮廷で募ったり、なにに使うのかまったくわからないような愚者の黄金をも、大量に買いつけていたとしたら。

「確かにいくつかの話には説明がつきそうですが、幽霊船の話はどう解釈しますか？」

ミューリは少し考えを巡らせてから口を開く。

「もしかしたらさ、それは幽霊船だったんじゃなくて、幽霊船になることを目指していた船だったんじゃない？」

「ん……ん？」

幽霊船になることを、目指す。その言葉の意味がまったくわからないでいると、ミューリは自分の思いつきをいたく気に入っているようだった。

「ああ、そうかもね。錬金術師さんには相応しいもの」

自分一人で納得していたが、こちらの間抜け面に気がついたのか、仕方ないなあとばかりに説明してくれた。

「錬金術師さんは鉛を金に変えたり、永遠の命を得ようとしたりするんでしょ？」

「まあ、そう、言われていますね」

「だとしたら、嵐の夜に無人の船に骸骨をたくさん載せて、雷鳴とどろく夜闇に向かって呪文を唱えてる姿だって想像できない？」

「それは……」

ミューリの豊かな空想にはいつも舌を巻く。

「領主様がシモンズさんたちを前に、大真面目な顔で言ったことだって納得できるでしょ」

シモンズの話をなんとか思い出す。

「これは、過去にもあった話である……？」

「そう。懲りなかったんだよ」

何度怒られても悪戯ばかりだった少女が言うと、実に説得力がある。それならば骨が忽然と消えてしまった話もなんとなく飲み込める。生真面目な領主が、錬金術師の尻拭いをしていたのだとすれば、人目につかないよう手配するのも理に適っている。なんなら村の老司祭様が事情を察し、手を貸していたのかもしれない。

なんだか急に、会ったこともない前領主の苦労を想像し、親近感を覚えてしまった。

「だとすると……その頃の話を以て新領主様の治世を責めるのは、大変酷な話になりますね」

親の因果が子に報い、という話もあるが、それが正義だとは思わない。

むしろ勇気をもって声を上げたステファンは、敬虔なる信仰心の持ち主でさえあるだろう。

そう思っていたところ、ミューリが言った。

「まあ、錬金術師さんの話は、恋じゃなくてエーブお姉さんの話のようなことなのかもしれないけど」

ミューリを見やれば、しゃがみ込んで畑の土をいじっていた。

「私はあんまり錬金術師さんっていう人たちのことを知らなかったから、調べてみたんだけど」

ハイランドからノードストンの依頼を受け、エーブと会った後、ミューリはラウズボーンの市政参事会の書庫に赴いていた。そのせいで、自分にも新大陸の話についての本を読めとしつこかったのだ。

「戦乱の時代には、錬金術師さんを雇うことがよくあったみたいだよ」

「そうなんですか？」

「冒険譚を読んでるとたま～に脇役で出てきて、お薬を作ったり、古代の兵器を作ったりして戦いを支えてたっていうんだけど、そういうことが本当にあったみたいだね。鉛を金に変える以外のお仕事のほうが多かったみたいだよ」

だとすると、エーブの話が思い出されるのは自然なことだ。

かつての戦の時代、領地のために功績をあげてくれた人のためならば。

「義理堅い人だったのかもね」

その一言は、目の前に広がる几帳面な畑の様子と一致していた。

もちろんこれらはすべて仮定の話だが、新領主のステファンから話を聞く際には念頭に置いておくべきことだろう。

「では、下調べはこのくらいでよさそうでしょうか」

「そうだね」

ミューリとしては麦畑に仲間の狼がいなかったことが残念だろうが、そこまで気にしているふうでもなかった。

「私としては、前の領主様にも会ってみたいかな。この畑のことを聞いてみたい」

「新大陸の話じゃないんですね」

意外に思って聞くと、ミューリは肩をすくめていた。

「私やイレニアさん以上の手掛かりを手に入れるなんて無理だと思うもの」

「それは……まあ」

鯨や渡り鳥から話を聞けるのだから、人では到底勝ち目がない。

けれどなにか確信がなければ、西の果てに向かうようなこともしないはずだ。

そして、もしも新大陸についての貴重な手掛かりを持っているのならば、王国と教会の争いを平和裏に終わらせられるかもしれない。

ミューリよりも自分のほうが新大陸の話に期待しているらしい雰囲気に、以前とはあべこべだと思いつつ、頭を振って切り替える。

「なんにせよ、現領主様を差し置いて、引退された領主様に会うのも失礼です。まずはアズさんに仲介を頼んで、ステファン様との謁見をすませましょう」

さてどんな話を聞けるのかと思っていたら、しゃがみ込んで土をいじっていたミューリが、目を細めて畑を見回していた。

「どうしました？」

青々とした麦が実る畑に、小鳥の巣かなにか見つけたのかもしれない。

すると、ミューリはこちらを振り向かないままに、すんと鼻を鳴らしていた。

「さっきからなんとなく感じてるんだけどさ、畑の土、かな。風が吹くと、変わった匂いがするんだよね」

「匂い？」

狼の血を引くミューリは、森の中では鹿の足取りをその鼻で追いかけることさえできる。

ただ、よそものが畑の側でしゃがみ込んでいるのは、あまりよいことではない。収穫の時期ではないので麦泥棒と思われることはなかろうが、畑で害虫が見つかった時、たまたま通りかかった旅人が持ち込んだのだと糾弾され、袋叩きにされるといった話は珍しくない。

「ミューリ」

遠くで作業をしている農夫たちの視線が気になり、ミューリの背中に声をかける。

「うーん、なんだろ」

ミューリは立ち上がり、手を払って首をひねっていた。

それから自分たちは港町のほうに戻り、アズを見つけてステファンへの謁見の段取りをつけて欲しいと頼んだ。町が賑やかで忙しそうな時期な上に、事前の連絡もしていなかったので、早くても数日後くらいだろうかと思っていたら、夕食前には返事が返ってきて、翌日にお迎えに上がりますとのことだった。

「どうやらこちらの領主様の危機感は本物のようですね」

領地経営の片手間に、念のため薄明の枢機卿を呼んでおこう、というわけではないということだ。

「責任重大だね」

　ミューリが意地悪く、満面の笑みを向けてくる。

　ちょっと前までは湯屋で働く書生のような身分だったのに、世の中とはまったく不思議なものだ。けれど不思議と言えば、おてんば娘がどういうわけか騎士になってしまったことも十分不思議な話なので、世の中とは意外にそんなものなのかもしれない。

「特に何事もなく終わればよいですけれど」

　アズはうなずき、ミューリはつまらなそうに肩をすくめていたのだった。


　明けて翌日、ラポネルの港町は曇天模様で風が吹いていた。どうやら数日前に大陸のほうで嵐があり、その雲が王国にまで流れてきたらしい。

　ミューリは風を嫌ってか、珍しく髪の毛を三つ編みにしていた。その様が妙に凛々しく、修道女風のローブに細身の剣を佩いている姿などは、異教徒との戦で果敢に正教徒を鼓舞したという戦乙女のようだった。

「似合う？」

　こちらの視線に気がついたミューリが、わざとらしくしなを作って聞いてくる様子に、ちょっとハッとしてしまったくらい、似合っていた。

「いつもよりお姉さんに見えます」

喜びかけたミューリだが、普段は幼いと言われていることに気がついたようで、口を尖らせていた。けれど結局は嬉しさが勝ったようで、三つ編みのおさげを指でいじり、初めて自分の尻尾に気がついた子犬のように何度も振り返っていた。

それからステファンが商会に寄こしてくれた馬車に乗り、曇り空でも変わらず賑やかなラポネルの港町を進み、小高い丘の上の屋敷に到着した。漆喰の平屋建てで外廊下が多い造りは、領主の屋敷というよりかは大商人の別荘を思わせる。

風に吹かれる果樹園と、聖ウルスラの彫像の横を通り抜ければ、正面玄関で多数の使用人と共に、緋色の外套を羽織った青年が出迎えてくれた。

「ようこそおいでくださいました、薄明の枢機卿様」

ステファンは背が高くてなで肩のせいか、ずいぶん頼りなく見えた。人の好さそうな垂れ目も、歳を重ねれば温和な領主様という印象をもたらすようになるのだろうが、今はどちらかというと重責に負けて泣き出しそうな顔に見えてしまう。

いや、実際にそうだったのかもしれないと思ったのは、握手を交わした直後、ステファンがおもむろに外套を脱いで地面に敷き、膝をついたからだ。

「さ、こちらにておみ足のほうを」

側に控えていた使用人が桶に入った水を置けば、ステファンは腕まくりをする。ミューリは

目を丸くしていたが、自分はその意味がすぐにわかり、苦笑いを飲み込んで同じく膝をつく。

「私はおよそ聖人とは程遠い人間です。しかしステファン様のお心遣いは大変嬉しく思います」

己の不品行を悔悛した大帝国の皇帝が、城下町を訪れていた聖人の足を手ずから洗ったという故事にならったものだ。周囲に控える使用人たちの緊張した面持ちを見るに、誰かが気を回しすぎておかしな入れ知恵をしたのだろう。

「えっと、えー……」

しかもステファンは断られるとは想像すらしていなかったようで、哀れなほどまごついていた。

「ステファン様、故事によれば、聖人は時の皇帝と親しく庭で話したとのことです」

助け舟を出すと、ステファンは大きくうなずいて立ち上がる。

「さ、左様ですね。では、こちらに」

自分もやれやれと立ち上がって膝を叩いていると、目を丸くしたままのミューリが、なんだか不思議な舞でも見たかのような顔をしていた。

一方、屋敷には入らずそのまま庭に向かおうとするステファンの、段取りにない行動で使用人たちが屋敷の中で大慌てになっているらしいのが、扉の向こうに垣間見えた。

なにが起こっているのかだんだん把握してきたミューリは、澄まし顔の下で面白がっている。

自分としてはステファンの過剰な気遣いに、むしろ気の毒な感じさえしてしまう。ステファンがこんな目に遭っているのは、本人のせいではなく、先代領主のせいなのだから。

暑くもないのに汗をかいたステファンが、必死の目配せで遠くにいる使用人たちに指示を出す中、自分たちは石造りの椅子が並ぶ、菜園沿いの東屋に案内された。

石造りの冷たい椅子の上にはきちんと毛皮が敷かれていたが、少し離れた場所では下女たちが肩で息をしているのが見えた。

「素晴らしいお庭ですね」

会話のとっかかりとしてそう言ったのだが、ステファンはなにか悪いことを指摘されたかのように顔を引きつらせていた。

「こ、この屋敷は元々、町の商人の別荘だったものでして……。その、い、いささか派手なのは承知しているのですが、税の滞納の免除と引き換えに明け渡されたもので……わ、我がノードストン領も、王国と教会が対立して以降、町の交易に影響が出ており……」

贅沢な作りに対する嫌味、と取られたらしい。隣のミューリからは、間抜け、ということだろうが膝で小突かれた。気分をほぐそうなどと下手に動かないほうがいいかもしれないと思い、咳ばらいを挟んで、さっさと本題に入ることにした。

「それで、私はハイランド様から命ぜられ、お話を伺いにきたのですが」

「は、はい」

自分と同い年くらいのステファンは、背中に鉄の棒でも入れられたみたいに背筋を伸ばしていた。彼からすれば、自分がこの領地の生殺与奪の権を握っているように見えるのだろう。

「この領地にはよからぬ噂があるとのことでした。たとえば、幽霊船や、錬金術師との関係。それと、西の海の果てにあるという大陸を追いかけるようなお話です」

なるべく責めるような口調にならないように、と注意していたが、ステファンはこの話についてはきちんと心構えができていたらしい。深呼吸と共にではあったが、話しに相槌を打つ様子は、予習した問題を師匠から出された弟子のようだ。

ただ、時折ステファンの視線が泳いだかと思えば、その先には心配そうに両手を揉んでいる老執事がいた。もしかしたらこの日のため、二人で想定問答を繰り返していたのかもしれない。

自分も心ならず、頑張ってください、と胸中で応援してしまう。

「私は先代より家督を受け継ぎました」

そして、ステファンの口上は、思いのほかしっかりとした滑り出しを見せた。

「領地にまつわるその手の噂について、大変憂慮しています。神の教えに従う者として、あってはならないことだと」

話すうちに落ち着きを取り戻したのか、ステファンはこちらをまっすぐに見て言葉を続けてきた。

「事情を説明させていただきたく思います」

「ぜひ」

ニョッヒラの湯屋では、温泉に入りにきた高齢の領主たちが、家臣の誰にも言えない過去の話し相手も務めてきた。笑顔でそう言えば、ステファンは日照りの後の慈雨を見た農夫のように、語り出した。

「まず、すべての悪い噂の大元には、錬金術師がいるのです」

菜園や少し離れた場所の果樹園を興味深そうに見ていたミューリも、関心を惹かれたようでステファンを見た。

「この錬金術師は、先代領主、つまり私の大叔父の生家に仕えていた人物です」

その一言には、意外な情報が含まれていた。大叔父と生家、という単語から、家督の移譲には若干ややこしい事情があったと推測できる。

「失礼ですが……先代の御領主は、ステファン様のお父上ではないと？」

「はい。祖母の姉の夫であり、よその家から我が家名を継がれた方です」

よその家、という言い方に、ステファンのざらついた感情を感じた。

しかしひとまず先を促すようにうなずく。

「我が家は先代……とはいっても、前回の家督が移譲されたのはもう何十年も前のことです。戦によって当時の当主と男子の相続者をすべて失い、まだ乳飲み子だった私の祖母と、その姉だけが残されたそうです。そこで急ぎ、男子の継承者が必要になったのです」

「何十年も前ということは、先代の領主様も、当時はまだ子供で？」

「はい。先代の大叔父はグレシア家と呼ばれる家の出で、戦によって領土を失い、生き残りも先代ただ一人というような状況だったとか」

戦の話が大好きなミューリが、グレシア家と小さく呟いてから、ステファンに言った。

「それって、一時期大陸にあったたっていう？」

「ご存じなのですか」

驚いたというよりも、慄いたというほうが近い。

「だって、騎士だもの」

その堂々とした態度に、ステファンはミューリのことをどこかの大貴族の子女だとでも思ったのかもしれない。胸に手を当て、ぎこちなく頭を下げていた。

「そうです。グレシア家はかつての戦の時代、王国が一時大陸側に所有していた領土を治めていました」

「でも、海を挟んでの防衛はできなかった……みたいな話だよね」

ミューリは戦の話も大好きで、ウィンフィール王国建国の戦に従事した伝説の黄金羊本人から話を聞いているくらいなので、その知識は年代記作家並みのようだ。

「もっとも、グレシア家のみならず、我がノードストン家も戦に翻弄された家です。片や領土を失い、片や相続者を失っている者たちがいたわけです。そこで当時の王の計らいによって両者が引き合わされ、我がノードストン家の名と、グレシア家の血筋を残すようにと命じられました」

先代に対するどこか棘のある感じは、ステファンがノードストン家の血を継ぐ一方、先代は他家の人間だから、ということに起因していそうだ。

「そして、グレシア家が戦火に巻かれる中、最後の生き残りである先代を連れて逃げ延びたのが、件の錬金術師なのです」

事情を飲み込む音、というものが実際に聞こえそうなくらい、隣のミューリは腑に落ちたような顔をしていた。そうなると錬金術師はグレシア家の功労者どころではなく、直接の命の恩人になる。どんな無理難題を言われたって、先代領主は応えたことだろう。

「さらにはノードストン家が今、麦の大産地として栄えていられるのも、その錬金術師のおかげだったそうです」

それは意外だった。

「錬金術師様が、麦の栽培を？」

「私も古い使用人たちや、先代の話でしか知りませんが、そのようです。農法や様々な種類の麦粒を世界中から掻き集め、膨大な試行錯誤の末に頑丈な麦を根付かせ、非常に効率の良い畑の構造を編み出したのだそうです。大変な苦労があったとか」

あの麦畑の様子を先に見ていたので、苦労の様子は容易に想像できる。

「ただ、その過程で錬金術師ならではといいますか、その、手当たり次第に様々なことを試したらしく……」

ステファンはそこで言葉を濁し、こちらに窺うような視線を向けてくる。

「ご安心ください。ここでの話は私と神しか知りえません」

ステファンはうなずき、口を開く。

「隠し立てして、後々お耳に入れば余計な疑惑を招くだけかと思います。薄明の枢機卿様を、公平な人物だと信頼してお話するのですが」

その後に続いた告白から、回りくどい前口上は決して大袈裟なものではないとわかった。

「先代たちは、麦の育成を促進するため、満月の夜に畑で山羊のいけにえを捧げるようなことまで試していたようなのです」

「それは……」

思わず呟いてしまうが、ステファンの口ぶりから、異端信仰ということではなさそうだ。

「どうやらそういう豊作祈願が、遠くの土地に残っていたそうです。目撃した農夫によれば、なにやら錬金術師が呪文を唱える横で、若き先代が山羊の血を畑に撒いていたそうです。しかし効果がなかったのか、試したのは数度のみだったとか」

それでも数度試したのか、と喉を搔っ切られる山羊の様子を想像し、思わず自分の喉を撫でてしまう。

「反対に、敬虔なる聖職者による励ましがあれば麦がよく育つと聞きつけた時には、毎日畑で賛美歌を聞かせていたそうです」

神の御加護があった、と願いたいところだが、芳しい結果がないだろうことは、見学に行った畑を聖職者がうろうろしていなかったことから明らかだ。

「とにかく、そのような型破りな方法を山ほど試したそうなのです。けれどついに正しい方法を見つけ、土地に麦が根付き、よく実るようになったとのことです」

「じゃあ、町中にある彫像や、お祭りに出てるのは錬金術師さん？」

ミューリの問いに、ステファンは目をしばたかせてから、答える。

「聖ウルスラのことですよね？　あれは仰るとおり、先代が錬金術師の功績を称えるために選んだ守護聖人です。麦の育成の功績が錬金術師にあると広く知られれば、風聞が悪いですから」

錬金術師そのものが異端というわけではないが、限りなく異端として見なされる職業の筆頭に挙げられる。いくら命の恩人であり、領地を黄金色の麦の産地に変えた大恩人であろうとも、対外的に祭り上げるわけにはいかなかったのだろう。

ただ、数多農耕の守護聖人がいる中で聖ウルスラを選んだということは、錬金術師は女性のようだ。先代領主は錬金術師に惚れていたのでは、という仮説を口にしていたミューリと、ちらりと目を合わせてしまう。

「そのような経緯があったこと、また、先代の妻、つまり私の大叔母が子をなさずに早逝していたことも、錬金術師の身勝手さを助長したのでしょう。麦の栽培が安定して以降は、好き放題に研究に没頭し、先代はすべての願いを叶えていたようです。その頃から異端を疑われるようになり、宮廷に呼び出され、申し開きをする羽目になったこともあったとか」

ハイランドの説明と一致するし、事情を知ればおとがめなしだったという話も理解できる。

同時に、そのことを苦々しく思う周囲の気持ちも。

「では、幽霊船や……新大陸の話というのも？」

最も気になっていたところを、可能な限りさりげなく出してみる。

「はい。先代の弁では、錬金術師は星占いだかで西の向こうに大陸があるのだと確信したとか」

ミューリのため息が聞こえそうだったが、気がつかないふりをする。

「幽霊船は、その新大陸に向けた船の実験が原因です。恐ろしい航海にも耐えられるよう、嵐の日をわざわざ選んで海に出し、高波に翻弄させて改善点を探っていたりしたようです。おかげで数多の人間から、幽霊船と間違われることに」

ミューリはシモンズの話の真相について、錬金術師があえて幽霊船を作り出そうとしていたのではという仮説を立てていたが、当たらずとも遠からずのようだ。

「ただ、その錬金術師もずいぶん前に亡くなっています。私の生まれる前のことです。先代は未だ西の果ての夢について、諦めていないようですが……」

　ステファンは嵐が去ったかのようなため息をついて、膝の上で不安そうに手を組んでいた。

沈黙が下りたところに、ミューリが言った。

「私たちは、ここの昔の領主様が、愚者の黄金っていうのをたくさん買ってるらしい話も聞いたんだけど。それはなにに使ってるの？」

　ミューリの問いに、ステファンは大きく深呼吸をしてから、疲れきったように答える。

「今でも墓前に供えているそうです。元々は冶金が専門だったという、錬金術師のために」

「冶金？」

　確か黄鉄鉱は鉄の精錬には向かないはずだった。

「はい。黄鉄鉱からは酸が採れるようで、その酸が研究に必要だったとか」

「酸、ですか」

「はい。世間ではほとんど知られていないようですから、愚者の黄金をなにかよからぬことに使っているのではないかと勘繰る者たちがいるのも理解できます。ですがそういう経緯から、先代は錬金術師の魂が慰められるようにと、墓前に供えているようです」

「なるほど」

　あの麦畑で、ミューリは先代領主のことを義理堅い人なのでは、と言った。

　その時のミューリに対してもうなずくように相槌を打てば、ステファンはひときわ大きなため息をついて、懇願するような顔をこちらに向けてきた。

「薄明の枢機卿様。我が領地はこのとおり、数奇な運命を経てきております。また、先代は確かに異端とそしられても言い訳のできない錬金術師の行為について、並々ならぬ熱心さで加担しておりました。けれどもそれは決して神に背くためではなく、領地に麦を実らせ、領民を飢えから救うためだったのです。一抹の御慈悲を賜れるならば、錬金術師と先代との関係についても斟酌いただきたいのです」


領土が戦火に包まれ家が滅び去る中、手を引いて逃げ延びさせてくれた命の恩人にして、長じてからは不毛の痩せた土地だった領地を豊かな麦の大産地に変えてくれた功労者だ。

そんな錬金術師に対し、どうして強く出られるだろう。

「口さがない者たちは、我が家、我が領地が神に背き、呪われているかのようなことを言い募ります。ですが、そんなことは決してありません。どうかそのことをご理解ください」

自分をたばかるステファンの演技、というにはあまりに真に迫っていたし、説明は理に適っているように聞こえた。

「ステファン様の信仰心は神がご存じのはずです。私は見聞きしたことをまとめ、ハイランド様にご報告しますが、おそらく心配されるようなことにはならないかと思います」

むしろハイランドとしてはノードストン家を守りたがっていた。

ステファンはその言葉に、感激をこらえきれないようにこちらの手を取って、額に当てていた。先ほどの出迎えといい、ステファンは大袈裟な身振りを好むようだ、と思っていたら、不意にその手を強く握られた。

ステファンを見れば、まさに決死の覚悟、と言わんばかりの真剣な目だった。

「我が領地の事情をご理解いただけたうえで、図々しいことと承知しておりますが、薄明の枢機卿様にお願いがございます」

「お……願い？」

それこそ助命嘆願でもしそうな勢いだが、この領地のことはさっきも伝えたように心配はないはずだ。一体なんだろうかと思えば、ステファンはこう言った。

「私はノードストン家が、ひいてはこのラポネルを中心とした領地に住む者たちが神の正しい教えの下に生きていることを示そうと、必死に行動して参りました。そのために教会の門戸も素早く開いてもらい、町の人々には礼拝と、日暮れ以降の遊興も控えるよう指導してきました」

実態はともかく、確かに見た目はそれで信仰心篤い町のようだったし、ステファンの気持ちにも偽りはなさそうだ。

「私も町の様子は素晴らしいと感じました。しかし……？」

「はい。私がこうまでしているのは、真に信仰の観点からというのもありますが、当地の教会の司教であるラクロー様のことがあるからなのです。ラクロー様は私と時同じくして司教様になられた大変信仰熱心な方で、その信仰心は大変すばらしいものなのですが……」

胃痛をこらえるようなステファンの顔で、尻すぼみになった言葉の続きが想像できる。

「ノードストン家を異端視されている、と？」

ステファンは、ゆっくりとうなずいた。

「私がどれだけ言葉を尽くし、神への祈りを繰り返しても、根本的なところが解決しなければ、ラクロー様の誤解は決して解けないかと思います。我が大叔父にして先代のノードストン家領主は、教会に対して決して膝をつこうとしないのです。ラクロー様の召喚に応じないのはもちろん、詰問状さえ無視しているのです」

ミューリが居住まいを正したのが気配でわかった。

それは異端ということなのでは、と思ったからだろう。

しかしステファンは、大きな軋轢の合間で心身をすり減らしきったような顔で、こう言った。

「我が大叔父は異端ではありません。単に、熊のような人物なのです」

そのたった一言で、すべてが理解できた気がした。

狼のように狡知に長け、羊のように従順、などという表現にあるように、動物にはそれ独特の意味合いが紐づけられている。

そこにおいて、熊というのは、なかなかに強い意味を持っている。

おそろしく頑固にして、強情な老人の姿が想像できた。

「ですが、王国内にて数多の問題を解決されてきたという薄明の枢機卿様であれば、いかに先代といえども耳を傾けざるを得ないのではと思います。どうかあの人物を説得して、ラクロー様の誤解を解くように言い聞かせてください。そうでなければ、ラクロー様は遠からず、きっと異端審問官を連れて大々的な告発をするはずですから」

王国と教会が争いの渦中にある今、それが一体なにを意味するか。ステファンからすれば、自分の領地が王国と教会の争い激化の口実にされるのでは、と不安で仕方がないのだろう。

そして、そんなことが起こらないとは決して言えないのが現状でもあった。

ハイランドは、王国内の重要な麦の産地であるノードストン家の安寧を願っている。

それに自分もまた、先代領主には新大陸のことを聞くつもりだった。

ただ、それがなくとも話を受けただろうというのは、目の前のステファンの様子が、それほどのものだったから。

「微力ですが、全力を尽くしましょう」

ステファンは天からの福音を聞いたような顔をして、頭を下げたのだった。

その後、落ち着きを幾分取り戻したステファンから、おずおずといった感じで昼食の誘いを受けた。けれど急に決まった訪問のせいで、そもそも使用人たちは大慌てに見えた。これ以上彼らを振り回すのは忍びなく、誘いを丁重に断ると、ほっと息をつく下女たちが遠くに見えたような気がした。

「先代の大叔父は、ラポネルから離れた森の中に小屋を建てて住んでいます。隠遁と言えば聞こえはいいですが、人付き合いを拒み、偏屈に拍車がかかっているようで」

別れ際、ステファンはそう言った。彼が最も心配するのは、薄明の枢機卿がその屋敷を訪れたところ、まさにいけにえの羊の喉を掻っ切っている最中だったりしないかどうかだろう。

「本当ならば、私も同道したいのですが……私と先代の間では、森の中に足を踏み入れないこと、という約束になっておりまして」

アズの聞き集めてきた話では、大層折り合いが悪いとのことで、どこかに幽閉されているのでは、なんて噂もあったらしい。それは正しくはないが、根拠のない噂でもなかったようだ。

「ただ、小屋に向かわれる際はご連絡ください。道案内の者をおつけいたします」

「お心遣い感謝いたします」

ステファンはその言葉を聞くと、最後の気力を使い尽つくしてしまったかのようで、ただでさえなで肩の肩から力が抜けていた。

「ステファン様に、神の御加護があらんことを」

その言葉で、燃え尽きてしまった蠟燭の芯のようだったステファンに一瞬だけ、ぽっと灯りがともったように見えた。

　それから来る時に乗っていた馬車に再び乗って、屋敷をあとにした。ステファンが長々と見送りに立っていたのは、儀礼うんぬんよりも単純にステファンの性格だろうと察せられた。

　大した距離でもないので馬車はすぐに港に着き、商会に戻ってくる。ノードストン家の紋章が入った馬車が通りの喧騒に消えるのを見送って、ミューリはぽつりと言った。

「いろんな領主様がいるんだね」

　ミューリの慣れ親しんでいるお話に出てくる領主は、そろいもそろって一流の剣の使い手にして知略の将か、葡萄酒を手放さない悪辣なでっぷり肥えた悪漢だ。

「ただ、人の好さそうな、優しそうな方ではありました。領地の運営はきっとうまくいくことでしょう」

「もう一人は、熊のようだってさ」

　狼が強さの象徴として傭兵たちの旗印に使われることが多いように、あいつは熊のようだ、という表現にはそれ独特の意味合いが伴っている。

「兄様、どうする？」

　そう尋ねるミューリの手は剣の柄にかかっているし、赤い瞳はらんらんと輝いている。元領主の偏屈な老人のことを、冒険譚の敵役とでも思っているのかもしれない。

「……まだお昼前ですからね」

「じゃあ、決まりっ」

アズを探して事情を説明すると、馬車を仕立ててくれた。それから念のためということで、アズもついてきてくれることになった。

今しがた送り届けられたばかりだったが、アズを介してノードストン家に先代領主の屋敷までの道案内を頼むと、息せききってやってきたのは若い庭師の青年だった。

突然大役を任されて目を白黒させていたが、ミューリが微笑みかけると別の意味で顔を赤くしていた。悪戯好きのミューリは、聖クルザ騎士団のローズ少年を相手にして以来、なにか味をしめているらしい。

騎士がそんなことをするものではありません、と小言を向けておいたが、知らん顔をされた。そんな様子ばかり、変に大人びていた。

「では参りましょう」

アズの掛け声によって、馬車は北西に向けて進み出したのだった。

港町のほうから古いほうのラポネルに出て、そこからさらに北に向かって進路を取った。平坦な景色だと思っていた麦畑も、実際には起伏が緩やかに続いているらしく、しばらく進んでいくと、やがて低くなった土地に水たまりのように広がる森が見えてきた。

畑と森はずいぶん距離が近く、開墾している途中なのだろうと思ったら、森の手前にはまさに作業小屋が建てられていて、道案内の青年はそこで馬車を停めた。

「道なりに進んでいくとお屋敷に着くのですが、私たちはステファン様の言いつけで森の中には入れないので……」

「わかりました。ここからは歩いて参りましょう」

青年はほっとしたように息をついていた。

荷馬車を青年に任せ、三人で森の中に入っていった。

「良い森ですね」

ウィンフィール王国は、大昔こそ森の生い茂る土地だったようだが、多くの人が住むようになって失われたらしく、こういう森は珍しかった。

曲がりくねった細い道を進み、頼りない木の橋がかけられた小川を越える頃、森の奥に明るい場所が見えてきた。

そして現れたのは、魔法使いが住んでいるとすればこんなものだろうと思わせる、苔に覆われて黒ずんだ建物だった。

「怪しい噂のある、怪しい人が住むにはうってつけだね」

ミューリの言うこともわかるが、注意深く見てみれば気付くことがある。

「窓には硝子が使われてます。それにほら、壁沿いに几帳面に薪が積み上げられていますし、煙突は見事な石作りで、周囲の草も綺麗に刈られています。あっちは雑草に見えますが、全部薬用の植物ですよ」

「ほんとだ。鶏さんも丸々太ってるね」

鶏だけでなく、建物の奥のほうでは豚と羊も放し飼いにされて、のんびり草を食んでいた。

ぱっと見の印象とは違い、手間がかけられ維持されている。

日々怪しげな魔術にいそしむ異端者だとしても、日中は額に汗する働き者のようだ。

「それに……この匂い」

と、ミューリが鼻を高くしてすんと鳴らす。

「兄様の匂いがする」

「私の？」

どういうことかと思っていたら、屋敷の奥から物音がして、勢いよく扉が開けられた。

「グラート！　首尾はどうだった！」

でてきたのは、薄くなった白髪を撫でつけ、見事な白髭を生やした鷲鼻の老人だった。

「グラート……んん？」

軒の深い古い造りの家の中は、昼間でもかなり暗い。

急に外に出てきたので、目が慣れていなかったのだろう。

屋敷から出てきた老人は、目を細めてこちらを睨みつけるようにしてから、言った。

「グラートの使いか？」

名を名乗ろうとしたところで、老人の目がさらに細まった。

「違うな。そこのお前、薄明の枢機卿か」

指をさされ、息を呑んだ。

「ふん……ステファンの差し金か？　あの間抜けがこの森に？」

老人は首を伸ばすようにして、屋敷に続く森の道を覗く。

呆気に取られていたが、なんとか我を取り戻す。

「あなた様は――」

「ノードストンだ」

老人独特の、透きとおった薄い色の目で見つめられ、言葉に詰まる。

「ステファンからひととおりは聞いているようだな」

その一言で、試されていたらしいとわかった。引退した領地名を名乗ったのもわざとだろう。

ミューリは相手に主導権を握られているのが面白くないのか、ため息をついている。

「まあ、入れ。なんにせよ私はお前に会わねばならなかった」

「私に？」

その問いに返事はなく、ノードストンと名乗った先代領主は屋敷の中に入っていく。

「面白そうなお爺さんだね」

挑戦的な目つきで、ノードストンの消えた先を見つめている。金の刺繍が入った腰帯で修道女風のローブを留め、三つ編みをなびかせるミューリはなんだか妙に心強い。

「私はこちらにおりましょう。余計な人間がいるとややこしくなりそうです」

アズは一目でノードストンの人となりを見抜いたらしい。

「わかりました。万が一の際は、加勢をお願いします」

割と本気で言ったのだが、アズは軽く微笑み、肩をすくめていた。

それから戦乙女の後に続いて屋敷の中に入れば、出てきたのは感嘆のため息だった。

「兄様が三人くらい住んでそう」

そこはまさに本の海で、ミューリが兄様の匂いと言ったのはこのことだったのだろう。

「すごいですね」

ひび割れた革の装丁、錆びついているうえにどこにも繋がっていない盗難防止のための鎖と、紙が膨らんで用をなさなくなっている小口の留め金。保存状態が完璧とはとても言えないが、これだけの本を個人所有するには、かなりの資本が必要だ。ステファンの話では、錬金術師のために領地の収益をかなり注ぎ込んでいたとのことだったが、誇張でもなんでもないらしい。

「ほかには誰もいなさそうかな」

用心深く周囲を見回し、本の暗がりにも目を凝らしながらミューリは言った。自分はといえば、積み上げられた本の内容が知りたくて、つい手を伸ばして頁をめくっていた。

「こっちの部屋は……わあ」

と、入り口から左手の部屋を覗き込んで、ミューリは驚いていた。

その部屋は右手の壁一面が棚になっていて、様々な岩石が並べられていた。水晶のようなわかりやすいものから、紫色の貴石がびっしりついたもの、緑色の美しい石や、地面から生えた稲妻のような自然金まである。

もちろんというべきか、石にめり込んださいころのような、黄鉄鉱の標本も置かれていた。

「うわー……すごい数。ねえ、ここにならあれあるかな」

「あれ？」

「石の布の石」

デザレフで見つけた聖遺物、聖ネックスの布のことだろう。

絶対に燃えないと謳われたそれは、岩石から作られた布だった。

「石綿のことか」

さらに続く奥の部屋から、ノードストンの声が聞こえ、遅れて姿も見せた。

「珍しいものを知っているな。石に興味があるのか？」

「植物でも虫の糸でも金属でもない、変な布を見たんだよ。石から作られてるって聞いてびっくりした」

「確かにそれは火蜥蜴の鱗だな。ここには置いてないが、あれは妙な代物で興味深い」

ミューリの目が輝いたのは、いかにも冒険めいた呼び名だったからだろう。

火蜥蜴の鱗だって、と楽しそうにこちらを見上げてくる。

「やはり言ったとおりだったろう。こ奴らはただの狂信者ではない」

「え？」

ミューリが振り向くと、ノードストンはすでにこちらに背を向けていた。

ミューリは訝しそうに周囲を見回し、ひとしきり唸ってから、こちらを見る。

「独り言でしょう」

囁くように耳打ちする。人里離れた庵で暮らす隠者の話には、そんな場面がたびたび出てくる。内なるもう一人の自分と対話するのは年老いた賢者の特徴だが、見えない誰かとの会話は、周囲から良くない勘違いもされやすい。

ノードストンを巡る噂には、こういうところも一役買っているかもしれない、と思った。

ミューリはもう一度鉱石の並べられた棚を振り返り、ノードストンの後を追う。

さらに隣の部屋もまた物で溢れていたが、こちらはどこかの商会を思わせた。目を引いたのは薬種商にあるような、細かく升目状に区切られた板だ。その升目のひとつひとつに、種類分けされた麦がしまわれている。

「すごいたくさんの麦……だけど、ちょっとずつ形が違うね。いろんな顔がある」

「研究のため、各地から取り寄せたものでしょうか」

麦というのは、地方によって実に様々な特徴を持っているらしい。それでも共通して求められる性質は、丈が短く、寒さに強く、たくさんの実をつけるものだ。それらの特徴を併せ持った麦は様々な土地が栽培に使いたがるから、食べ物として以上の高値がつくと、ロレンスから教えてもらった。けれども違う土地の麦を根付かせるのは難しく、往々にして失敗するともホロは言っていた。

そうした困難を乗り越えつつ、人々はより強い麦を見つけ、根付かせる努力を繰り返してきた。時には金儲けのため、時には痩せた土地に穀物を根付かせ、飢えと貧困から抜け出すために。

壁には古びた紙がびっしり貼られ、多種多様な種類の麦の成長過程と特徴が、見事な筆致で描かれている。きっと今ほど麦畑が大きくなかった頃、この紙の前で麦の育種について頭を悩ませていたのだろう。

その部屋にはノードストンが日々知恵を絞っているらしい机があり、紙束が山のように積み上げられている。インク壺は固まったインクで火山のようだし、だめになった羽ペンが散らばっている様は、知識の鳥を貪り食った後のようだ。

そこに眠気覚まし用の生玉ねぎを見つけ、親近感を抱く。

「ん？　ねえ兄様、なんだろ、あれ」

と、ミューリが示したのは、そんな部屋の窓際に、隠されるように置かれていた、大きな金属製の装置だった。

腕を回して抱えるには、大人二人は必要になりそうな大きさだ。所狭しと物が置かれている部屋の中でいかにも窮屈そうに置かれ、そのてっぺんあたりだけが見えていた。

麦の育種と合わせて、お金に換えやすい商品として、酒の研究もしていたのかもしれない。

ただ、その蒸留器は作りが素晴らしく、見えている部分は美しいほど球体に近い。さらに表面には不思議な曲線が幾重にも描かれているようで、もしかしたら酒の精になにかを語りかけるような、魔術的な意味合いのあるものかもしれなかった。

それとも、黄鉄鉱から酸を採るための道具かもしれない、と思ったところで、奥の部屋からノードストンの声が聞こえてきた。

「なにをしている」

まだ興味深そうに部屋を見たがっているミューリの服を引っ張り、自分たちはさらに部屋の奥に向かった。

するとそこには竈があり、水桶があり、食事用のテーブルがあって、開け放たれたままの裏口の扉の向こうでは、豚が入り口を塞ぐようにして寝そべっていた。

「ここは物がなくて落ち着くね」

確かに、他の部屋と違ってよく整理されていて、急に静かになったような印象さえ受ける。

ノードストンは椅子に座り、こちらにも座るように手で示してから言った。

「ここだけは私の縄張りではないからな」

その言葉で、先ほどの慌てた様子を思い出す。

「グラートさん、という方でしょうか」

ノードストンはこちらを見て、肩をすくめる。

「お前たちは今朝がたステファンと会ってきたのか」

こちらの行動を把握していて、しかも自分の顔を見るなり、薄明の枢機卿と言い当てた。

魔法でなければ、理由はわかる。

「町にあなたの協力者が？」

「あの間抜けより早く、私はお前がラポネルにきたことを知っていたよ」

ミューリを見やれば、ノードストンの真似のように肩をすくめられる。

ノードストン領はまさに目の前の老人が豊かにした土地なのだ。

往時の権勢はまだ色濃く残り、ノードストンに逐一情報を渡す人間がたくさんいるのだろう。

「しかし、奇妙だったのは真っ先に畑に赴いたことだ。お前は異端審問にきたのではないのか」

「私は聖職者ではありません。今回のことも異端審問ではありません」

そう答えると、ノードストンは少しだけ眉を上げた。

「では、我が領地になにをしにきたのだ。王国内で絶大な人気を誇る、薄明の枢機卿殿が」

我が領地、というのはちょっとした言葉遊びだったのかもしれない。

ラポネルの港ととらえることも、この森の中にある屋敷ととらえることもできる。

「まず第一に、奇妙な噂のある領地の新しい領主様が、不穏な噂から領地を守るために身の潔白を証明したいということで、お話を伺いに参りました」

「ふん」

とっつきにくそうなノードストンだが、頑固な元領主はニョッヒラの湯屋でたくさん見てきた。その時のことを思い出しながら、言った。

「もうひとつは、新大陸の話をお聞きしたく」

「なに？」

意表を突かれたらしいノードストンが目を丸くしたところに、追撃を放つ。

「私は新大陸の存在が、王国と教会の争いを収める秘策になるのではないかと思っています」

「……」

呆気に取られた様子のノードストンは地の顔を見せ、そこには好奇心旺盛な少年のような面影が感じられた。偏屈そうなしかめっ面は、領主としての顔なのかもしれない。

「ノードストン様のお力を借りられませんか」

あえて元の領主名で呼んだ。

引退して偏屈に磨きのかかった元領主たちは、押しなべて孤独と喪失感に苦しんでいた。

あなたはまだ世の中心にいる、その力を貸してくれと言われた時の彼らの顔は、大体が同じようなものになる。

「……ただの若造ではないようだな」

「滅相もありません」

こんな手練手管を使うようなことはあまり正しくないのかもしれないが、目的のためには神もお許しになられるだろう。

「だが、それならば話が早い」

ノードストンの言葉には、自分も思い当たるものがあった。

「私に会う必要があった、と先ほど仰っていましたが」

「いかにもそうだ。新大陸の話を知っているならば、私が宮廷で資金を募った話も聞いているだろう？」

「はい。残念ながら、あまりうまくいかなかったとも」

柔らかな表現に、ノードストンは鷲鼻を揺らして笑った。

「あまりどころではない。詐欺師だのなんだのと言われて散々だった。まったく、あるはずのない大金山の話にはよだれを垂らす癖に、連中はなにもわかっとらん」

傍から見たら五十歩百歩だろうが、自分にとって、あるいはミューリにとっても新大陸の話は金山より重要だ。

「しかし、お前の権威があれば話は別ではないか？　確か、王族の後ろ盾を得ているのだろう？」

ノードストンの名では集まらなかった資金も、薄明の枢機卿という名前があれば。

自領を探る敵かもしれないのに、同時に現実的な打算も行える。エーブのような商人とは少し違うが、根っこのところは同じような合理的な人物なのだろう。あの広大な麦畑を思わせる、なにか人を圧倒させるものをこの老人は秘めている。

「それになんだ、王国と教会の争いを収める秘策といったか。それは王族の案なのか？　宮廷が、新大陸を探そうとしているのか？」

そして一気呵成に攻めてくる。曖昧な返事をすると、面倒なことになりそうだ。

「いえ、そこはあくまで私の、まだ構想の段階の話です。しかし、ぜひノードストン様のお話を伺いたく」

こちらも予防線を張りながら、どうにか手を放さずついていく。

「……ふぅむ」

すると急に品定めするような顔つきになったノードストンは、ちらりとミューリを見てから、こちらを見る。

「少なくとも、ステファンからのつまらないお使いを請け負った間抜け、というわけではなさそうだな」

「あ、いえ……。ノードストン様を説得して欲しいとも言われています。教会のラクロー様に、申し開きをするように、と」

「はっ！」

鼻で笑う、という表現がぴったりなノードストンは、忌々しそうに眉根に皺を寄せた。

「神の御前にならばまだしも、なぜあんな愚劣な連中に膝をつかねばならんのだ。あいつらがもう少しまともな頭を持っていたならば、西の大陸の探索だってもっと進んでいたはずなのだ」

前半部分には若干の共感を抱いてしまうので流したが、後半は聞き捨てならなかった。

「新大陸についての探索、と仰いましたか」

「ああ、そうだ。昔っからあいつら教会がどれだけ嫌がらせをしてきたことか」

「それは……錬金術師様のことで？」

新大陸はそもそもが、錬金術師の星占いで示された、という話だった。

「連中が食べるパン、豪勢な教会は一体誰のおかげだと思っているんだかな。麦を実らせたのは我が錬金術師だ。だというのに連中は、錬金術師だというだけで彼女を迫害しようとした。大昔には、教会自身が錬金術師を囲って戦をしていたというのに、まったく身勝手なものだ！」

積年の恨みを怒涛のように吐き出すと、ノードストンは大きく息を吸って、今一度小さく鼻を鳴らした。そこに、ミューリが小さく言葉を向ける。

「お祭りに聖ウルスラさんを選んだのは、せめてもの手向けだったんだよね？」

ノードストンはじろりとミューリを見やるが、偏屈な元領主たちをたらし込むのに、ミューリを越える者はニョッヒラにいない。

「お爺さんは、恩を忘れない律義な人だって」

「……そうだ。しかし、教会におもねった途端に手の平を返す連中も、そうするしかなかった自分にも腹が立つのだ」

ミューリは深くうなずいて、ハイランドから賜った細身の剣を、腰帯から鞘ごと抜いた。

「私も兄様に汚名を着せられて、別の誰かとして称えられているなんてところは、想像だってしたくない」

鞘には狼の紋章があり、自分の帯にもその紋章が小さくあしらってある。普通ならばミューリのような少女がこんなことを言えば、なにをわかったふうな口を、となるところだろう。

けれどノードストンは、鼻で笑う前に短く問いを向けてきた。

「さっきから気になっていた。なぜお前らは同じ紋章を？」

「私は兄様の騎士だから」

ミューリは即答する。

そして、ノードストンの眉尻が急に垂れた。

笑顔を見せたのだ、と気がつくのに時間がかかるくらい意外な表情だったし、その後に続いた言葉はもっと意外だった。

「ふんっ……昔の自分を思い出すな……」

しかし、ミューリにはなにかしらの確信があったようで、その言葉を待っていましたとばかりに、こう言った。

「お爺さんも、私と同じように、錬金術師様を守ろうとしたんだよね？」

ミューリの想像力に舌を巻く。ノードストンと錬金術師の年齢差を考えれば、きっと同じような光景がこの領地で見られたのだ。命を助けられた少年が、白眼視される錬金術師を必死に守ろうと、背伸びをして剣を手にしていたという光景が。

「私は……守りきれなかったがな」

「でも今も遺志を継いでいる」

ミューリの言葉に、ノードストンは柔らかく微笑み、テーブルに手をつきながら億劫そうに立ち上がる。

「飲み物も出していなかったな。いつもはグラートの奴に任せきりだから」

ミューリの口のうまさというより、二人にはなにか通じるものが最初からあったのかもしれない。あるいは単純に、話を聞き集めていくうち、ノードストンという人物がミューリの好きそうな性格だとわかっていたのか。

慣れない手つきで飲み物を準備するノードストンの背中を見ていたミューリが、ちらりとこちらを見てくる。参りました、と頭を下げれば、満足げにうなずかれるが、大切な誰かのことを守りきれなかったら、というミューリの話は、自分にも跳ね返るものだ。

ノードストン家は数奇な時の流れに翻弄されてきた。

その一時代を築いた元領主が、葡萄酒を三つ、テーブルに置いたのだった。

「世間知らずの信仰馬鹿ならば、まるめ込んで言うことを聞かせようと思っていたがな」

ノードストンはそんなことを言って、ミューリが笑った。

「お前たちのような奴らに嘘を言わせれば、我が錬金術師や、亡き妻に顔向けができなくなってしまう」

独り言のようにも取れる言葉にミューリと目を見合わせていると、ノードストンは葡萄酒を啜ってから続けた。

「お前たちに偽の手掛かりを見せ、宮廷での資金集めを手伝わせることはきっとできただろう。新大陸があれば、王国と教会の争いを仲裁させられるかもしれないなどと言い出すのは、相当なものだ」

まだそれは仮説に過ぎないが、追いかけるのに十分な魅力があると思っているし、それっぽい手掛かりを見せられたら、確かに飛びついたかもしれない。

「王国と教会は、十分の一税のような、世の中の限られた金貨を巡って争っている状況です。そこにまったく新しい新大陸が現れれば、争いを棚上げにできるのではないか、と」

「ほう。実際、国王も教皇も、こんなに争いが長引くとは思っていなかったろうからな。今ではさっさと手を引きたいと思っているはずだ……が、このままでは双方面子が保てない。新大陸があるという話になったら、喜び勇んで飛びつく、というのは悪くない発想だ」

エーブと似ているところがあるせいか、すぐに理屈を理解していた。

「ですが、ノードストン様の口ぶりだと……」

探るように言葉を向ければ、元領主の老人は、不服そうにため息をつく。

「ああ、新大陸については、完全な手掛かりというものはない。お前らが宮廷に向かっても、お前たちの名を汚すばかりだろう」

空振りだった。

その落胆を顔に出すまいとしていたが、隠せるものではなかったのか、それともノードストンが目敏かったのかはわからなかったが、むしろ機嫌良く笑われてしまった。

「私に関する噂を聞いていれば、なにか確信があって目指している、と思うだろうな」

「それは……はい」

「我が錬金術師は確信していたようだが」

星占い、とステファンは言っていた。

異端ではなくとも、錬金術師の視線はやはり、現実ではないどこかを見ていたのだ。

「元々は、世界中の農法や麦粒を集める際、その手の話が紛れ込んでいることに気がついたのが発端のようだった」

ノードストンは語り出してから、啜った葡萄酒の中にあった葡萄の搾りかすを、酸っぱい思い出のように口から取り出している。

「麦の生産方法というのは、古代の帝国の範に倣う文献が多かった。そして帝国は、東端と西端で季節が違うとすら言われたほど広大だった。それゆえに、世界にはまだ見ぬ大陸があるという説が一般的だったようだな。そこを目指す長い旅に耐えるため、船の上で麦を栽培する、なんて話もあったほどだ」

ミューリがいかにも好きそうな話だが、おとなしく話を聞いている。

「もっとも、我が錬金術師はある意味で、我が妻のために信じていたのかもしれないが」

「奥さん？」

ミューリの問いに、ノードストンがうなずく。

「この土地も昔はろくな食い物のない荒れ地だった。当主やらが死に絶えた中で貧窮に陥った小娘たちは、食うものにも事欠いていた。その時のことが原因で、我が妻は長じても病に臥せることが多かった。私があの先の見えない麦の作付けを諦めなかったのは、幼くして夫婦の誓いを立てた妻のことがあったからだ。まだ髭も生えない少年の頃だったからな。うまいパンを食わせてやる、くらいしか思いつかなかったんだ」

山羊(やぎ)の喉(のど)を掻(か)っ捌(さば)いて、血を畑に撒(ま)いていたという。

月明りの下で必死な顔をしている、少年ノードストンの顔が見えたような気がした。

「我が錬金術師(れんきんじゅつし)は飄々(ひょうひょう)としていたが、妻とは気が合ったようで、よく空想のような話を二人で長々としていたものだ。そのうちのひとつが、新大陸だった」

病に伏(ふ)せる少女に語る、西の海の果ての話。

ならば今もその話をノードストンが追いかけているというのは、意味合いが大きく異なってくる。

「私は子を残さなかった。ノードストン家の血を引いているわけでもない。麦を根付かせはしたが、私はこの土地でずっと、どこかよそ者のような気がしていた」

ミューリが息を吸うように背筋を伸(の)ばしたのは、それだけ深い共感があったからだろう。

この少女もまた、地図の前で世界のどこにも自分の居場所がないことを思い知らされていた。

「だから私は、あれらの姦(かしま)しいおしゃべりを聞かないふりをしていたが、ずっと深く囚(とら)われていた。まあ、妻もそのことに気がついていたようだ」

ノードストンはそう言って、開け放たれた木窓の向こうを見つめていた。

「妻は、いつか私の代わりに新大陸を見つけてくれ、と楽しげに言った。あるいはそれは、自分亡(な)き後は家のことなど気にせず自由に生きろ、という意味だったのかもしれないが」

時代の奔流に押し流され、この土地で出会った者たちだった。

しかもノードストンとその妻が出会ったのはまだ幼子の頃のことだと言う。

二人の絆は夫婦というより、兄妹、あるいは辛い時代を知る戦友だったのかもしれない。

「我が錬金術師はいつも笑顔の癖に、妙に頑固なところもあってな。妻に言い聞かせているうちに自らも本気になったのか、それとも元々本気だったのか知らないが、いつしか新大陸の話に没頭していた」

「それで、志半ばで？」

ミューリの小さな問いに、ノードストンはうなずいた。

「私が遺志を継ぐほかあるまい。いや」

元領主は再び、少年のような顔を見せた。

「あれだけ聞かされたんだ。私だって見てみたい」

ミューリの耳と尻尾が出ていたら、きっと花が咲くように膨らんだことだろう。

「ステファンが私の研究費用に怒り狂うのはともかく、教会が錬金術師のことを持ち出して、過去の過ちを悔悛しろと迫るのに従わない理由をわかってくれるか？」

信仰に熱心な司教だというから、おそらく理解のための対話ではなく、一方的な断罪と、悔悛の強要、そして上段からの罪の赦免を行おうとしているのだろう。司教からすれば正しい信仰のためなのだろうが、ノードストンの側にだって深い事情がある。

ミューリはもちろん、ノードストンの味方だった。

「兄様」

いっそ責めるようなきつい口調で、わかっているだろうな、と睨みつけてくる。

「お話はわかりました」

そして、おそらくステファンもこの辺りは百も承知なのではないかと思った。

それでもラクローという司教が存在するのは事実で、王国と教会が争っているという不穏な状況も確かなことで、領地を守るために舵取りをしなければならないのも現実なのだ。

自分はしばし言葉を考え、正直なところを述べるほかなかった。

「領地の安寧のため、今一度領主の顔に戻っていただくことはできませんか」

理不尽とはわかりながら、それを受け入れなければならないことは、領主としての半生で一度や二度ではなかったはず。偏屈で、森の中にこんな屋敷を建ててステファンも立ち入らせずに生きているのは、むしろきちんと道理を理解しているからにほかならないのではないかと思った。

理屈をわかったうえで、従うのが嫌だから、引き籠もっているのではないかと。

「……教会に膝をつけと？」

「名ではなく、実を取るために」

ノードストンが顔の半分で笑ったのは、ノードストン家の領主という「名」を、とっくに移譲しているからだ。

そして、あの圧倒するような畑を作り上げた人物は、こう聞き返してきた。

「では、実とは？」

「約束はできませんが、その……新大陸探索のため、ハイランド様にかけ合う、など」

ノードストンの残り半分の顔が笑ったのは、肝心なところではっきり言いきれなかった自分の、気弱な話し方のせいだろう。

「隣で騎士殿が苦い顔をしている」

呆れたミューリが、そんなに間抜けだと酒を飲むぞ、とばかりに葡萄酒のジョッキに手をかけていた。

「ここぞというところでは、できもしない約束を堂々とする必要もある」

「……肝に銘じておきます」

ノードストンは楽しげにもう一度肩を揺らして笑ってから、言った。

「ならば私から、実の面で頼みごとをしたい」

「な、んでしょうか」

居住まいを正せば、ノードストンは静かな目でこちらを見つめてから、言葉を続けた。

「新大陸を目指すには金がかかる。しかし家督を移譲して、私が自由にできる領地の資金はなくなった。それゆえに私は、自分で稼ぐ必要に迫られた。私は新大陸に向かうための船で、密輪に手を出していたのだ」

　それに手を貸せと言うことだろうか。

　そう思ったのだが、ノードストンはこう続けた。

「今、その船が数日前の嵐に巻き込まれ、大陸側で座礁してしまっている。すでに現地の領主の保護下にあるということだが、密輸船とばれれば没収の上、船員たちは縛り首だ」

　シモンズの話を思い出す。海岸に漂着した難破船は、現地の領主の責任で保護しなければならない。けれど、密輸船の場合はそれが逆に作用してしまうようだ。

「密輸船にはこの町の商会もいくつか荷を載せている。王国と教会の争いのために交易が混乱し、苦しいところが多くてな。船の積み荷を失えば、窮地に立たされるところが出る。グラートが港に向かって善後策を練っているはずだが、連絡がこないということはろくな選択肢がないのだろう」

　それでじれていたところに、人の気配を感じて屋敷を飛び出してきたのがさっき、ということのようだ。

「しかし、お前たちのことでぴんときた。お前たち、ボラン商会と繋がりがあるだろう？」

　ステファンが薄明の枢機卿を呼び寄せて、自分が港に到着したことも知っていたなら、アズが仲介して商会に泊まっていることも知っているだろう。

「確かにそうですが……」

「あそこはろくでもない商会だが、その分、ずる賢い」

褒めているのかけなしているのかわからないが、ミューリが楽しげにしているので、多分褒めている。

「あの商会ならば、我が密輸船をどうにかして引き取れるのではないか？　たとえば正規の船に偽装するなど、いかにもあそこの商会がやりそうな手口だろう」

そう言われると、エーブならばやりかねないと思える。

「密輸船を助けてくれれば、ステファンの希望に叶うように振る舞おう。あの強欲商会には、我が船の船倉をいくらか貸し出すことでどうにかならないか」

ノードストンが教会に向いて膝をつけば、ステファンの心配の種は取り除かれる。

ノードストン家は今後も安泰で、王国は麦の値段の動揺に晒されずに済む。

そして、この老人は引き続き新大陸を探す夢を追いかけられる。

そうすれば、自分もミューリも、新大陸に関して前進できるかもしれない。

天秤は釣り合っているだろうか？

隣のミューリを見たのだが、揺るがない赤い瞳の結論はそもそも決まっている。

密輸について苦々しい思いはあるが、きっと司教の前で悔い改めてくれるだろうと自分に言い聞かせ、こう答える。

「確約はできませんが、かけ合うことはできます」

ノードストンはじっとこちらを見てから、目を伏せた。

「頼む。あれは新大陸に向かうための、大事な船なのだ」

それは馬鹿げた夢なのかもしれない。

けれど事情を知った今、決して馬鹿にはできない夢なのだった。

屋敷を出て、自分とミューリは森の木陰にたたずんでいたアズと合流した。ミューリは気がついていたらしいが、自分はアズがどこにいたのかまったくわからず、姿を見せた時には間抜けにも声を上げて驚いてしまった。

心を落ち着かせた後、ノードストンから持ち掛けられたことを話すと、アズはしばし宙を見つめて思索を巡らせた。

「問題ないでしょう。過去に似たようなことで密輸船を引き取ったことがあります」

褒められたことではないのだが、頼りになることだけは確かだ。

「じゃあ、鳥さんに頼んでエーブお姉さんに手紙を送ればいいかな」

森の小道を戻りながら、ミューリがそんなことを言う。シャロンのことを鶏だなんだとくさしてやまないが、その力はきっちり借りているようだ。

「それで、この土地の問題は解決しそうですか」

「密輸船を助け出してくれれば、教会に膝をつくと。ただ、新大陸については望み薄のようです」

アズは小さくうなずいた。

「一波乱あるようなら麦の相場を張っておこうかと思いましたが、必要なさそうですね」

さすがそのあたりはエーブの部下らしいと思い、乾いた笑いを返しておいた。

その後、森の出口で手持ち無沙汰にしていた庭師の青年と合流し、再び港町ラポネルに戻る頃には日が暮れかけていた。商会の部屋に戻ってからアズが手紙をしたため、自分も署名を施したうえで、ミューリが呼び寄せた海鳥に手紙を託して空に放った。

「夜に飛ばなきゃいけないからって、ちょっと不機嫌だったね」

「お館様から褒美を多く出してもらえるよう、書き添えておきました」

鳥が飛んでいった暗い空を見ながら、アズとミューリはそんなことを言っていた。

「明日の朝には到着するらしいから、返事は早くて明日の夕方かな」

ミューリの一言にちょっと驚く。

「そんなに速く行き来できるんですか」

「私が本気を出したら、少しは負けるかもしれないけど同じくらい早いよ」

なんだか妙な対抗心を燃やしているミューリに苦笑を向け、木窓を閉じた。

「けどさ、兄様」

アズが晩ご飯を注文しに部屋から出ていくと、ミューリが不意に口を開いた。

「兄様はこのお仕事が終わっても、あのお爺さんのために協力するの？」

風でややがたつく木窓を窓枠に嵌め直してから、ミューリの言葉を反芻する。

「新大陸を探すかどうか、についてですよね？」

ベッドに腰掛けていたミューリは、返事の代わりに肩をすくめる。

「ハイランド様には、約束どおりかけ合います。けれど、新大陸の展望について嘘をつくことはできません。まして、宮廷で資金を募るようなことは……難しいですね」

古代の帝国が残した文書の中にその存在が伝説的に語られているだけで、それ以外は錬金術師の星占いくらいしか手掛かりがない。ということは、ノードストンが西の海の果てを目指そうとするのは、理屈ではないのだろう。

妻と錬金術師が楽しげに話していたから。あるいは、この土地を自分の死に場所だと思えなかったから。

「けれど現状、西の海の果てを目指そうとして船まで造っているのは、ノードストン様くらいしかいません。なにか手伝えれば、とは思います」

ミューリはその言葉に納得しようとして、やっぱり飲み込みきれなかったようだ。

「手掛かりはないって、あのお爺さん自身が言ってたじゃない」

その奇妙な発言に、眉が持ち上がった。それはまるで、ノードストンが新大陸を探すことに協力するなんておかしい、と言っているように聞こえるからだ。

けれど、やきもきした感じのミューリの様子に、なんとなく言いたいことがわかってきた。

ミューリは賢い。

賢いから、色々なことに気がついてしまうのだ。

「確かにそうです。ノードストン様の話を聞く限り、ノードストン様は私たち以上にあやふやな手掛かりだけを基に、西の果てを目指そうとしています」

そんなあやふやな話を、どうして頭の固い兄がなおも追いかけようとするのか、とミューリは考えたに違いない。

「でも、あなたは手掛かりの有無にかかわらず、ノードストン様を助けたいと思っている。そうでしょう？」

ミューリは口を引き結び、嫌そうに顎を引いた。

ミューリはもちろんノードストンを助けたいと強く思っている。けれどももっと強く感じているのは、お人好しの兄がノードストンの依頼を受けたのは、自分のためなのではなかろうかという懸念だろう。

ではなぜ、ミューリがそんなことを思うかといえば。

「私は……守られるばっかりの女の子じゃないよ」

ミューリがノードストンの向こうに見たのは、世界地図の前で立ち尽くす自分自身の姿だったに違いない。しかもノードストンは志半ばで不本意な形で取り残され、もはや向かう先といえば夢物語のような海の果てしかない、というような状況なのだ。

そもそも情の厚いミューリには、耐えがたい冷たさを湛えた物語だろう。

ここでめそめそしないで立ち向かおうとするのは、確かにひとつの成長と言えるのかもしれないが、どちらかというと騎士という看板に引っ張られすぎている気もした。

けれどミューリのことをいつまでもか弱い女の子扱いするのは、それはそれで問題だろう。

ミューリの誇りを傷つけないようにと、少し考えてからこう言った。

「あなたの敵は、私の敵です」

守るのではなく、共闘するのだと。

騎士道物語によく出てくるお決まりの言葉に、ミューリは誤魔化しに似たものを感じ取ったらしいので、もうひとつ自分の言葉も付け加えておく。

「そもそも、大人になるというのは、なんでも一人で解決できるようになることではありませんよ」

ミューリの隣に、静かに腰を下ろす。

「私を見ても明らかでしょう？」

「……それは、兄様が特別頼りないだけじゃない」

むくれたミューリがこちらを見ながらそんなことを言うが、そこはそのとおりだとも思うので、落ち着いて切り返す。

「では、あなたのご両親はいかがですか？」

ミューリの両親は、それぞれ立派な人物だ。けれども一人では到底たどり着けないような場所にまで、二人だからこそたどり着けた。

ミューリはなんだかんだ言って、あの二人の冒険譚が一番好きなのだ。

そして、あの二人でさえ、当時子供だった自分から見ても呆れるようなことが多々あった。

ミューリのもどかしそうな様子に微笑むのは、焦る必要はないと伝えたいからだった。

「あなたが理想の騎士を目指すのはもちろん応援します。ただ、騎士にも休憩は必要ですしね」

「……」

ミューリは思いきりふくれっ面をすると、おもむろに三つ編みを束ねていた紐を乱暴にほどき、こちらにしがみついてくる。

「……じゃあ、今は騎士はお休み!!」

力いっぱいしがみつきながら、くぐもった声でそんなことを言った。

意地っ張りなミューリの背中に手を回せば、膨らんだ狼の尻尾がぱったぱったと揺れ始める。

やれやれと笑いながら、ふと、苦しい時代を生きたであろう少年時代のノードストンも、時にはこんなふうに誰かに身を投げ出せたのだろうかと思う。

ミューリはぐりぐりとこちらの胸に顔を押しつけてから、ようやく息継ぎをするかのように顔を上げる。

「髪の毛も梳いて」

騎士だから、と甘え癖を控えていた分を埋めるかのように、そんなことを言う。

「かしこまりました」

と、ほどけかけだった三つ編みを梳いてやっていれば、アズが両手いっぱいに食べ物を持って部屋に戻ってきた。

「席を外していたほうが？」

わざわざ聞いてくるのはアズなりの冗談のようだったし、もちろんミューリは、焼いた牛の肩肉とパンの匂いに我慢できないのだった。


翌日も曇天模様で、風こそないが空気はやや冷たい。

そんな中、ミューリは朝から木窓を開け放ち、窓際に椅子を置いてずっと空を見つめていた。早くても夕方頃、というようなことを言っていたのに、ラウズボーンに放った鳥が戻ってくるのを今か今かと待っていた。

そして海鳥はその期待に応えるかのように、昼過ぎに部屋へと飛び込んできた。

「お疲れ様！」

昨晩のつやつやの毛並みが幾分みすぼらしくなった海鳥だったが、ミューリに頭と羽を撫でられ、ご褒美に取っておかれたパンをつつくと、誇らしげに胸を張って飛んでいった。

海鳥の運んできた蠟で固められた手紙を広げれば、見事な筆致で文章が記されていた。

「なんて書いてある？」

「密輪船を正規の船に見せかけるには事前の準備が必要で、今回の件では無理だろうと。だから密輪船として、引き取りにいくと」

「え……でも、密輪船ってばれたらまずいんじゃないの？」

ノードストンの話では、船は積み荷ごと没収の上、船員は縛り首とのことだった。

ミューリが不思議そうに首を傾げ、こちらに視線を向けてくるが、自分もよくわからない。

「とりあえず、アズさんに手紙を見せましょう」

それから商会の荷揚げ場に向かい、アズに手紙を見せると、すぐに合点がいったようだった。

「これは、ラウズボーンの司直が追いかけていた密輪船、ということにして回収するようです」

「あ、そうか。裁判権を利用するわけですね」

知恵は回るがまだまだ世の中の仕組みを知らないミューリが、顔をしかめていた。

裁判権は権力者にとって、統治の根拠となりうる重要なものだ。罪人を誰が裁くかというのは、誰がその土地の支配者かを示し、罰金や財産没収など金銭的な利害も絡んでくる。なので裁判権を巡る話ならば、よほどの理由がなければ争われない。

よって、ノードストンの密輸船をラウズボーンにて密輸を働いていた船とすることで、その取扱いをラウズボーンの管轄下に置くことができる。相手方の領主には、追いかけていた船を捕まえてくれたという理由で相応の礼をすれば、おとなしく船員ごと船をラウズボーンに引き渡してくれるだろう。

そしてラウズボーンの司直で船を引き取れれば、エーブの根回しや、ハイランドの権威によって、船や船員の扱いはいかようにもできる。

川の流れで歯車を回して麦を粉にするような一連の流れだが、ミューリはそういう細かいことには興味がないらしい。

「助けられるならなんでもいいよ！　それで？」

「はい。船を引き取るための要員は、大陸側の港町、ケルーベに向けて高速船を用立てるとのことでした」

ケルーベとは懐かしい地名だったが、ミューリは別の単語に反応していた。

「高速船⁉」

好奇心をつつかれ背伸びをするミューリの肩を押さえながら、アズに尋ねる。

そのほかにもいくつか気になることが書かれていたのだ。

「手紙には、私たちにも現場に赴いて欲しいとありましたが」

「ノードストン卿を完全に信用できるかわかりませんからね。私たちボラン商会をおびき寄せる罠かもしれません」

淡々と語るアズに、はっと息を呑んでしまう。ノードストンの話に肩入れしすぎていて、これが非合法な取引に手を貸すことだとすっかり忘れていた。

またミューリにちくちく刺されると思ったら、ミューリも不機嫌そうな顔をしていた。

「念のためですよ」

ノードストンを疑うなど、と不服そうなミューリに、アズはあっさりとそう言って手紙をたたんだ。

「では、ラウズボーンからの要員とは、ケルーベで合流ですか？」

「はい。いったんそこで待ち合わせてから、船の座礁したところに向かうようにと」

「わかりました。ならばさっそくケルーベへ向かう船を見つけないといけませんね」

ミューリを見やり、互いにうなずき合った直後。

「大体こんなところだろうと思っていたので、すでにご用意を」

その手際の良さは、さすがエーブが自分たちに同行させた人物なのだった。

町を離れることについて、ステファンへの連絡はアズがつけてくれて、さらにノードストンとの連絡も取り持ってくれるということで、アズはラポネルに残ることになった。

そのアズが用意してくれた船は、王国の内陸部に住む商人が麦の買いつけ代金としてラポネルに持ってきた羊毛を、ラポネルの商人が大陸に再輸出するための船だった。

いくつもの土地を介する大規模な取引の流れにミューリは感心し、同時に港を離れて少し経てば、たちまち見えてきた対岸の近さに驚いていた。

「昔は槍を投げて対岸に届かせられる戦士がいたとか」

「へー」

積み荷がいっぱいだったことと、風が強くて船がずいぶん揺れるため、船倉ではかえって危ないということで甲板に出ていた。

幸い、船は揺れたが対岸が常に見えていたおかげか、船酔いすることもなかった。

「ケルーべって、兄様が父様たちと出会ったところだっけ？」

「正確には、そこに流れ込む川の上流ですね。路銀も尽きて途方に暮れていたところを、助けてもらったんです」

「あー、じゃあ、不老不死の妙薬を巡ってエーブお姉さんと大喧嘩したところか」

寒い地域を回遊する、巨大な一本の角を生やしたイッカクと呼ばれる海獣がいる。その奇妙な角は長寿の秘薬の材料として重宝されるため、水揚げされたイッカクを巡り町の中で大きな争いが起こった。

ミューリの両親と共に、街中を駆けずり回った記憶が蘇ってくる。

「貝の料理がおいしいんだっけ。どんな味なのかなあ」

「遊びにいくんじゃありませんよ」

「うっ……わ、わかってるよ！」

まだまだ油断するとおてんば娘の地が顔を出してしまうようだった。

船は風をうまく摑み、南に北にと船首の向きを変えながら、やや荒れた海を進んでいく。最後には櫂が力強く海を叩き、まだ日が高いうちに港に到着した。

「わっ、こっちも大きな町だね」

ミューリの言うとおり、およそ十年以上ぶりに訪れたケルーベの町は、昔よりも輪をかけて賑やかになっていた。異教徒との戦の時代には川を挟んで異教徒と正教徒が長らく対立していたらしく、自分が子供の頃には元々異教徒の土地であった町の北側が寂れていた。しかし船から見た感じではその北側も大きく発展し、南側はさらに賑やかになっているような感じだった。

船酔いはせずとも、船の揺れが体に残っているせいでふらふらしているミューリを支えながら、自分たちはケルーベにある一件の建物を目指した。

たどり着いた立派な建物は商会のようだが、商会ではない。

「ローエン……商業組合？」

余計な装飾を排した威圧感のある建物の入り口には、年季の入った黒ずんだ鉄製の看板が掲げられている。ミューリがそこに書かれている文字を怪訝そうに読み上げてから、こちらを見やる。

「あなたのお父様が所属していたところですよ」

イッカクを巡る話は知っていても、山奥生まれのミューリには商業組合という概念がよくわからなかったのか、首を傾げていた。

組合会館の扉を開けると、一斉に視線を向けられた。好意的な視線はほとんどなく、勝気なミューリなどは睨み返していたが、ほどなく帳場台から声が聞こえてきた。

「おや、あなたはもしかして」

羽ペンを手にしていたその人物の涼やかな顔立ちには、見覚えがあった。

「組合長のお知り合いですか」

近くにいた髭面の商人が、葡萄酒で湿った髭をもさもさ揺らしながら言う。

薄明の枢機卿の名はこの辺りにも広まっていそうなので、自分の名を出されると面倒なことになるかもしれないと思っていたら、帳場で分厚い台帳を繰っていたルド・キーマンが、羽ペンを置いて立ち上がる。

「大事な客人のようだ。おい、奥の部屋を開けてくれ」

キーマンの指示に、若い見習い商人らしき少年が慌てて駆けていく。

「ほほ、それはそれは」

お見知りおきを、とでも言わんばかりに髭の商人は帽子を軽く持ち上げて、他の商人たちも手のひらを返したように愛想良く挨拶をしてくる。昔の旅ではこういう人たちとよくやり取りしたことを思い出して苦笑した。

それから好奇の視線の中を歩き、キーマンの後についていく。

扉が閉じられ、背中にはっきり感じるくらいの視線がなくなってから、ほっと一息つけた。

「お久しぶりです。わかっていただけるか不安だったのですが」

ミューリの両親がニョッヒラの湯屋を開く時には、このキーマンにも資金面で相談に乗ってもらったりしていたらしい。その後、湯屋の仕入れでこの商業組合とは取引をずっと続けていたが、再会するのは久しぶりだったのだ。

「君……いや、あなた様はなんとなく、という感じです。私がわかったのは、こちらのお嬢さんですよ」

「わたし？」

きょとんとするミューリに、キーマンは苦笑のようなものを浮かべていた。

「母君にそっくりです。あの時の焼けつくような感覚を思い出しますね」

イッカクを巡り、命と金貨を天秤に載せるような大騒ぎだった。

キーマンは部屋の中の立派な椅子を勧めてから、小僧たちの持ってきた応接用の銀杯と葡萄酒の甕を受け取っている。

「……ねえねえ兄様、あの人は母様に恋してたの？」

ミューリがこっそりそんなことを尋ねてきて、思わず笑ってしまった。

「それで？　世を騒がせている薄明の枢機卿様が、突然こんなところになぜ」

当時から鋭利なナイフのような人物だったので、もちろん世の事情は把握しているようだし、そこには歳を重ねて分厚い鉈のような力強さが加わっている。

「実はこの町の近くで、王国側の船が座礁しました。その船を引き取りに」

「ほう」

「曳航用の船や人員がこの港を利用することになるので、お力を貸していただけましたら」

この辺りのことは、エーブからの返事の手紙に書いてあった。そして、こう言えというエーブからの指示は、気のせいかもしれないが楽しそうな筆致だった。

「船はエーブさんの采配で寄こされるので、キーマンさんによろしく伝えて欲しいと」

「……」

キーマンがイッカクを巡って死闘を繰り広げた相手は、ほかならぬエーブだ。

キーマンの笑顔が狼のようになって、心なしか髪の毛が逆立っているようだった。

「ご……協力いただけますか？」

隠して後から知られるより、最初に言ったほうがよい。そういうつもりでエーブは手紙にしためたと思ったのだが、キーマンの反応を見ると、もっと別の意図があったらしい。

「あの女狐め……」

キーマンの忌々しそうな呟きに、ミューリは面白そうな揉めごとを嗅ぎつけたのか、目を輝かせていた。

「ええ、もちろん協力しますよ」

キーマンは髪の毛を手で撫でつけ、大仰なしぐさで足を組み替えた。

「我がローエン商業組合が、王国とプロアニア間の安全を確実に保証しましょう。あんなよそものの商人に任せてはいられませんからね」

どうやら周辺の海域を巡って、エーブと縄張り争いをしているようだった。

エーブは、ラウズボーンを手中にしたぞと、面白がってキーマンに伝えたかったらしい。そんな争いに自分たちを巻き込まないで欲しいという気持ちを、精いっぱいの笑顔の下に隠しておいた。

「それで、座礁した先は？」

「えっと、はい。ケルーベの少し北のようです。カラカルという村が近くにあるとか」

「ああ、厄介なところですね。この町に流れ込む大きな川から海に出た砂が、北に向かう海流で運ばれて巨大な砂浜になっているのです。遠浅で、嵐のたびに砂州の位置が変わる難所ですよ。天気が悪い時に沖合の高波を嫌って陸地に近づきすぎると、どすん」

キーマンは壁に掛けられた近隣地域の地図を見ながらそう言った。

「もっとも、岩礁にぶつかってばらばらになるよりかはましでしょうが。船体は？」

ノードストンの話によれば、砂州に乗り上げただけで無事らしい。

「無事のようです。船員の方たちも」

「修理用の船渠は必要なさそうですね。なら、こちらの市政参事会には話を通しておきましょう。教会との争いがどっちに転ぶかわからないので、王国に恩を売っておきたい人たちがたくさんいますよ」

そんな言葉を口にする時には、すでにすっかり商人らしい慇懃な笑顔になっていた。

「ちなみに、その船はどんな船だか詮索しないほうがよい類のものですか」

正規の船舶ならば、自分のような者がエーブの伝言を持ってうろうろする必要がない。

曖昧な笑顔を返すと、キーマンは軽く鼻を鳴らしてうなずいていた。

「では、堅苦しいお話はそのくらいにして、我が町の名物を楽しんでいただきましょうか」

ミューリの顔がたちまち輝き、自分はその膝を軽く叩いておいたのだった。


同じ海岸沿いの町でも、獲れる魚に差があったり、調理の仕方が異なったりする。

ケルーベは大陸の奥からも人がやってくるからか、濃い味付けの料理が多い。珍しいところでは魚の卵の塩漬けなどがあり、ミューリはその塩辛い黒い粒をたっぷりパンに載せてかぶりつき、ご満悦だった。

宿は商館の上等の部屋を用意してくれて、壁には驚いたことにイッカクの角の欠片が飾られていた。ミューリはしげしげと眺めたり、匂いを嗅いだりしていたが、あんまりお気に召さなかったらしい。

不老長寿の伝説がある代物なのに、現実に目の当たりにしたらやっぱり現実のようだった。

そうこうして一晩を過ごした翌日、朝には風も収まりよく晴れていた。

「ここのところずっと天気が不安定でしたが、この陽気ならカラカルへの航行ものんびりしたものになるでしょう」

「ああ、そういえばヒルデ氏はご健在ですか？」

朝食に招かれた席で、キーマンは卵の黄身だけをすくって食べていた。

「ヒルデおじさん？」

バターがたっぷり載った、卵を五つも使った卵焼きを食べながらミューリが聞き返す。

「ちょっと前に会ったよね。知り合いなの？」

「デバウ商会は今や一大勢力ですから。この港にも、デバウ商会から色々な鉱物が届きますし、ついこの間は商会の支店を構える話も出ていました」

「へー」

こんな遠くにまで知り合いがいる、ということの不思議さに感心していたミューリだが、ほっぺたに卵焼きの欠片をくっつけたままだったので拭ってやれば、うるさそうな顔をされた。

「ちょうどその関係でいらしていた人から、あなた方の名前を聞いたのですよ。それで懐かしいなと思っていたら、お二人がいらっしゃったもので」

「えー、誰だろ？」

むぐむぐと卵焼きを咀嚼しながら、ミューリが言う。

「まだ町にいるかもしれませんので、後で人をやってみましょうか？」

「わざわざそんな」

と答えたものの、自分も少し気になった。すぐ思い当たるのは、自分に神の教えを基礎から教え直してくれた女助司祭だが、彼女の住まいはまだだいぶ遠いし、デバウ商会との繋がりがよくわからなかった。

ミューリの食べる大きな卵焼きも残すところわずかとなった頃、部屋の扉を叩く音がした。控えていた使用人が言伝を聞き取り、キーマンに耳打ちする。

キーマンは少し意外そうな顔をして、こちらを見た。

「ラウズボーンから司直を乗せた船が早速到着したようです。櫂船とは、女狐もずいぶん奮発しましたね」

ミューリはいっぺんに卵焼きを掻き込み、椅子から立ち上がる。

「船を見にいこ！」

高速船と言っていたので、自分たちが乗っていたずんぐりとした商船ではなく、細身のトンボのような船だろう。びっしり櫂が左右に延び、帆ではなく力業で海を進む海戦の華だ。

北の島嶼地域では、その船に追いかけられてひどい目に遭った。

「ほら、兄様、早く！」

見れば、右手にはちゃっかりパンを握っていて、さっさと部屋から出ていくミューリの背中にため息をつく。朝の剣の訓練がないので、元気を持て余しているのかもしれない。

「母君とはまた違った趣のようで」

キーマンは面白そうに言って、椅子から立ち上がった。

外に出ると、昨晩まで湿った風だったせいか、夜露が乾ききっていない港はきらきら輝いていた。沖合の波も落ち着いたようで、出港準備をする船と、そこに荷物を積み込む者たち、また朝の漁から戻ってきた漁船などで港はごった返していた。

ミューリを見つけられるだろうか、と不安になったものの、港の桟橋に近づいてみれば目を引く船が停泊していて、その近くの桟橋で食い入るように船の雄姿を見上げているミューリがすぐに目についた。

積載量を優先させた商船とは違い、海の上を波を切り裂き進むように設計されたそれは、いかにも心の中の男の子を刺激する。

ミューリは自分が隣に立っても一瞥さえくれず、朝日の照らす海より目を輝かせていた。

「ねえねえ兄様、帰りはこの船に乗って帰ろうよ！」

「はいはい」

おざなりに返事をして、船の甲板から渡し板が渡されるのを待つ間、キーマンとはこれからのことを話していた。

まずラウズボーンからきた使者と共にカラカルに向かい、現地の領主に事情を話し、万が一船員が捕らえられている場合は、釈放を要求する。それから遅れてくるであろう曳航用の船を派遣し、座礁した船を連れてくる。万が一曳航が不可能なくらい破損していたり、緊急のけが人などがいた場合の対処なども相談する。

そうこうしていたら、似たような服装に身を包んだ者たちが桟橋に降りてきた。ラウズボーンの市政参事会から派遣された官吏だろう。彼らはすぐにこちらに気がついて、敬礼した。

夜が明ける前に出港してきただろうから、その労をねぎらっていると、急にミューリが変な声を上げた。

「あれ⁉」

「どうしました？」

船のほうを見て口をぽかんと開けっぱなしのミューリは、こちらの問いなどまったく聞こえていないらしい。

それから脱兎のごとく駆け出して、渡し板を飛ぶように駆けた。

「こら、ミュー……」

と叱ろうとした言葉は港の雑踏に掻き消され、代わりに出てきたのは驚きの声だった。

「イレニアさん⁉」

甲板でミューリと抱き合っているのは、黒い髪の毛が特徴的なイレニアだったのだから。

イレニアはこちらに向かって微笑んで、ミューリになにかを言ってから、そろって渡し板を渡って桟橋に降りてくる。

「あなたたちが、新大陸の話に夢中な貴族様に会いにいくらしいという手紙を、エーブ様からもらいまして」

ノードストンにまつわる話を、面白そうにイレニアに向けた手紙にしたためるエーブの姿が想像できた。

「それに、その貴族様に問題が起こっているとか？　私たちと目標を共にする方が困っているならば、助けなければなりませんからね」

これを機に繋がりを得ておきたい、ということだろう。

機を見て敏な様子は、上司たるエーブの影響かもしれない。

「イレニアさんがいたら百人力だよ！」

すっかりイレニアに懐いているミューリは、再会できた理由などなんでもいいのだろう。ふわふわのイレニアにまとわりつきながら大喜びだ。

「別に戦いに赴くわけではありませんからね」

そうたしなめるが、ちらりとも視線を寄こさない。

まったくもうと肩を落としていると、イレニアが楽しそうに言う。

「人の世の戦力という意味では、私などより頼りになる方がいらっしゃいますよ」

「え？」

その声は、自分のものではなくてミューリだった。イレニアの髪の毛に押し当てていた顔を上げたミューリは、不愉快そうな顔で鼻をすんすんと鳴らしている。

「うええ……もしかして……」

そして、恐ろしく嫌そうな顔をして船を見やれば、見慣れた人影があった。

「鶏！」

ミューリが牙を剝いて唸ると、シャロンは肩をすくめて渡し板を降りてきた。

「シャロンさんまで？」

新大陸にそんなに興味があったのかと驚いていたら、ため息をつかれた。

「物好きな羊と一緒にするな。私は仕事を押しつけられたんだよ。密輪船なんだろう？　引退済みの徴税吏ということで、都合が良かったんだろうな」

裏のあるやりとりなので、現役の者だと後で困るかもしれない。ということで、元徴税吏で手続等を把握しているが、あとくされのないシャロンが呼ばれたらしい。

「さっさと片付けて戻るぞ。私も暇じゃないんだ」

「ふんっ。だったらこなければいいのに」

ミューリが挑発するように鼻を鳴らすので、頭を小突いておく。

「騎士は敵にさえ敬意を持つものです」

「う～……」

騎士の単語に弱いミューリに、イレニアが話しかける。

「聞きましたよ、ミューリさんは騎士になられたとか？」

「そうそう！」

たちまち機嫌を直すミューリに、シャロンは呆れたように肩をすくめている。

「ふふ、では参りましょうか」

ミューリとシャロンの様子を前に、楽しそうに笑ったイレニアがそう言ったのだ。

トンボのような高速船は、櫂の漕ぎ手の確保で恐ろしいほどの費用がかかる。ミューリは櫂船で行きたそうに熱いまなざしを向けていたが、自分たちは小型の船でカラカルを目指すことになった。その間、ミューリがノードストンとのやりとりをイレニアに伝え、幽霊船やらの話ではシャロンに茶々を入れられて牙を剝いたりしていた。

そうこうしているうちに船はケルーベの町を離れ、たちまち砂浜が大きくなっていくのを目の当たりにした。延々と視界の果てまで続く砂浜には、杭で作った物干し台に網を干す漁民たちの姿が見えた。海はキーマンの説明どおりずいぶんな遠浅のようで、波は陸から離れたところで崩れ、長い距離をかけて砂浜を洗っていた。

話を終えたミューリは落っこちそうなくらい身を乗り出して水面を覗き込み、陸地からかなり離れているにもかかわらず、時折海の底に手が届きそうなことに驚いていた。

途中、一度休憩のため小さな小川の河口を軽くさかのぼり、海沿いの道を行く旅人向けの旅籠に立ち寄った。そこでキーマンが持たせてくれた小麦パンやらの豪華な昼ご飯を食べ、カラカルの沖合で座礁した船の情報を聞き集めた。

店主の話では、一週間ほど前の嵐で吹き流され座礁したということだったが、歯切れはちょっと鈍かった。あれは良くない船なんじゃないか、と言葉を濁していたので、現地でもすでに密輸船の疑いが持たれているのかもしれない。

それから旅籠をあとにし、再び北上すると、今度は海に向かって突き出た真っ黒な岩の岬が見えてきた。ごつごつとした岩肌が滑らかな砂浜と対照的で、ミューリは感嘆のため息のようなものをついていた。

岬の突端では、誰かが置いた聖人の像が航海の安全を祈っている。ミューリとそろって口を開けながら見上げていたら、官吏の一人が船の行く先を示して声を上げた。

視線を下ろせば、不自然な角度で船首を空に向けた一隻の船が、遠くに見えた。

「あれか」

シャロンは呟き、小さく鼻を鳴らす。

「ずいぶんいい船だな。船倉もでかそうだ」

「あまり高価な積み荷を積んでないといいのですけど」

イレニアが心配そうな顔で言うのは、宝の船だとわかれば引き渡しで揉めるかもしれないからだろう。

「陸地に人がいるよ。こっちに手を振ってる」

ミューリが浜辺を指さすと、焚火を囲んで暇そうにしていた男数人が、立ち上がってこちらに手を振っていた。

「近くの村の見張り役でしょうね。座礁や沈没した船を狙う盗賊もいますから」

イレニアの説明に、ミューリは感心したようにうなずいていた。

自分たちを乗せた船は遠浅の海を滑るように進み、いったんその座礁した船を遠巻きに通り過ぎた。すると今度は、浜辺にきちんと引き上げられた船や、漁師小屋、それに陸のほうに家々が見えてくる。カラカルの村だろう。その村の小さな桟橋に船をつけると、なんだなんだと集まってきた村人が、開口一番にこう言った。

「ケルーべから司祭様を連れてきてくれたのか!?」

自分たちが顔を見合わせるのには十分すぎる一言だ。

「どういうことだ？」

シャロンが徴税吏の顔になって、尋ねたのだった。

カラカルの村は簡素な漁村で、ケルーベに出稼ぎにいっている者たちも多いらしく、村にいるのは二十人ほどらしかった。

ラウズボーンからやってきたシャロンたちが明らかに官吏だとわかる服装をしていたので、村人たちは下にも置かない扱いで、村人全員に囲まれるようにして村長の家に案内された。

木の板と藁ぶきで、踏み固めた土の床という屋敷の広間は、隙間風にも関わらず人いきれでたちまち蒸し暑いほどになった。

「我々はウィンフィール王国のラウズボーンからやってきた徴税吏だ。あの沖で座礁している船の件で、領主に取り次いでもらいたい」

場はシャロンが取り仕切り、持ってきた証書を村長に向かって広げてみせる。

「我らの要求は、あの船を王国に対しての密輸の廉で引き取ること。その旨、伝えられたい」

何十年も浜辺で天日干しにされたような村長は、やせ細った見た目に似合わずきびきびと礼の形を取ると、側に控えていた体格の良い男に目配せをしていた。

「すぐに領主様に連絡が行くことでしょう」

「協力感謝する」

シャロンはそう言って、慣れた手つきで小さな布袋を村長の前に置いた。

かすかに聞こえた金属音から、金か銀の粒が入っているようだ。

村人が連絡のために屋敷を出ていく中、村長は静かに袋を見つめ、手を伸ばさないままに言った。

「ひとつ、お聞きしたいのですが」

シャロンは無言でうなずき、先を促す。

「あなた様方は、本当にあの船をお引き取りに？」

あれは我々の獲物だ、という物言いではなかった。

むしろこちらを気遣うような、心配する声音だ。

「いかにもそうだが」

すっかり徴税吏の顔のシャロンは、軽く咳ばらいを挟む。

「そういえば、司祭がどうこうと言っていたな。どういう意味だ？」

村長はまばらに生えた白い顎髭を撫でながら、困惑したような目を周囲の村民に向ける。

彼らはそろって、絡まった網を前にしたような顔をしていた。

「我らは哀れな子羊です。海の瘴気が我らを惑わすこともあること、ご承知おきください」

シャロンが軽く顎を上げたのは、言い訳は受け取ったという意味だろう。

村長がゆっくり息を吸い、疲れたように言った。

「あの船は、呪われた船でございます」

猛禽の鳥が獲物を見定めるように無表情のシャロンが、ちらりとこちらを見る。

そして村長は、こう続けた。

「座礁した夜、あの船ではスープが湯気を立てていたのに、誰も乗っていなかったのです」

どこかで聞いたような話に、ミューリが前のめりになる。

「領主がくるまで、少し時間がありそうだ」

詳しく聞こうか、というシャロンの態度に、村長はむしろ聞いて欲しかった話をようやくできるとばかりに、滔々と語り出したのだった。


村長の話は、ついこの間シモンズから聞いた話や、ノードストンにまつわる逸話を混ぜたようなものだった。

曰く、嵐の夜は慣例に従って沿岸に見張りが立った。

すると風に押し流されながら懸命に操船する船が見つかった。

健闘空しく、船はほどなく砂州に乗り上げて座礁した。

村人が漁船を出し、なんとか座礁した船に近づくことができたが、一切の返事はなく、船は沈黙したままだった。

縄梯子をかけて船内を見て回ったが、誰一人いなかった。

見渡す限りの遠浅の浜辺だから、船から人が避難していれば気がついたはずだが、そんな者たちは見えなかった。

翌日、明るくなってから難破船の保護のために領主指導の下で正式な船が出されたが、船員たちの生活が色濃く残る船内に、やはりただの一人も見つけられなかった。

「幽霊船話ができあがる定番の流れだな」

村長の話を聞き終えた後、ラウズボーンからきた官吏たちは、村長の話を改めて記録にとどめようと紙を取り出していた。記録は彼らに任せ、シャロンとイレニア、それに自分とミューリは村長の屋敷を出て海岸沿いを歩きながら、話をまとめることにした。

「でもさ、発見者の村人さんだっけ？　風が抗うように帆を張り直されたり、櫂が漕がれている様を確かに見たんだよね？　しかも、座礁してからも誰かが出てくるようなことは全然なかったって」

ミューリの反論に、シャロンが肩をすくめる。

「酒でも飲んでたんだろうよ。叱られるのが怖くて黙ってるんだ。犬っころには身に覚えがあるだろ」

「ないよ！」

ミューリとシャロンは顔を合わせればこんな感じだが、イレニアはにこにこ楽しそうだ。

そんなイレニアが、海に鎮座する船を見ながら言った。

「私としては、幽霊船騒ぎの多い土地の領主様の船、というところが引っかかりますけど」

「おい、まさか本物の幽霊船だとでも言うつもりか？」

シャロンの呆れた様子を前に、ミューリはイレニアに笑いかけていた。

「大体、お前たちは船の持ち主から、船と船員を助け出してくれと言われたんだろう？」

話をこちらに向けられる。

「そう、ですね」

「だったら答えは決まってると思うがな」

「え？」

シャロンの言葉に目をしばたかせる。ミューリはもちろん、イレニアもきょとんとしていた。

それからシャロンは頭上を見上げ、海鳥たちの動きに目を細めると、視線を戻した。

「領主が着いたようだ。戻るぞ」

ミューリは不満そうな顔でこちらを見やるが、シャロンがなにに気がついているのかはわからなかった。

カラカルの領主権を持つのは、この地域に点在する弱小貴族の家系のようで、瘦せた馬に乗ってなんとも気弱そうな男が現れた。

「王国からの使者というのは、そなたたちか」

馬上からの言葉は威厳ある誰何ではなく、道に迷っていたところで地元の人間に出会った旅人のようだ。

「ウィンフィール王国はラウズボーンより参りました。あの沖合の船は我らラウズボーンの官吏が追いかけていた密輸船のため、王の裁判権に基づいて引き取らせていただきたく」

馬の乗り降りも久しぶりなのか、供回りに尻を押さえられながら馬を降りた領主は、シャロンの慇懃ではあるが堂々とした態度にすっかり委縮して言葉を失っていた……と思ったのだが、どうやらそういうわけでもないらしい。

呆然とした後、たちまち破顔したのだから。

「おお、神よ！　この者たちを使わしてくれたことに感謝します！　あんな船に居座られて困っていたのだ！」

シャロンは若干たじろぎながらも、鷹揚にうなずいていた。

「ひとまず船の状態を確認したく思っています。接舷の許可と、我らが不正な賊ではないことの確認をしてもらいたいのですが」

「ええ、ええ。おい、すぐに船を出したまえ！」

領主が村長たちに向けて指示を出せば、村人たちは飛び上がるようにして海辺に駆けていく。

彼らの背中を見送ってから、領主はシャロンに向き直る。

「彼らから、その……おかしな話は聞きましたかな」

ひそめた声には、なんらかの罪の赦免を願う商人のような雰囲気がある。

「ご安心を。なにがあろうとも、あの船の責任は我らラウズボーンの人間が引き受けます」

「おお、おお、ウィンフィール王国の羊の紋章に栄光あれ！」

領主は大仰に諸手を挙げるが、演技とも思われない。村人たちはケルーベから司祭がきてくれるのを期待していたというし、あれが幽霊船である可能性に震え上がっているようだ。

もちろんそこには、幽霊船が怖いということよりも、王国と教会が揉めているせいで信仰的な問題に火が点きやすくなっている情勢下、厄介ごとには関わりたくないという意味合いが大きくあるのだろうが。

そうこうしていると、船の用意ができたと早速村人が報せにくる。シャロンを筆頭に自分たちと、官吏が二人ほど同乗した。領主は別の船に乗って、村長と共についてくるようだ。

船は海底に棒を突いて進む小さなもので、手を伸ばせば綺麗な海面に触れることができる。

船に驚いて飛び上がる魚や、海面からくっきり見える海底など、船の上からの光景はミューリでなくとも興味深い。

けれども、それも座礁した船に近づくまでのことだった。ケルーべからきた時よりさらに小さな船に乗っているせいか、座礁している船は恐ろしく大きく見えた。完璧に砂州に乗り上げた船は、苦しみにもだえる巨大な生物のようだ。

「この辺は特に浅いんだね。こんなに陸から離れてるのに、歩けちゃいそう」

浜辺にいる村人たちの表情も見えないような距離なのに、船の足元では砂が水面から顔を出しているところもある。

「ところで、兄様は縄梯子登れるの？」

先に領主たちの乗る船が座礁した船に取りつき、甲板から垂れさがる縄梯子を点検していた。真下から見上げると甲板ははるか彼方に見え、ミューリが決して意地悪やからかいでそう言ったわけではないことを理解する。

「なに、落ちても下は海だ。行くぞ」

シャロンは短くそう言って、率先して縄梯子を登っていく。

「お先にどうぞ」

と、イレニアが言ったのは、服装のせいだろう。

ミューリは縄梯子に手をかけると、なにかの冗談みたいにするする登っていく。自分はあんまり自信がなかったが、領主やらが見守っている中、登れないとも言い出せない。仕方なく手を伸ばし、足をかけ、恐怖と戦いながらなんとか登り終えることができた。

荒い息をついていると、ミューリとシャロンはすでに甲板上を見終わったらしく、船内に続く扉を開けて下の層に降りるところだった。

船は下から見た印象以上に傾いていて、うっかりすると転びそうだ。そんな甲板上には風に運ばれた砂がすでに積もっていて、無人の船らしい風格を身にまとい始めている。

イレニアが登ってくるのを待ち、官吏や領主たちは小舟で待っていると言うので、自分たちもミューリたちの後を追った。

「抜け殻のような静かさですね」

イレニアの言うとおり、港に停泊している船の中とはまた違う静けさだった。浜辺に向かう波の音がさらさらと聞こえ、足元の木を踏む音をより際立たせる。

船の中はかなり暗いのに、あちこちに設けられた窓から明るい青い空と綺麗な海が見えて、なにか白昼夢の中にいるようだ。

一方で、座礁からそろそろ一週間ほど経つせいか、生活の生々しさのようなものは感じられなかった。もちろん人影はないし、骸骨がうろついているようなこともない。

船体が傾いているために足をかけにくい梯子を伝い、甲板から二層下に降りると、櫂の漕ぎ手がずらりと並ぶ層があった。

他の場所より多く壁が切られているため、ずいぶん明るくて風もよく入ってくる。

「この船で、新大陸に向かうという話でしたっけ」

イレニアには、ミューリがノードストンの話を熱心に聞かせていたし、イレニアもまたその話を目当てにここまでやってきた。

「そのようです。ついでに船員と結託して、密輪で冒険のための費用を捻出していたとか」

「それはぜひ助け出さねばなりませんね」

しかし、船員たちの行方はわからない。村人の話を信じるならば、座礁直前まで船は懸命に操られ、その後、誰も船から出ていないという。ならば論理的には船内に人がいるはずで……と黙考していると、船底にかすかにあたる波のせいなのか、時折呼吸をするようにきしむ船体の音が耳についた。

幽霊船は錬金術師の空想が生んだ話だと思っていたのに、まさか目の当たりにすることになるとは。いやいや幽霊船などそんな馬鹿なと思いつつも、先に降りているはずのミューリたちの姿もなく、急に不安になってきた。

「イレニアさんは」

「はい？」

少し離れた場所で、座席の下に荷物をしまえるようになっている漕ぎ手用の長椅子を調べていたイレニアが、ゆっくりと振り向いた。そんなイレニアに、幽霊船を信じますか、と聞きかけたところで、船尾のほうから聞き覚えのある怒声が聞こえてきた。

「鶏！　やめて！」

イレニアも目をぱちくりとさせ、声のしたほうを振り向く。

「私は絶対嫌！　嫌だからね！」

「なんで私だけ行くんだ！　お前もくるんだよ！　ほら、蓋を開けるぞ！」

「いやー！」

イレニアと顔を見合わせて声を追いかけると、さらに階下に降りる梯子があった。どうやら積み荷を乗せる船倉らしく、ちょっと覗いただけでも、うす暗いところに木箱やら袋詰めのなにかが見える。

ただ、がたごとという物音と、ミューリの悲鳴にならない悲鳴はもっと下から聞こえてくる。

「船底のほうみたいですね」

イレニアにそう言ってから、傾いた梯子をよたよた降りる。積み荷のある船倉は窓が少ないせいかずいぶん薄暗く、空気が淀んで蠅も多い。船員の食べ物などもあるだろうし、それが腐っているのかもしれない。

そこからさらに下に降りる梯子があって、物音はそちらから聞こえてくる。

覗き込むが、かなり暗い。それに、つんと刺すような臭気があった。

「航海中なら、ここが喫水線ぎりぎりくらいでしょうか」

梯子を降りてきたイレニアが隣に立って、階下を覗き込みながら言った。

「船の姿勢を保つため、重い積み荷を詰め込んだりするところでしょうね」

「降りてみますか？　かなり臭いますが……」

どうやら今いる船倉の空気が淀んでいるのではなく、階下の臭気がこちらに上がってきているらしい。大きな町の裏路地にある、安酒場周辺を思い出す。

「幸いなことに、その必要はなそうです」

「え？」

聞き返した直後、どたどたと足音が聞こえ、暗闇の中にミューリが現れる。

それからすごい勢いで、梯子を登ってきたのだった。


「っくしゅ！　ひっくしゅっ！」

梯子を登ってきたミューリは涙をこぼしていて、なにがあったのかと抱き止めようとしたら胸を突き飛ばされた。ミューリは一目散に壁に切られた小さな窓に駆け寄り、顔を突っ込んでいて、尻尾の膨らみと収縮の繰り返しから、深呼吸をしているらしい。

いったいなんなのかと見守っていたら、ほどなくへたり込んだミューリは、息つく間もないくらいにくしゃみをしていた。

「ふん、か弱いお犬様だ」

遅れて下層から出てきたシャロンはそんなことを言うが、シャロン自身、しきりに鼻を手で擦り、体全体を払っている。

「一体全体、どうしたんですか？」

へたり込んでくしゃみをするミューリの背中を撫でながら、シャロンに問いかける。蓋がどうこう言っていた気がするが、ミューリの様子を見ていると、地獄の窯の蓋だったのだろうかと思う。

「この手の船にありがちな積み荷の隠し場所だよ。船底の汚水溜まりまで見てきたんだ」

「あー……」

イレニアがミューリを見ながら、同情するように曖昧に笑う。船の構造上、船底に穴を開けるわけにはいかないため、船の床にこぼれた液体はなにもかもが真っ暗な船底に溜まることになる。座り込んでくしゃみを続けるミューリの先ほどの悲鳴は、狼の鼻を持つミューリには拷問に等しい場所だったからだろう。

「気合の入った密輸業者なら、暗がりの汚水の中で宝石品を抱えて座り込んでたりするけどな」

「それは……見つけた後も大変そうですね」

ミューリはようやく最初のくしゃみの波が落ち着いたのか、こちらにしがみつくようにして涙を拭っていた。騎士の見栄はくしゃみで飛んでいってしまったらしい。

「ただ、その様子だと下には誰もいなかったのですか？」

尋ねたのはイレニアだ。

シャロンは括っていた髪の毛をいったん解き、再びくくり直しながら答える。

「ああ、誰もいなかった」

ということは、この船は無人だということになるし、誰もこの船から出ていないという村人の言葉を信じるならば、船員たちは忽然と消えてしまったことになる。

そんな馬鹿なことが起きうるのかとたじろいだところ、イレニアから受け取った手拭いで鼻をかんでいたミューリが言った。

「ぐすっ……船底にはいなかったけど、いそうな場所は……ぐす……わかったよ」

「まあ、そういうことだ」

「私を連れてく必要なんてなかったのに……」

ミューリが恨みがましそうな目をシャロンに向けるが、シャロンは涼しい顔をしている。

「どういうことですか？」

訳がわからずに尋ねると、シャロンは積み荷でいっぱいの船倉を見渡して、足元をごんごんと踏み鳴らす。

「船の外から見た大きさと、内部の各層の大きさが嚙み合わないんだよ」

天井と床を見比べてから、ようやく気がつく。

「二重底？」

「なかなか巧妙に作ってあった。ノードストンというのは悪党だな」

「では、船員の皆さんもそこに？」

家の中に人が入り、誰も外に出てこないのなら、必ず家の中にいるという理屈になる。

その問いには、イレニアが返事をする。

「声をかけたら出てきてくれないでしょうか」

「相手の立場になってみろ。お前ならどうする？」

イレニアは顎に手を当てて考え、苦笑した。

「なにを言われても息をひそめ、逃げ出す好機を窺いますね」

「そういうことだ。捕吏はどんな甘言だって使うからな。ほら、犬っころ、さっさと立て」

シャロンが踵で床を打つと、ミューリが尻尾を膨らませていた。

やれやれとため息をついてから、まだ滲んでいる涙を袖で拭ってやれば、ミューリは渋々立ち上がる。

「多分この層のどこかに入り口が隠されている……というか、下の階層で探すのは最後の手段にしたい」

さしものシャロンもそう言うので、下はよほど臭いらしい。

しかし隠し部屋に人が隠れているならば、ミューリの鼻を使って匂いから出入り口を特定できそうな気も、とまで思い、相変わらず鼻をぐずぐず言わせている様子に思い直す。

「音で探しますか？」

ミューリの狼の耳を見ながら、イレニアが言った。デザレフの大聖堂では、イレニアの巨大な羊の蹄で振動を起こし、ミューリの鋭敏な耳で空洞を発見した。

「お前が本気で足踏みしたら船がばらばらになる。大した広さでもないから、地道にやろう」

イレニアは、失礼な、とばかりに肩をすくめていたが、楽しそうでもあった。

「定番としては、積み荷で入り口を塞ぐんだが、あのへんの積み荷の山の下なんかどうだ」

船倉には様々な荷が積み上げられているが、船尾のほうにかけて殊更大きな山があった。

「しかし、こいつはなんなんだ？　石？」

一抱えほどの分厚い麻袋が何層にも積まれていて、そのひとつひとつには目いっぱい重い物が詰め込まれている。シャロンが軽く蹴ったくらいではびくともしない。

手近に置かれていた袋の、固く結ばれた口紐を短剣で切ったシャロンは、中を覗き込んで珍しく大きな声を上げた。

「……金⁉」

その直後、首を傾げていた。

「ではないな、これはあれか」

「愚者の黄金ですか？」

シャロンはこちらを向いて、いびつなさいころのような鉱石を放り投げてきた。

「黄鉄鉱ですね」

「ノードストンは詐欺師なのか？」

「錬金術師のお墓に供えるんだよ。すっごい錬金術師だったんだから」

「はあ？」

ノードストンの話にすっかり肩入れしているらしいミューリはそんなことを言うが、シャロンは訝しそうな目で黄鉄鉱の詰まった袋を見ていた。そして、シャロンと理由は違うかもしれないが、自分もまた疑問を抱いていた。

ステファンの話では、錬金術師が専門としていた、冶金の研究に使う材料である黄鉄鉱を墓に供え続けているとのことだった。

それはそれで理解できる。弔意の示し方は人それぞれなのだから。

けれど、いざ目の当たりにすれば、その話の奇妙な点がまざまざと理解できた。

「こんなに膨大な量を、墓前に？」

床の板の継ぎ目をつま先で蹴っていたミューリが、顔を上げる。

シャロンは前髪を掻き上げ、顔をしかめていた。

「お前たちの口ぶりだと、一度や二度、墓に供えてるって感じじゃないだろ。継続して供え続けてるのに、一回の密輪でこんなに買いつけているってのか？　そんなに大量の黄鉄鉱を供える必要がどこにある？」

「小山ができちゃいそうですね」

シャロンだけならば噛みつこうとしていたミューリも、イレニアが言うと尻尾をおとなしく下げていた。

「……それだけ、大事な人だったんだよ」

恩人のために、目いっぱい好きだったものを棺と一緒に埋める話はないわけではない。

ノードストンはその点で、錬金術師には命を救われ、新しい領主として地位を確立する手助けも受けた。どれだけ感謝したってしたりない、ということだとすれば理解はできる。愛する家族を失った領主が、家族の墓前を一年中花だらけにしていた、というような話だってあるのだから。

「ふん。まあ、こんなもの密輸したところで関税も知れてるからな」

黄鉄鉱の使い道としては、せいぜいが黄金と称して詐欺を働く程度。興味を失ったシャロンに、それはそれで不服そうなミューリをなだめていたら、ふと壁と床の繋ぎ目に奇妙な出っ張りを見つけた。構造上のものかと思ったが、近づいて目を凝らすと楔のようにも見える。

「兄様、どうしたの？」

「違うかもしれませんが……」

と、かがみ込んでそれに手を伸ばし、左右に押してみたりするがまったく動かない。

やっぱり単なる構造かもしれない、と思ったところで、ミューリが少し離れた場所にも同じようなものを見つけていた。

「こっちにもあるよ。こっちは……んんん～～～！」

両手の指でつまみ、引っこ抜こうと奮闘しているが、尻尾が膨らむばかりで出っ張りはびくともしない。

「うーん……。あ、これならどうかな」

腰から剣を抜き、突き立てる。梃子の要領で引っこ抜こうというのだろうが、せっかくハイランドから下賜された剣が折れてしまわないかと心配になる。

そして、ミューリが剣の柄に体重を乗せると、木が持ち上がった。

「あ、こっちに外れるのか。なら、よい……しょっと」

剣の位置を戻し、今度は軽く柄を押すだけで木片が取れた。

「兄様、そっちもこれでいくよ」

すっかり得意満面のミューリが、同じように楔を引っこ抜く。

「それが入り口の鍵か？　ということは、この辺の荷物を動かす必要があるか」

シャロンは隠し扉の見当をつけ、イレニアと一緒に積み荷をどけはじめる。

すると、積み荷の重しがなくなるにつれ、床板の継ぎ目がわずかに浮かび上がってきた。

「っくし！　……ずず。んふふ、当たりだね」

船倉の悪臭と積み荷を動かした埃のせいか、ミューリはまたくしゃみをしていたが、すっかり宝探しに夢中のようだ。

「おい、見てないで手伝え」

腕まくりをして積み荷を動かしていたシャロンの言葉に、自分は慌てて手伝うがミューリは腕組みをして澄まし顔だ。

「私たちは鶏と違って、頭を使う役目だもの」

手伝おうとしたこちらの服の袖を引っ張って、ミューリは並び立つ。楔に気がついた功績を、ちゃっかり自分のものにしていた。

「まったく、犬っころが……」

シャロンのぼやきにイレニアは楽しげだし、ほどなく積み荷はどけられた。

「早く、早く」

はやる気持ちを抑えきれない様子のミューリをなだめつつ、イレニアと一緒に床板に偽装された蓋部分を調べていく。

「これは……こっち？　あ、こっちですね。船首側に向かって持ち上がりそうです」

「じゃあ軽く持ち上げてくれ。私はこっちからこいつを差し込んでいく」

どこかから見つけてきた木の棒を肩に乗せながら、シャロンが言う。

「コルさんは、ミューリさんの隣に」

「え、私も手伝いますよ」

驚いてそう言ったのだが、服の裾を後ろから引っ張られた。

「兄様は邪魔ってことだよ」

後ろを振り向き、それから前に向き直ると、イレニアが微笑んでいた。

そういえば、イレニアの正体はミューリも敵うかどうか怪しいくらいの、巨大な羊だった。

「多分、本当はここを開けるための、専用の鉤棒かなにかがあるのだと思いますけど」

イレニアは床に膝をつけると、壁と床の隙間に空いたわずかな穴に指を差し込みながら言う。

「よっ……いしょっ」

それから力を込めて引き上げると、ばき、という木のきしむ音と共に、床板の一部が持ち上がる。そしてすかさずシャロンがそこに木の棒を差し込み、隙間を確保した。

そして今度はイレニアが両手を差し込み、足の位置を調整する。

「さあ、どんなお宝が隠されてるのかなっ」

「お宝ではなく、船員さんが隠れていないと困るんですが」

「船員さんがお宝を抱えているかもしれないでしょ！」

すっかり宝探し気分のミューリに呆れたため息をついていると、イレニアが一息に床板を持ち上げた。

「わあ」

と、ミューリが期待に満ち満ちた歓声を上げた、その直後だった。

「え？」

床板の下に広がる暗闇が波打ち、泥水のようなものが一斉に溢れ出したのだ。

足元を怒涛のように流れるそれは、一瞬、海水が噴出しているのかと思った。

けれども船は砂州に乗り上げているから、喫水線はほぼ船底のはず。

ならばこの水は一体……と思い直す頃には、現れた時と同じように一瞬でそれは消えていた。

「は……ま、幻？」

思わずそう呟いてしまったのだが、蓋の下の暗闇で、なおもこもこと動くものがあった。

まるで暗闇の欠片が穴から這い出そうとしているかのようだったが、その暗闇の欠片が縁のところに手をかけたあたりで、小さな窓から入った薄明かりに照らされた。

「鼠？」

逃げ遅れたらしい鼠はこちらに気がつき、悲鳴のような鳴き声を上げて左右を見回した後、再び穴の中に戻っていく。どうやら、こげ茶色の毛並みの鼠が一斉に逃げ出したせいで、泥水が溢れたように見えたらしい。

人騒がせな、とほっと息をつこうとしたら、隣でミューリがひっくり返っていた。

「大丈夫ですか？」

「うう……」

案外この手のことには弱いのか、目を回していたミューリを起こしていると、シャロンが落ち着き払った声で言った。

「沈没船からは鼠が一斉に逃げ出すと言うが……逃げなかったのには理由があるようだな」

どういう意味かとそちらを見ると、シャロンが一匹の大ぶりな鼠の首根っこを摑んでぶら下げている。鼠の天敵である鷲の化身は、さすがというべきか鼠の奔流にも冷静に対応していたらしい、と思った瞬間だ。

『おい、こら、離せ！　手を離しやがれ！』

じたばたと暴れるその鼠が、人の言葉を喋っていた。

「この船があちこちで幽霊船と間違われるわけだよ」

シャロンは悪態をつく鼠を黙らせるように、左右に激しく揺らす。

鼠は目を回したのか、ぐったりとおとなしくなった。

「この船はこいつらが操船してたんだな。なにかあったら小さくなってここに隠れてやり過ごしてたんだろう。人間たちにとっては、ある意味本物の幽霊船だ」

人ならざる者たちだけの船。

しかも鼠とくれば、あっという間に無人の船にもなれるわけだった。

「皆さんあっちこっちに逃げてしまいました」

逃げた鼠を追いかけていたのか、イレニアが奥のほうから戻ってくる。

「この間抜けが首領のようだから、放っておいても船からは出ないだろ。そんなことより」

と、シャロンが穴の中を再度覗き込む。

「こいつは一体なんなんだ？」

その強張った顔を見て、自分は奇妙に思った。

喋る鼠以上に驚くことなどそうそう思いつかないからだ。

ようやくミューリが体を起こしたので、その背中を手で押さえつつ、自分も穴を覗き込む。

「っ」

息を呑む、というのは慣用表現ではない。

吸い込みかけた息が止まり、ごくり、と勝手に喉が鳴った。

薄暗い船倉の、ぽっかり空いた暗闇の穴の中にあったそれ。

「……人骨？」

ぼんやり輪郭を浮かび上がらせた骨の山の中から、頭蓋骨の暗い目がこちらを見つめているのだった。

第

二

幕

ノードストン家の領地にたびたび現れるという幽霊船。

世に噂される幽霊船のほとんどは、海賊に襲われた船だったり、密輸船だったりするらしい。

ノードストンはまさに密輸船を運用していたと白状し、自分たちは座礁したその密輸船を助け出しにきた。

だが、船倉の二重底にぎっしり詰め込まれていたのは、幽霊船話の中で最も馬鹿げていた、大量の人骨なのだった。

「人骨と、人に化けられる鼠だ」

シャロンは捕まえた鼠を閉じ込めるように頭蓋骨を被せ、その上に足を載せてそう言った。

目を回していた鼠は意識を取り戻し、眼窩の向こう側からこちらを睨みつけている。

鼠を人に変える錬金術があるとすれば、祭壇の上ではこんな様子が見られるだろう。

『出せ！　こら！』

口の悪い鼠は、頭蓋骨の目の部分をがりがりかじりながらわめいている。

「黙っていろ」

シャロンが頭蓋骨の頭頂部をごんと足で踏むと、鼠はたちまちおとなしくなる。

「どうするんだ？」

シャロンのその問いは、煙のように濃いため息を誘い出す。

「私がその犬っころから聞いた話とは、なにかが随分ねじれているようだが」

ねじれ、という表現がしっくりくる。いかにも本物めいて語られる幽霊船やらの話は、その正体は現実離れした研究に没頭する錬金術師の引き起こしたものだということだった。

けれど今、まさに目の前には幽霊船の話の元となった人骨があって、その人骨と一緒にいたのが人ならざる者という存在なのだから。

「とりあえず謎がふたつある。あの大量の黄鉄鉱。それから、この人骨だ」

シャロンの言葉に、鼠は、と言いかけて、ここにはほかにも鷲と羊と狼がいたことを思い出す。

「毛皮を剝がれる前に白状する気はあるか？」

シャロンが頭蓋骨の中を覗き込むと、おとなしくしていた鼠ががたがた暴れ出す。

『俺は誇り高き海賊、ヴァダン一味の頭領ドッド・ヴァダン様だ！　荷主のことを喋るわけがねえだろうが！』

ため息をつくシャロンをよそに、イレニアとミューリは鼠の威勢の良さに楽しげだ。

「仲間を一匹ずつ捕まえて、鮫の餌にしてもいいんだがね」

『お、おい、噓だろ……？』

ヴァダンは眼窩から鼻先を出して哀れな声を上げるし、距離を開けた物陰からは、仲間の鼠たちが不安そうにちらちら顔を見せていた。

『だ、だいたい、お前らはノードストンに言われて俺たちを助けにきたんじゃねぇのかよ！

しかもなんの因果か、お前らもある意味お仲間ってやつだ！　万事めでたしっていう展開じゃないのかよ！』

そのとおりなのだが、シャロンは積み荷を見ながら言った。

「私が徴税吏で、この船を臨検したとしよう。黄鉄鉱だけなら、まあ素通りさせる。しかしこんな大量の人骨も一緒となると話が別だ」

そして、こちらに鷲の鋭い視線を向けてくる。

「お前も世間では、薄明の枢機卿なんて呼ばれているだろう？　そもそも、ノードストン家の下に赴いたのはなにが理由だった？」

ノードストン家にまつわる奇妙な噂は、事情こそあるが真実ではない、ということを確かめにいくためだった。

「……私も、混乱しています」

自分がそう言うと、暗がりをうろうろする鼠たちが気になるのか、手を振ったりしていたミューリが向き直る。

「こんなものがあるのは……神に背く理由しか考えられません」

ノードストンに肩入れしていたミューリは、風向きの悪さを感じ取ったらしい。

「で、でも、この骨があのお爺さんのものだとは限らないよ。どこかに届ける途中かも。ほら、密輸にはほかの商会も関わってるって言ってたでしょ？」

片眉を吊り上げたのはシャロンだ。

「犬っころの割には知恵を使うじゃないか」

「犬じゃない！」

ミューリとシャロンのやり取りをよそに、イレニアが膝をそろえ、ヴァダンと名乗った鼠の前に座る。

「私は新大陸を探しています」

『……』

「ですから新大陸を探すための実験船であり、費用を捻出する貿易を行うためのこの船を、あなたたちと共にノードストン様の下にお届けしたいと思っています」

「私もだよ！」

ミューリが付け加え、ヴァダンはミューリも見やってから、イレニアを再度見る。

『あんた……なんと言ったか』

「イレニアです。イレニア・ジゼル」

『イレニアさん。あんたのようなのが俺たちの仲間として船に乗ってたら、さぞ心強いだろうがね』

ミューリが耳と尻尾を出しているように、いつの間にかイレニアも羊の角を出していた。

目を細めたヴァダンは、ふわふわの巻き毛の向こうに、巨大な羊の姿を見ただろう。

『あんたの気遣いは感謝する。だが俺たちは誇り高き海賊で、恩人は絶対に裏切れない。積み荷の事情を話したら必ず、無罪放免してくれるってんなら別だが』

腕組みをして話を聞いていたシャロンは鼻で笑ったが、イレニアはヴァダンから目を逸らさなかった。

「その恩というのは、あなたたちが海賊をする理由でしょうか？　つまり……」

「あのお爺さんは、私たちみたいな存在を知ってたってこと？」

イレニアの横にミューリが並んで座ると、頭蓋骨ががたりと音を立てる。爪と牙を持つミューリはちょっと怖いらしい。

『い、いや……あの爺さんは知らないはずだ。しかし、なんとなくそうではないのかと、思ってはいそう……いや、そう願っている節があった。見張りで周辺をうろついてる奴らの話によれば、見えない何者かの返事を期待して、虚空に話しかけているそうだからな』

確かにそんな場面があった。誰もいない部屋で、誰かに語りかけていた。自分はそれを思索に生きる賢者の特徴だと思ったが、ノードストンは精霊のようななにかが屋敷にいると信じ、話し続けていたのだ。

しかし、ノードストンが人ならざる者の存在に期待して、いつか返事があるのではと一人話し続けるような事態は、あまり楽しい事情を想像させなかった。

「私はこいつらを見逃すことには反対だがね。ボラン商会を通じてハイランドから仕事を振られただけだが、あいつらに累が及ぶようなことはそのままうちの修道院や孤児院にも影響してくる。よくわからん領主のためにやばい橋を渡れって言うなら、私は反対だ」

ヴァダンを閉じ込める頭蓋骨に足を載せたままのシャロンは、新大陸にさほど魅力を感じていない。それにシャロンには守る者たちがいる。保身を優先したとして、誰が責められるものでもない。

「そもそも、お前にも予想外だったんだろ？」

シャロンの言葉を否定することはできない。

「隠しごとならまだしも、罠じゃないだろうな」

シャロンはそう言って、船倉の小さな窓から外を見るように目を細める。

もしもここに教会の異端審問官たちが大挙して押し寄せてきたら、言い逃れできない。船員の消えた不気味な船に、大量の人骨があるのだ。王国との争いにおいて厄介な存在である、憎き薄明の枢機卿を異端の廉で捕らえるのに、こんな好機はないだろう。

ミューリもシャロンも今のところ、この船を囲む者たちの気配を察知してはいないようだが、陸で待ち構えているかもしれない。

ノードストンがそんなことをするはずない、と信じていつつも、人骨のことを隠されていたのは明らかだし、なんらかの嘘をついている可能性が非常に高かった。

ミューリの肩に手を置いて、場所を開けてもらってからヴァダンの前に膝をついた。

「私たちは、ノードストン様が西の大陸を追いかける手助けをしたいのです。しかし、このままではあなたたちを助けることはできません。あなたたちは、ノードストン様のために働いているのでしょう？」

イレニアと変わらない言葉だったが、ノードストンから話を預かってきたのは自分だ。

頭蓋骨の下で、ヴァダンがため息をつく。

『残念だが、俺たちが恩があるのは、ノードストンに対してじゃない。お前らの話にも出ていた、錬金術師のほうにだ』

鼠を除く四人の視線が交差して、イレニアが代表して口を開く。

「その方が、人ならざる者？」

頭蓋骨の眼窩に鼻先を乗せたヴァダンは、長い髭をひくひくと動かした。

『猫の化身だ。まだ貧しい土地だったラポネルで、俺たちが穀物庫のわずかな麦粒を人間たちからかすめ取っていた時のことだよ。あいつはある日村にやってきて、穀物庫を村中の猫とともに取り囲むや、こう言ったんだ』

ヴァダンたちは生きた心地がしなかったろうが、その様子を想像するとおとぎ話の一場面のようだ。

『今すぐこんな生活をやめて、太陽を追いかける手伝いをしてくれってな』

「太、陽？」

ヴァダンは狭苦しい頭蓋骨の檻の中で、肩をすくめるように体を膨らませていた。

『日陰で暮らすようなみじめな生活を永遠に続けたいのか？　ってな。そんな言葉を、俺たち鼠に向けて言いやがる。どんな嫌味だって思ったぜ』

人ならざる者は、この世に安寧の場所などない。中でもヴァダンたちは鼠であり、森の王である狼や、草原の主の羊や、空の狩人の鷲ではない。

ヴァダンはつぶらな黒い瞳を上げ、まっすぐに自分たちのことを見上げていた。

『だが、あいつは言いやがった。不利な場所で戦っているから弱いのであって、俺たちが弱いわけじゃないって』

「へっ」

鼻を鳴らしたのはシャロンで、その顔は心底嫌そうだった。

「なるほど、その馬鹿猫がお前らに悪知恵を授けたのか」

ミューリとイレニアはきょとんとしていたが、ヴァダンはむしろ嬉しそうだった。

『俺たちは小さき者だが、小さき者はあらゆる隙間に潜り込める。牙と爪はないが、この前歯がある。この船という環境はうってつけで、密輸は俺たちにとって天職だった』

一人旅をしていた頃の、嫌な記憶が蘇る。朝目を覚ますと、きっちり口を結んでおいたはずの頭陀袋の中で、パンが食い荒らされていた。

『そんなわけで、あいつは俺たちを新しい世界に導いてくれた。無慈悲な世界から救ってくれたんだ。だから今度は、俺たちの番なんだよ。太陽を追いかけ続けてるあいつのためにな』

ヴァダンのまっすぐな言葉が、まっすぐな視線と共に向けられる。

口を開いたのは、シャロンだった。

「じゃあ、錬金術師はまだ生きてるのか？」

はっと我に返る。

ノードストンの話ではとっくに死んでいたが、ヴァダンの口ぶりだとそうではない。

『生きて……いるのかな。わからない。あいつはもうずいぶん前に、西の果てに向かって旅立っちまった。文字どおり太陽を追いかけてな』

「えっ！」

ミューリの驚きの声に、ヴァダンはミューリを見た。

「でも、お爺さんは、死んじゃったって言ってたよ」

ヴァダンは目を細め、同意するような否定するような、曖昧な顔を見せた。

『猫は死ぬ時に姿を隠すって言うだろ』

「……」

口ごもるミューリに、ヴァダンは疲れたように言った。

『あいつも謎が多い奴だったからな。長い付き合いのはずのノードストンにも、正体を明かしていなかった。まあ、爺さんのほうはなんとなく気がついていたようだが……。とにかく俺たちはそのクソ猫と手を組んで、ラポネルを麦の大産地に変える手伝いをしたんだよ。世界中の土地を船で巡って、あらゆる農法とあらゆる種類の麦を集めたぜ。麦粒の採集ならお手のものだしな』

感嘆のため息をついたのは、点々と置かれた手掛かりの、気がついていなかった隙間を照らされたからだ。

確かにそこは考えて然るべきだった。ノードストンが家を継いだ時、まだそこは不毛の荒野の貧しい領地のはずだったのだから、世界中の農法と、あらゆる土地の麦を集めるための資金と伝手を用意できたはずがない。

けれどその問題も、ヴァダンたちがいればすべて解決できる。

「お前ら、最初の船も盗んだな？」

シャロンの一言が冷たいのは、徴税吏として港の秩序を担っていた側だからだろう。

『借りたんだよ。借用証も書いておいたし、後で利子をつけて返しにいったぜ』

シャロンは苦々しそうにため息をついていた。

『それで、あいつの頼みってのが、ラポネルに残ったノードストンの世話だった』

ミューリが治りかけの傷口に毛布が引っかかったような顔をしているのは、錬金術師が人ならざる者で、ノードストンがその正体を知らされていないのならば、あの麦畑をめぐる物語の構図は大きく変わるからだ。

ノードストンは主役の片割れではない。物語に置いていかれた、脇役なのだ。

『あの猫も、ノードストンを置いていくのは気が引けたんだろうよ。重ね重ね念を押してきたが、その約束を守るのが、あのクソ猫への恩返しだからな』

だからノードストンの不利になるようなことは、死んでも口にしない、ということだろう。

「では、あなたたち自身は、新大陸を探しているわけではないのですか？」

イレニアの問いに、ヴァダンは卑屈そうな笑みを見せながら言った。

『ここが俺たちの新世界さ。どこに行ってもここ以上のものはない』

その言葉と共に沈黙が下りるのは、各々考えることが多かったからだ。

そこに、小さな足音がした。はっと見やれば、子鼠が駆け寄ってきて頭蓋骨の前に立ちはだかった。

『おい、なにしてんだ、戻れっ』

ヴァダンは慌てたように言うが、子鼠は動かない。髭を震わせながら、ミューリやイレニア、それにシャロンを睨みつけていた。ミューリが腰を浮かせたのは、もちろん獲物を狙う狼の本能を刺激されたわけではなく、子鼠の勇気に心打たれたからだろう。騎士の名を持つ者ならば、ここでどうすればいいかはわかりきっている。

けれどヴァダンの船に積まれた積み荷の問題は解決していない。この船をノードストンに届ければ、とんでもない問題を引き起こすかもしれなかった。

シャロンが大きく息を吸って、絞り出すように言った。

「……そこの黄鉄鉱や人骨はなにに使うんだ？　ノードストンが私たちを罠に嵌めようって腹の可能性だって排除できてない。仮に罠でないのなら、ノードストンはこんな妙な代物を、大量に欲しているってわけだが、一体なんのために？　狂った悪魔崇拝者に積み荷を届ける手伝いをしろっていうのか？」

もしも密輪船を無事にノードストンの手元に返すことができたなら、ノードストンはラクロー司教に申し開きをし、過去の罪を悔悛すると約束してくれた。そうすればノードストン家と教会の関係は回復し、領地は安堵される。麦の大産地として今後も安泰で、王国は引き続き教会と争うことができる。

そして、ノードストンは西の海の果てを目指し続けることができる。

けれどこの流れは、ノードストンが異端ではないということが大前提になっていた。

「私が現役の徴税吏なら、即刻教会を呼んで、火あぶりを提案する。この手の問題には可能な限り距離を置くべきだからな。おい、鼠。お前は自分の置かれてる状況がわかってるのか？　私たちは人じゃないが、別に人を嫌っているわけじゃない。無条件にお前たちの味方はしない。私たちにはそれぞれ守るべき生活がある。そのうえで心して聞け。この人骨は、一体なにに使うものなんだ？」

その言葉に、頭蓋骨の下でヴァダンが体を膨らませる。

『お、俺たちは誇り高き海賊だ！　クソ猫との約束を破って口を割ったら、また俺たちはみじめな日陰の生活に逆戻りだ！　けど、縛り首は俺一人で十分だろ？　そうだろう⁉』

ヴァダンの小さな手が、頭蓋骨の前に立ちはだかる子鼠の背中を押す。

けれども子鼠は動かず、シャロンを見上げていた。

そこに、イレニアとミューリの視線も加わった。

「シャロンさん……」

「に、鶏！」

ミューリは無理やりに怒ろうとしているような顔で、腰に提げている剣にまで手をかけていた。騎士たるもの、ここで剣を抜かねば嘘になる、という顔つきで。

正義が誰にあるのかわからない。

ヴァダンの前で子鼠の尻尾をなます切りにしていくことが間違っているにしても、シャロンの主張だって完璧に正論だと思っている。

けれど、自分もまた、シャロンに視線を向けるのを止められなかった。

「……おい、お前までもか」

「シャロンさん、やはり……」

「くっ……おい、私が悪者みたいじゃないか！　わかった、わかったよ！」

自分やミューリ、イレニアからの視線を集めていたシャロンは、そう言って頭蓋骨を蹴り飛ばす。頭蓋骨は軽い音を立てて飛んでいき、解放されたヴァダンに子鼠がしがみつく。

自分はほっとする一方、蹴り飛ばされた頭蓋骨の持ち主の魂に、神の御加護と平穏がありますようにと祈っておいた。

『……く、口は割らないぞ』

真実のところ、暗がりでヴァダンを見守っている者たちを痛めつけたら、すぐにヴァダンは口を割るだろうという気はした。けれどそれは絶対に正しくないと、皆がわかっている。

そして、皆がわかっているからこそ、大きな問題があった。

「おい、薄明の枢機卿」

シャロンが苦々しそうに言う。

「お前は私の話が理解できるだろ」

「わかり、ます」

隠し扉の下にぎっしり詰め込まれている、物言わぬ人骨を見ながら言った。

『……お前たちが、このままおとなしく帰ってくれるってのは？』

子鼠を守るように抱きしめながら、ヴァダンが言った。

「私らが船違いだったってことでこの船を見捨てたなら、あの領主は教会を呼ぶだろうよ」

そうなるとヴァダンたちはまさしく袋の鼠だ。

「運が良ければケルーベ辺りまで曳航される途中、お前らお得意の戦術で船ごと逃げ出せるかもしれない。だが、そうなると積み荷がノードストンの下に運ばれ、今度はこいつが危険を背負い込むことになる」

シャロンがこちらを見る。

「……私はノードストン家が信仰的になんの問題もない、ということを調べにきました。ノードストン様たちにはなんの問題もないと報告したいと思っていますが、もしもその報告の後、本当に問題があったということが判明したのなら……」

自分の評判が落ちるだけならばまだしも、ハイランドにまで影響が出るだろう。

教会はここぞとばかりに責めるだろうし、王国との争いにも影響が出るはずだ。

さらに厄介なのは、これがなにか、かすかな兆候のようなものを見過ごそうという話ではないということだった。ここには、はっきりと、幽霊船の話の元となった大量の人骨が存在し、墓前に供えるには不可解すぎる量の黄鉄鉱が積まれていて、それを見逃そうというのだ。

後になってやはり異端でした、と判明した時のことを考えれば、おいそれと見逃すことなどできなかった。

「で、でも、じゃあどうするの？」

ミューリが困惑したように言ったし、その一言はとても正しかった。

どうすればいいのだろうか？

「……ノードストン様に、尋ねるほかないでしょう」

ヴァダンたちは錬金術師に恩があり、ノードストンに協力しているにすぎない。ならば彼らを鮫の泳ぐ海の上に宙づりにするのではなく、大本のノードストンに当たるべきだ。

「もう一度聞きますが、あなたたちはこの人骨がなんなのか、教えてくれないのですよね？」

『……』

ヴァダンの沈黙は、まだかすかな期待を抱かせた。それは否定ではなく、迷いに感じられたからだ。口を割るのがノードストンを助けることになるかどうか判断しきれず、おそらくは不利になると考えている。

真っ黒な異端だとしたら、きっとこうはならない。

「まあ、ノードストンに話を聞きにいくのも、それはそれで問題だけどな」

シャロンは沈黙するヴァダンを見下ろしながら言う。

「船の上でそこの犬っころが私たちに熱心に話して聞かせてたのは、ノードストンって奴がお前たちにした説明なんだろ？　どうもそれは本当のような嘘の話のようだ。入念に嘘が作られているとしたら、間違いなくなにかまずいことを隠している。直接聞きにいったところで、白状するとも思えんがね。よくてまた巧妙な嘘を摑まされるだけだろう」

それでなくともノードストンは目的意識の塊だった。脅しに屈するとは思えず、力で真実を聞き出すのは至難の業だと想像できる。

「話を聞きにいくにしても、可能な限り周囲を固めてからにすべきだな。できれば尻尾を摑んでから問い詰めたいところだが」

密輪船に積まれた大量の人骨と、黄鉄鉱。

そして人ならざる錬金術師に、西の大陸へと向かった話。

病床の妻という話も嘘だったのだろうか？　まだ髭も生えない頃、迫害される錬金術師を守るために剣を取ったと、ミューリを見ながら優しげに語ったことも嘘なのだろうか？

「まあ、唯一確からしいことがあるとすれば、ノードストンとやらが新大陸に向かう理由だろうが」

ミューリが悲しそうに唇を引き結ぶ。

「なんで猫さんは、お爺さんを置いていったんだろう……」

ノードストンは連れていって欲しいと思っていたはずだ。錬金術師は生家のグレシアの領地から、幼いノードストンを連れ出したのだから、今度もまた、と思ったはずなのに。

「ただ、ノードストンもまた、騙されてるのかもな」

「え？」

「本当に猫は西の果てに向かったのか？」

その問いに、ヴァダンは背中のてっぺんだけ毛を逆立てていた。

『……嫌なところにばっかり気がつきやがるな』

「お前たちも確信はないのか」

『そうだよ……。そいつは、俺たちにもわからないんだ。大体、なんだってなんにもない西の海に向かうのかもわからないんだ。太陽を追いかけるってなんだよ？　待ってればどうせ東から昇ってくるのに？　ノードストンから猫を追いかけるため、西の海に乗せていってくれと言われたら、仕方ないからそうするつもりだったが、馬鹿げてるだろ。これは本心だぞ』

毛皮を剝がれる理由が増えてはたまらない、とばかりにヴァダンが言う。

「猫は時折、なにもないところをじっと見ていますしね」

イレニアはそんなことを呟くが、あまり的外れとも思われない。

人にはそれぞれの生きてきた道があり、長く生きる人ならざる者であれば、その時間分だけその道は遠くを向いているだろう。

それが不思議なところのある猫の化身ならば、なおのことだ。

「なら、お爺さんが西を目指しても、まったく無駄足ってこともあるの？」

「老い先短いだろうから、夢の中で死ねるって意味合いはあるかもしれない。お前らも同じことを思ってただろ？」

『そりゃあ……まあ、あいつが死ねば、お役御免だしな』

「そんな」

ミューリは息を吞むが、シャロンのそれはあくまで可能性のひとつだ。

「ミューリ、落ち着いて。この話には奇妙なことが多すぎます。なにが本当でなにが嘘なのかわかりません。確かなことは」

と、立ち上がり、シャロンの蹴飛ばした頭蓋骨を拾って、埃を払う。

「手を触れられる物の存在だけです」

「つまり、この船と、その骨と、黄鉄鉱と」

「ヴァダンさんたちと」

シャロンとイレニアがそれぞれ指をさす。

「……あのお爺さんの土地の麦と？　え、なら、錬金術師も嘘かもってこと？」

「ノードストン様が見続けた幻影、と言えなくもないかもしれませんが……」

視線をヴァダンに向けると、誇り高き鼠の海賊は後ろ足で立ち上がる。

『俺たちの恩人を妄想の産物にするってのか？』

錬金術師は確かに存在した、としてもいいだろう。

「ひとつずつ調べるしかないが……まあ、最終的にはそいつがいる」

鼠の天敵である鷲の化身シャロンが、冷たい目をヴァダンに向ける。

「尻尾をすこしずつ輪切りにすれば、すぐ白状するだろ」

震え上がるヴァダンに、ミューリが立ちはだかる。

「そんなひどいことさせないからね！」

「いちいちうるさい犬っころだな。どうせ新しく生えてくる」

『俺たちは蜥蜴じゃないぞ！』

「そうだよ、馬鹿鶏！」

　ミューリはそう言って牙を剝くが、もちろん自分は伝説の剣の話を忘れていない。

　一本くらい骨をくれてもいいじゃない、とかなんとか言っていたので、似たり寄ったりだ。

「ふん。それで？　どうするんだ？」

　シャロンはそう言って、視線をこちらに向けてくる。

　話がノードストンを巡るものなら、自分にお鉢が回ってくる。シャロンは自分の管理する孤児院を守るため、ハイランドには王国で盤石な立場を築いていて欲しく、そのためにはハイランドが使役する薄明の枢機卿にドジを踏んでもらっては困る、という理屈で動いている。

　イレニアは新大陸を目指す仲間として、多少狂気に囚われていたとしても、ノードストンのためにこの船を届けたいと思っているだろう。

　そしてミューリは、船という小さな世界を手に入れたヴァダンや、妻や錬金術師に置いてきぼりにされたノードストンのことを助けたいと思っている。

　それぞれに大事なものを抱えている。

　その視線がこちらに向いて、ちょっと緊張した。

「えっ……と……その、そう、ですね」

　口に握りこぶしを当て、状況を整理する。異端に関係することなら、自分にもそれなりの知識がある。教会の動き方や、難癖のつけ方もある程度わかっている。

そして、これまでにも騒ぎを潜り抜けてきた経験と、その中で得てきた伝手がある。

「まずは予定どおり、船をラウズボーンに曳航する手続きを進めましょう」

ミューリが目を丸くしていた。

「え、だ、大丈夫なの？」

「船をラウズボーンに連れていくだけなら、仮にこの船が異端に協力していても、王国に迷惑はかかりません。シャロンさんたちは、あくまでも密輸の廉で追いかけていたということになっていますから」

「ノードストンの異端が判明したら、即刻教会に引き渡せばいいってことか。鼠どもは……まあ、勝手に逃げてもらうしかないが」

ヴァダンが苦しげにうつむいたのは、船を失えば再びみじめな生活に逆戻りだからだ。

「それから、シャロンさんの言うとおり、ノードストン様が信用できるかどうかは、棚上げにするほかありません。話を聞きにいく前に、この人骨と黄鉄鉱について調べておくべきです」

「でも、どうやって？」

「いくつか大きな手掛かりがありますから、それを追いかけましょう」

ミューリの狼の耳がぴんと伸びた。

「まずは、この骨そのものです」

手にした頭蓋骨に、ヴァダン以外の視線が集まった。

「死は信仰の中心を占めるものです。積極的かどうかはともかく、必ず教会が関わっているはずです」

これだけ大量の人骨だと、こっそり墓を暴いてきたにしては数が多すぎる。もうひとつの特徴として、骨はどれも土に埋まっていたもののようには思われなかった。

大量で、埋葬されていない人骨となると、その在処はかなり限られる。ケルーベに戻って、可能性のありそうな教会施設を探せばいい。そしてどこから骨を調達したのかがわかれば、もしかするとそこに協力者がいるかもしれない。考えたくないが、異端の思想に共感している堕落した聖職者などがいれば、一発で答えがわかる。

「この船がどこからきたかを合わせて調べれば、どこから人骨を持ってきたかもかなり絞り込めるな」

「船がどこからきたかなんてわかるの？」

ミューリの素直な問いに、シャロンは肩をすくめる。

「船倉には大して水樽が積まれていなかった。よって港が滅多にないような遠隔地の交易ではない。夜には必ず港に立ち寄れる場所を航海してきたはずだ。ついでにこの船はずいぶんいい仕立てだからな。寄港した場所では皆が覚えてるだろう」

ヴァダンの頭がどんどん下がり、顎先が床につきそうだった。

「それと、黄鉄鉱についても、あてがあります」

ニョッヒラから出てきてしばらく自分たちの旅を支えてくれた大商会が、あらゆる鉱石を取り扱うデバウ商会だった。キーマンの話では、その商人が支店開設のためにケルーベにきているとのことだ。鉱石の取り扱いの専門家ならば、なにかを知っているかもしれない。

「さあ、真実のために、無知の霧を晴らしましょう」

四人が視線を交わす真ん中で、ヴァダンが開き直ったかのように短い腕を腕組みして、座り込んでいたのだった。

現地の領主への説明として、ヴァダンを含む数名に人の姿になってもらった。

彼らはやはり嫌疑のあった密輸団であり、ラウズボーンは彼らを処罰するため、予定どおり街へと連れ帰りたいと伝えた。船員については、多くが嵐の夜に早々に逃げ出してしまっていて、船の二重底の床にこの三人だけが隠れていた、と説明をした。

果たして嵐の夜に、船員たちが幹部を残してさっさと逃げ出すものか、なぜそれが見張りに見つからなかったのか等々、細かい瑕疵はありながらも、実際に隠れていた者たちが三人縄に繋がれて出てきたら、納得せざるを得ない。どんな理屈も、目の前の現実には敵わないのだから。

ちなみにヴァダンの人の形は、焦げ茶色の髪の毛を短く刈り込んだ、引き締まった体つきの若者だった。いかにも気鋭の船乗りといった風体のヴァダンに、ミューリはこちらと見比べ、なにかもの言いたげな様子で肩の筋肉をつまんだりしてきたことには、無視を決め込んだ。

「私は曳航用の船の受け入れがあるから村に残る。鼠どもの監視と、仲間の鳥との連絡も中継しないとならんしな」

「では船の足取りについては私が調べに参りましょう。長い距離を歩くのは得意です」

「私たちは？」

ミューリに視線を向けられ、やるべきことの手順を確認する。

「人骨の線と、黄鉄鉱の使い道ですね」

「酸とかいうやつを採るんじゃないの？」

それはあくまでノードストンの主張だったし、彼が理性に導かれていたのは昔の話で、今はそうではないかもしれない可能性が出てきてしまった。たとえば以前ならば承知のうえでやっていた、山羊の喉をかっさばくような儀式を、今では本気で信じ込んでしまっているような。

けれども、ミューリをあまり悲しませたくなくて言葉を濁す。

「念のためです。思いもよらない使い道があるかもしれません」

「そだね。錬金術はあんまり知らないから、頑張らないと」

ミューリの意欲は、ノードストンの無実を晴らすほうに向いている。

ノードストンが馬鹿なことをしていなければいいがと願う理由が、ひとつ増えてしまう。

しかし予断は禁物だと自分に言い聞かせ、思考を働かせる。

「それと、ハイランド様に経過の報告と、アズさんにも連絡を取りませんと。ノードストン様がなにかを企んでいる、とは思いたくありませんが……」

そこの手抜かりをして自分たちの身に危険が及べば、後悔してもし足りない。

ほかにやるべきことを忘れていないだろうかと確認していれば、シャロンが返事をした。

「ラポネルにエーブ商会の人間がいるんだったか？」

「はい。あ、お仲間のお力を借りられますか？」

シャロンは肩をすくめる。鳥は海でも陸でも関係ないので、実に心強い。

「それはともかく……鶏っ」

と、ミューリが口を挟む。

「私たちが留守の間に鼠さんたちにひどいことしたら、羽を全部むしって丸焼きにするからね」

ミューリの視線の先では、ヴァダンたちが村長の家の軒先に座らされている。そしてヴァダンたちがむすっとした顔で見ているのは、広場に大急ぎで作られている牢だ。

「あいつらの行儀が良ければな」

「絶対に許さないからね！」

ミューリがヴァダンたちに肩入れする理由も明らかだ。

とはいえヴァダンたちには船を置き去りにして逃げる理由がないし、シャロン監視の下、変な行動を取ることの無意味さも理解しているだろう。

「ミューリさん、大丈夫ですよ。シャロンさんはこう見えて優しい方ですから」

「え〜〜？」

ずいぶん疑わしそうだったが、イレニアに言われて渋々納得していたようだった。

こうして自分たちはケルーベに戻る船に乗り、ミューリは見送りのイレニアに向かって元気に手を振っていた。その隣で座っている自分は、ため息が出てくるのをどうしても止められなかった。

ノードストンに騙されていた、とは思いたくないが、彼は間違いなくなにかを隠している。あえて話す必要もなかったこと、と笑顔で言われるとはとても想像ができない。

なぜ異端になど、と悔しく思う自分がいて、まだそうだと決まったわけではないと振り払う自分がいる。けれど向かう先には、暗く冷たいものを想像せざるを得ない。もしも本当に異端だったとしたら、自分はノードストンを断罪しなければならないのだから。

昼頃までは晴れていた空も再び雲が多くなり、日暮れに向けて冷たい風が吹き始めた。

イレニアやシャロンたちの手前、気を張ってはいたが、静かな海の上に出ると、小さい船が頼りないせいもあって、どうしても不安になってくる。

大きなため息をついていると、不意に頰をつままれた。

「またそんな顔」

さっきまでイレニアに手を振っていたミューリが、怒ったような顔を向けてくる。

「兄様の敵は誰の敵だっけ？」

自分の言葉をそのまま返されてしまう。

「どうせあのお爺さんが良い奴か悪い奴かで不安になってるんでしょ？」

「それは……はい……」

弱々しく答えると、ミューリに背中を叩かれた。小さな手のひらなのに、思いのほか強く、重さを感じられた。

「大丈夫だよ。仮に悪者なら、ちゃんと悪者らしく振る舞ってくれるはずだもの」

ミューリは子供っぽい楽観でこちらを慰めているのではない。

ノードストンが表沙汰にできない秘密を抱えている可能性をきちんと見据えたうえで、大丈夫だと言っているのだ。

「兄様がおそるおそる異端ってやつを宣告する前に、ばれたと思ったらさっさと荷物をまとめて逃げちゃうと思うな。そもそも兄様に捕まるようなどんくさい人じゃないよ」

その評価は正しいようでいて、なんだか納得いかない気もするのだが、容易にその場面が想像できるし、ミューリはこちらのことを思ってそう言ってくれているのもわかる。

「まあ、剣を交えることになったとしたら、私はちょっと調子が悪くなるかもしれないし、狼の鼻はさっきの船の底のせいで詰まり気味だけど」

いざという時にはノードストンをわざと見逃す、とも言っているのだ。

自分は神の教えに従ってノードストンを捕らえるべきだと思っても、聖典などお昼寝の枕程度にしか思っていないミューリならば、なんの良心も咎めない。

そういうふうに振る舞ってくれる、ということだ。

「だから、ほら」

ミューリはそう言って、こちらの頬をもう一度つまみ、口角を上げさせようとする。

変な顔になっているようで、ミューリは楽しそうに笑っていた。

そんなミューリを前に、いつまでも暗い顔をしていたら嘘だ。

「あなたはもう、立派な騎士のようです」

頬をつまんでくる手を握り、少し強めに握り返す。

ミューリの腰に提げられた剣には、自分たちにしか使えない狼の紋章が刻まれている。それは世界のどこにも居場所がないと震えていたミューリのためのものだったはずなのに、遠からず、その紋章に心慰められるのは自分のほうになるような気がした。

ミューリは強く、賢い少女だ。

成長すれば、その背中を追いかけることさえ難しくなりそうな気がした。

「そうだよ、立派な騎士だよ」

悪戯っぽく笑ったミューリは、つないだ手に口づけをして、肩を寄せてくる。

「でも休憩も必要だからね」

そうやって懐に潜り込んでくる様子に、かつての賢狼の姿を見たような気がした。

「兄様、とりあえず町に着いたら、あったかい飲み物が欲しいな」

ミューリはそんなことを言いながら、こちらの手を両手でにぎにぎとしている。海の上の風は冷たく、また天気が崩れる予兆なのか雲も多い。けれど少なくとも、ミューリの側は温かかった。

「牛か羊の乳に、蜂蜜を混ぜたものを作ってもらいましょう」

いかにも子供っぽい飲み物を提案したのはわざとだ。案の定ミューリは不服げだが、文句を笑って聞き流す。

旅の中で変わるものは多いが、変わらないものもある。

あるいは変わりつつあるものの余韻を楽しむように、ミューリの小さな手を握り返していたのだった。

ローエン商業組合の商館に戻り、ヴァダンの正体だけを隠してある程度の事情をキーマンに話せば、快く協力を申し出てくれた。

「なんてことありませんよ。またイッカクみたいなものが見つかった際にお手伝いいただければ、それで元は十分取れますから」

自分は引きつり気味の笑顔だったし、ミューリはキーマンにエーブみたいな悪い奴の匂いを感じ取ったらしく、ちょっと面白そうにしている。

「しかし、大量の人骨がありそうな教会施設ですか。量がまとまっているなら、盗みより教会の横流しの可能性が高いですね」

人骨でなくとも、その手の事例に遭遇したことがあるのだろう。

「となれば、司教様に聞くのは藪蛇になりそうです」

たとえば悪魔崇拝に共感はしておらずとも、対価の黄金には目がくらんでいるかもしれない。管理下の教会施設から人骨を売り渡していたのなら、たちまち証拠隠滅に動くだろう。

ただ、自分のほうにはある程度心当たりがあった。

「出どころについて私が思いつくのは、古い修道院です。地下墳墓があるようなところなら、状態の良い骨が大量に残っているかと思いまして」

「地下墳墓ですか。あり得ますね。まとまった数ということなら、過去に疫病の流行った地域の線で調べてみましょう」

血も涙もない合理的な発想だが、キーマンのそういうところは味方だと頼りになる。

「ねえねえ」

と、そこにミューリが口を挟む。

「私たちはヒルデおじさんのところの人たちとお話をしたいんだけど、この町にきてたって言ってたよね？」

「黄鉄鉱について調べたいということですよね。すぐに人をやりましょう」

「ありがとう！」

ミューリの笑顔に、いつも皮肉っぽさを残しているキーマンでさえ、表情を柔らかくしていた。

「しかし人骨と黄鉄鉱とはなんとも思わせぶりな積み荷ですが……なにに使うつもりなのやら」

この世のあらゆる商品を取り扱ったことがありそうなキーマンでさえ、顎に手を当てて首を傾げていた。

そして、地下墳墓に限らず、大規模に死者を収容してそうな教会施設については、教会に商品を納入している商人たちに聞いてくれるらしかった。とはいえヴァダンたちが北からきたのか南からきたのかもわからず、その範囲も不明なので時間がかかるかもしれない。さらなる問題は、いくつも存在する選択肢から、正解を引かなければならないことだ。

過去に疫病があった、というような範囲を絞り込める情報がもっとあればいいのだが。大量の人骨が一堂に会すような場所なので、人口の多い場所だろうか？

デバウ商会の商人と会うため、ローエン商業組合を出て港沿いを歩きながら、必死に知識を総動員して考え続けていた。それでも道に迷わず、人にぶつからず、荷車に轢かれずに目的地に着けたのは、こちらの服の袖をミューリが引っ張ってくれていたおかげだ。

「騎士は子守りをする仕事じゃないんだけど⁉」

と怒っていた。

そうこうして到着したのは、デバウ商会の商人が間借りして滞在している町の商会だった。

「デバウ商会のレリックと申します」

レリックと名乗ったその商人は、握手をすると掌が異様に分厚い。しかも針金のような髭に短めの体躯という風体は、伝説に聞く鉱山の精霊そのままだった。

「コル様とは、ご無沙汰しております、というべきかもしれませんが」

ミューリとも握手をし、その掌の武骨さにミューリが感心している横で、レリックはこちらを見て悪戯っぽく言った。

「えっと、すみません、どちらかで……？」

「実はあなた様方の湯屋で使う石材や鉄製品の納品で何度か。まだこちらの娘様はいらっしゃらなかった頃ですな」

「なるほど、その節は」

もう一度改めて握手を交わし、世の狭さというものを実感する。

一方のミューリは、自分の生まれていない頃のことを話され、少し面白くなさそうだ。

「それで、実に不思議な話ですな。黄鉄鉱と、人骨を仕入れている人がいる、と」

レリックが腰を下ろしたのは、間借りしている商会の荷揚げ場の片隅だ。日が暮れる前に最後のひと踏ん張りとばかりに、様々な商品が出たり入ったりしていた。

「それも大量に仕入れているようなのですが、なにに使うのか見当もつかず」

「ふーむ」

短い手足にはちきれんばかりに筋肉がついているため、腕組みをしていると丸い岩のように見える。船の上で力仕事に明け暮れるシモンズとはまた違った雰囲気のレリックは、ため息と共に腕を解く。

「まず、黄鉄鉱ですが、これは誰も欲しがらないくず石です。せいぜい詐欺師が黄金と称して売るためや、火打石として旅人が買ったりする程度です」

「酸が採れるんだって言ってたよ」

ミューリの言葉に、レリックは小さくうなずく。

「うちの鉱山でも、鉱石を調べる試薬に用いているはずです。が、酸を採るにしても、そんなにたくさん必要ないでしょう。ですから黄鉄鉱につきましては、最大の妙な点と言えば、わざわざ密輸をしていたことですな」

シャロンも黄鉄鉱だけなら見逃すと言っていた。普通、関税は価値の高い物にかかるものだし、ただ同然という黄鉄鉱ならわざわざ隠して輸入する必要がない。

「別の船乗りさんからは、正規の取引でも黄鉄鉱を買い集めていた、と聞きました」

レリックは片方の眉を吊り上げ、ふむ、と唸る。

「お話しのとおり、黄鉄鉱はくず石です。うちの商会や、鉱石を取り扱う商人に一声かけておけば、ちょっとした量なら別の商品のついでに届けてくれるでしょう。ただ、逆に言えばそれだけの量をいっぺんに掻き集めていると、人目を引くのも確かです。くず石だから安く買えるのに、必要としていると周囲にばれたら、値を吊り上げられるかもしれませんからね。そのあたりを嫌って密輸していたのかもしれません」

レリックは再び腕を組む。

「ただ、この理屈だとすると、それほど大きな量を必要としているという話になり、やはり謎に突き当たりますな」

「使い道、ですね」

鉱石商は大きなため息をついた。

「我がデバウ商会にいる山ほどの鉱山技師や精錬関連の職人たちから、黄鉄鉱の新しい使い道を見つけたという話はついぞ聞きません」

「……やっぱり、お墓に供えてるだけだと思うけどな……」

ミューリがぼそりと呟いた。最も単純な答えだし、ミューリとしては変な理由が見つかるより、そうあって欲しいのだろう。

「使い道は本当に謎ですねえ。たとえば鍛冶なんかでは、黄鉄鉱は嫌われものです。私も工房にいた頃は舌打ち交じりに選り分けたものですよ」

「え、職人さんだったの？」

ミューリが驚いたように聞き返す。自分もレリックには鉱山が似合うと思ったのだが、どうやらその分厚い体は、灼熱の工房で金床に向けて槌を振るい続けて作られたもののようだ。

「元々は刀剣の鍛冶職人です。ですから、町の職人たちから、うちの鉱石の質が悪いせいで剣が打てなかったなんて苦情を言われた時には、自ら金槌を振るって黙らせるんです。これが商いにはてきめんに利くんですな」

髭の奥で、悪戯っぽくレリックが笑う。

寡黙な職人気質だけでは、商いはやっていけないのだ。

「剣の職人さんかあ」

と、ミューリは自分の腰から提げている剣を触りながらなにかを考えている。

ろくでもなさそうなことだと思っていたら、先にレリックが口を開く。

「お嬢さんの提げている剣も、実はさっきから気になってましてな」

「これ？　刀身の青みが格好いいんだよ」

ミューリが剣を抜けば、ぎらりと刃の部分が光をこぼす。

それからもう一度鞘に納めて、鞘ごとレリックに手渡していた。

「ふむ、失礼して」

鞘のまま、まずは重さと重心を確かめるようにしてから、軽く剣を抜く。

「ほほう、良い鉄だ。こりゃあ結構な値打ちものですな。鞘の見事な仕立てにまったく負けていない」

ハイランドがくれたものだが、一体いくらしたのだろうかと考えると恐ろしくなってくる。

「紋章も粋ですな。最近はとんと見なくなった狼だ」

剣を褒められたことよりも、そっちのほうがミューリは嬉しかったらしい。

鼻の穴を大きくして、剣を受け取っていた。

「そうか、剣と言えば、黄鉄鉱こそ工房の邪魔ものですが」

レリックは言って、荷揚げ場の高い天井を見上げた。

「人骨のほうはそれなりに需要がありますな」

「柄に使うってやつ？」

伝説の剣が欲しいとミューリが喚いていた時に出た話だ。

「伝説の剣の話を聞いた時、聖人の骨を使うって聞いたけど、普通の人の骨も使うの？」

「古い刀剣ではそういうのもありましたが、ほかにもたくさん使うことがあるのです。大量の人骨と言われて、それを思い出しました」

「へえ？」

ミューリのみならず、自分もまた興味を引かれる。

「ただ……あなた様は薄明の枢機卿様だ。お話していいものかどうか……」

やや冗談めかして笑いながらレリックが言うと、ミューリが素早くこちらの背後に回り込む。

なにをするのかと思えば、耳を両手で塞いできた。

「はい、大丈夫！」

レリックは豪快に笑ってから話を続けてくれた。

「製錬の際にね、人骨を炉に放り込むんです」

「それは、魔術的な？」

思わず聞くと、レリックはそうとも違うとも言わずににんまりしてから、急に真面目な顔つきになった。

「鉄の精錬というのは、常にどこか神々しいものです。炉は目が眩むほど輝き、その中では曲げることさえかなわなかった金属が、溶け、混じり合っていきます。じっと見つめていれば、そこにはなにか、生命そのものに関わる不思議が隠されているような気になってくるものです」

炉の中は、ひとつの太陽だと聞いたことがある。そこではすべてが溶け合った後、土から新芽が出るかのように、新たな形を取って再生する。工房の職人たちは、それゆえに炉の前でじっと、無言の祈りを捧げているのだと。

「もちろん、そういう迷信はだいぶ前に廃れ、今では形式的なものばかりです。教会の目もありますしね」

その一言は、悪戯っぽい笑みを見せながら。

きっと内々の儀式では、まだそういうことを行うこともあるのだろう。

「精錬の過程は厳然たる技術の塊であり、羊をいけにえに捧げても鉄のできには影響しないことが確かめられています。だが逆に、同じ結果が得られるならば、過程にひとひねり加えたくなるのもまた、人情ってものです」

こちらの耳を意味もなく押さえていたミューリの手を取り、レリックを見る。

そのレリックは、自身の分厚い手を見つめていた。

「時折、工房には傭兵なんかがやってくるんですな」

「傭兵？」

「そいつは背負っていた行李を置いて、言うんです。精錬にこの骨を使って剣を打ってくれ」

行李を開くと、乾いた血の痕のついた人骨が詰まっている。

事情を察するのは簡単だ。

「戦に生きて、戦に死ぬ。けれど剣には仲間の魂が溶けているってやつですよ」

それはミューリが最も好む類の話で、今度はこちらがミューリの頭を押さえる番だ。

ここで耳と尻尾を出されてはかなわない。

「大昔には剣の柄に人骨を使っていた、という伝統も、そういう話に一役買っていますね」

「伝説の剣……だけじゃなくて？」

ミューリの言葉に、レリックはゆっくりうなずく。

「昔の剣士は、柄に骨を使うことで、剣に生命が宿ると思っていたのです。骨には人の生気が残っていますからね。魂の欠片とも申しましょうか」

異端、の言葉がもやもやと頭の上を漂ってしまう。聖典の教えでは、肉体とは魂の入れ物に過ぎず、死後魂は速やかに神の下に向かい、肉体は土にかえるだけとなっている。

そうはいっても個人の遺品やらに個人の姿を偲んでしまう気持ちはわかるし、シャロンが頭蓋骨を蹴っ飛ばしたのには理屈抜きで仰天した。

そして、そんなもやもやとした葛藤が顔に出ていたのだろう。

レリックはこちらを見て、静かに言った。

「薄明の枢機卿様の前で言うのもなんですが、これはまるっきりの迷信や思い込みではなく、きちんと根拠がある話なんです」

「……根拠？　それは……魂の重さを確かめた、天秤の話のようなことでしょうか」

気鋭の神学者が行った有名な実験だ。精密な天秤を作り出し、死にかけの人間を片方の受け皿に載せ、もう片方に同じだけの重りを載せたらしい。そして、死ぬと同時に天秤が傾くかどうかを試したのだ。

結果、天秤は錘のほうに傾き、軽くなった死体を釣り合わせるのには、ひよこ豆が三粒必要だったという。それゆえに魂の重さはひよこ豆三粒分、などと語られることがある。

「いやいや、その実験も興味深くはありますが、もっと別の、偶然がきっかけで判明したことです」

レリックは咳ばらいを挟んだ。

「鉄の精錬のためにはもともと、卵の殻や石灰、それに骨なんかを加えるんですが、これは鉱石の中の不純物を取り除くのに必要な過程です。そして、言ったように鉄に対する効果はほとんど一緒です。加える量は変わったりしますがね。そんな中、骨にだけ特別な意味があるのは、なにもそこに死者への畏怖や敬意があるからだけではないんです」

金槌を握るようにこぶしを握り締めたレリックが、ゆっくりとその手を開く。

「骨には生命の欠片が残っている、と最初に気がついたのは鍛冶職人だという伝説が残っています。というのも、柄や精錬に使うために工房にはいつも骨があったんですが、ある日、骨を積み上げている場所だけ妙に草木の成長が早いことに気がついたんですよ」

ミューリが素直に驚く一方で、自分はもっと別の意味で驚いていた。

そんなこちらの反応に満足した様子のレリックが、言葉を続ける。

「それ以来、畑には豚や羊の骨が埋められるようになりました」

「……肥料として、ですか？」

レリックはごつい肩をすくめた。

「そんなわけで、剣とナイフをどちらが打つかで刀剣職人とナイフ職人の組合は永遠の縄張り争いを繰り広げていますが、農具については揉めません。炉を扱うところならばどちらも打ちます。なぜなら、麦がよく実るようになった肥料を見つけたのは、鍛冶職人共通の誇りだからです。そして、より実りをもたらしますようにと、精錬に人骨を使うことがあります」

話が終わる頃には、ミューリは口を半開きにしていたし、自分もまた目を見開いていた。

ラポネルの土地がどんなだったか思い出せばいい。

見渡す限りの、麦畑ではなかったか。

「徒然と思いつくままにお話ししましたが、なにかお役に立てたようですな」

レリックの言葉に、はっと我に返る。

「は、はい、すごく、とても」

農具を打つためという可能性はもちろんある。けれど、ノードストン領がどんな土地かを思えば、肥料のためというのが答えではないかと思った。見渡す限りの畑に肥料を撒こうと思えば、どれだけ必要になるか見当もつかない。

自分たちにこのことを黙っていたり、密輸という形を取っていたのは、それが根拠のあることだとしても、異端と見なされるのを恐れたからではないか。

ただ、そこまで考えて気がついたことがあった。

「肥料にするとしても……あえて人骨にする理由、というのはなんなんでしょう」

レリックの話から、豚や羊の骨はすでに利用されているらしい。ならばなぜ、異端と見なされる危険を冒してまで人骨を密輸しているのか。

「そうですか？　私はなかなか目の付け所が良いと思いましたが」

腕を組んで興味深そうに顎髭を撫でているレリックは、そのままの姿勢でこちらを見た。

「時折、儀式用に打つ鉄のため、骨の調達も頼まれますが、豚やら羊やらは肉屋がすでに農家に売り渡してます。まあまあ値が張ったり、数を集めるのが大変だったりします。しかし、人骨ならばそうではありません」

なぜなら、誰もそんなものを買い集めようとはしないからだ。

「危ない橋を渡るのをいとわない御仁なら、人骨をただ同然で集めて肥料にすることで、たっぷりの麦を格安で育てることができますな」

説明の材料が出そろったと思った。骨が肥料になる話は、ラポネルの麦畑と違和感がない。骨が大量に必要となる理由も説明できる。なぜその骨が羊でも豚でも牛でもなく、怪しげにみられる人骨なのかということにも、金銭的な理由がつく。

けれど、もう一押しが足りないと感じた。ばれれば異端騒ぎに火を注ぐようなことになりうるのに、そんな危険な橋を渡ろうとするのは天秤が釣り合わない気がした。あれだけ合理的な畑を作り上げるノードストンならば、多少の費用を支払っても羊や豚の骨を使うのではないか。まだなにか見落としているのか？　それとも、肥料という考えそのものが間違っているのだろうか。

理屈の話ならば自分よりもよほど頭の回るミューリは、どう思っているのか。

そうして視線を向けた直後。

ミューリが腰に差し直していた剣が目に入り、自分の思考に深々と刺さった。

「もしや……これ？」

「へ？」

怪訝そうなミューリをよそに、その剣に手を伸ばす。思い出したのは、レリックが語った傭兵の話だ。傭兵は、工房にやってきてこう言うのだという。

――この骨を使って剣を打ってくれ。

その一言には、とても大事な意味が込められている。

死者を身近に感じていたい。側にいて欲しい。

だとするならば、ノードストンがどこからその骨を調達していたのか、今すぐにでもわかる気がした。

「それはそうと、人を呼んでいるのですが遅いですな」

はっと我に返り、レリックを見やる。

「実は仕事を手伝ってもらっている方が、薄明の枢機卿様との古いお知り合いらしくて。せっかくなんでその人も呼んだのですが、迷っているのやも知れません。やや浮世離れした方ですから」

キーマンがそんな人の話をしていた気がする。

けれど、一体誰なのか、相変わらず心当たりがなかった。

「ちょっと探してきますね。ここら辺は同じような店構えの商会だらけですから」

レリックは木箱から立ち上がり、ひょこひょこと歩いていってしまう。その背中を見送りながら、どこか放心したような心持ちだったのは、頭の中でひとつの絵図ができあがっていたからだった。

「兄様、なにに気がついたの？」

同じようにレリックを見ていたミューリは、こちらを振り向いて言った。

「骨が肥料だったってことだよね？　でも……」

と、ミューリは自分が凝視していた剣のことを気にしていた。

「どこから骨を持ってきたのかも大体わかりました。出どころはすぐ見つけられると思います」

「ほんと!?」

「あの船は、本当に幽霊船だったのですよ」

ミューリはきょとんとしてから、嫌そうに笑った。

悪い冗談だと思ったのだろうが、そうではない。

「ノードストン様が、ノードストンの名を継いだ経緯です。あの方の故郷は、王国から海を挟んだ大陸で滅びているのですよね？　そして、地下に大墳墓を持つような修道院などは、それ相応の理由があって開かれるのです」

そのほとんどが、埋葬などとてもしていられないほど死者の数が多いときで、だからこそキーマンは疫病のあった地域を探してみようと言ったのだ。ほかには大飢饉の起こった土地なども考えられるが、もっと直接的に、特定の場所に多数の死者が集まる出来事がある。

大きな戦。それこそ領地が滅びるほどのものなど、ぴったりのはずだった。

「じゃあ……あのお爺さんは、里帰りをさせてるってこと？」

生家のグレシア領は、滅ぼされた王国の領地だ。

ノードストンは錬金術師に手を引かれ、多くの者たちを土地に残して逃げ出しただろう。

幼すぎてその時にはなにもできなかったが、長じて荒れ地を麦畑に変えることができた。

かつての領民たちを異国の地に眠らせるよりかは、豊かな麦畑で眠って欲しいと思ったのではないか。そして新たなる土地で、新たな命を繋いで欲しいと願ったのではないか。

そう考えれば、あまりにも不気味な人骨という話も、異端という言葉で断罪するのは正しくない気がする。同時に、教会に知られれば苦い顔をされるのは間違いないだろうから、面倒を避け、密輸という方法を取る理由もわからないでもない。

しかもレリックが指摘したように、人骨は豚や羊の骨と同じ効果を持ちながら、安い。

ノードストンにとってはいわば一石二鳥の存在であり、あの合理的な領主像に合致する。

「もしもこれがノードストン様の理由なのだとしたら、私は胸を張ってノードストン様のために教会と戦えます」

大きな前進だ、と思ったのだが、ふとミューリの様子に気がついた。

「ミューリ？」

ノードストンの嫌疑が晴れたことを最も喜ぶはずのミューリが、なぜか浮かない顔をしていたのだ。

「う、ん？　いや……辻褄は合うんだけど、なんか変だな……と思って」

ミューリは自分の鼻に手を当てて、なにかを考え込んでいた。

「変、ですか？」

人骨が麦畑に用いていた肥料である、という話にこじつけの感がある、ということだろうか。それとも残る黄鉄鉱のことが気にかかっているのだろうか？

考え込むミューリの言葉を待っていると、軒先にレリックが再び現れた。

「お連れしましたよ！　やはり迷ってらっしゃいました」

　レリックの隣に立つのは、商会の軒先にはやや場違いな雰囲気を身にまとった女性だった。黒いローブは喪に服した淑女にも、厳格な戒律の修道院に身を置く修道女にも見える。濃い夕日の色の中でさえくっきりと際立つその威容には、荷揚げ場の男たちをもぎょっとさせるものがあった。

　こんな知り合いがいただろうか？　それも、古い知り合いだと言った。

　こちらを見てにこりと微笑んだその美女は、色の薄い唇の隙間から、思ったよりも優しげな声音でこう言った。

「まあまあ、あの可愛らしい男の子がずいぶんとご立派に」

　ハイランドとはまた違う上品さは、妖艶さの有無だろう。しかし、子供の頃にこんな人と出会っただろうか、と記憶を探っている横で、ミューリが目をしばたかせながら呟いた。

「鳥さん？」

　それでようやく、記憶が蘇る。

「ディアナ、さん」

　ミューリの両親が旅の途中で知り合ったという、人ならざる者。その頃はまだ自分は旅に同行していなかったが、ミューリの両親の結婚式には参列していた。

「ええ、御無沙汰ですね。それと、なんだか面白そうなお話をしているようで」

ディアナがすっと目を細めてそう言った。
この美女は、鳥の化身にして、錬金術師。
ノードストンを巡る話を聞くには、あまりにもうってつけなのだった。

第

四

幕

レリックは荷受けの仕事があるということで、続きはディアナの投宿先で話すことになった。ただ、そちらに向かう途中、ローエン商業組合に立ち寄って、旧グレシア領周辺の大規模な教会施設を探して欲しいと頼んでおいた。キーマンはグレシア領に聞き覚えがなさそうだったが、調べてみると請け負ってくれた。

そうして道すがらノードストンのことを説明しつつ、ケルーベの中でも古い街区の奥まったところにある一軒家に赴いた。ずいぶんうらびれた雰囲気だったが、ディアナはこういう鬱蒼とした雰囲気が落ち着くのだと言っていた。

「あの結婚式で知り合った兎の商人さんと、意気投合しましてね。私も自分の研究のために色々と石が必要だから、彼らが南に支店を構えてくれればと思ってお手伝いをしているところです」

ディアナは果実酒を出してくれて、ミューリには酒になる前の葡萄の果汁に蜂蜜を混ぜたものを用意してくれた。けれどもそれは酢にして実験に使うためのものだったと聞いて、さしものミューリもやや不安げな面持ちで果汁を舐めていた。

「それにしても、十年というのは相変わらず人の世では大きなものですね」

テーブルに、自分で焼いたという堅いクッキーを置きながら、ディアナはそんなことを言った。穏やかな笑顔には、時の流れに置いてきぼりにされることさえも楽しむような、歳経た者の余裕がある。

「こんなに大きな娘さんまで」

ディアナが呆れたように笑うと、ミューリは少し首をすくめていた。

ずいぶん控えめなその態度に、ディアナもまたハスキンズのように強大な力を持つ鳥なのだろうか、と思っていたら、ミューリがおずおずと口を開く。

「ディアナ……お姉さんは、さ」

おばさん、と言わなかったのは、エーブにその単語を向け、泣きそうなくらい頬をつねりあげられた経験からだろう。

「母様と父様と、一緒に旅をしてたんだっけ？」

「正確には、旅で出会った、ですね。ここよりもう少し南の町で」

ミューリは少し視線を左右に逸らし、意を決するように聞いた。

「母様も父様も、ディアナお姉さんの話はあんまりしてくれないんだけど……もしかして、喧嘩とかしたの？」

ディアナはちょっと驚いていたし、自分はミューリの奇妙な態度の理由がようやくわかった。

ミューリは両親の大冒険にももちろん興味津々で、ほぼすべての話を知っているだろう。

けれどあの二人は、ディアナにまつわる話をあまりしたがらなかったようだ。

自分は別の人から顛末を聞いていたので、二人が口を濁す理由は理解できたが、ミューリからしたら両親との間でなにか不穏なことがあったのかと思うだろう。

そしてディアナは、エーブとはまた趣の異なる、やや意地悪な性格らしい。

「お話をしてあげてもいいけど……あのお二人はまだ仲が良いのかしら」

ミューリにそんなことを尋ねている。

「父様と母様？　げっぷが出るくらい仲良しだよ」

あの二人の様子は、娘のミューリからするといささか暑苦しく映るらしいが、ディアナを喜ばせるには十分なものだったようだ。

「だったらとっても面白いと思うわ」

「そうなの？　なんで？」

「あの二人が、まだお互いの手を握ろうとして、照れていた頃の話ですもの」

ミューリの頭と腰から、耳と尻尾がポンと飛び出した。

剣を振り回す話は大好きだが、恋の話は輪をかけて大好きなのだから。

「知りたい！」

ホロとロレンスのことを思うとなんだか気の毒な気もしたが、それを遮ったのは決して二人のためではない。

「そのお話より先に、お聞きしたいことが」

ミューリが口を尖らせて睨んでくるが、遊んでいる場合ではない。

「黄鉄鉱と、人骨の話でしたっけ」

ミューリは頬を膨らませて、ディアナの出してくれたクッキーに手を伸ばす。その硬さに驚いてから、戦いを挑むように牙を突き立て、ばりぼりと噛み砕き始めた。

「人骨は、おそらく肥料ではないかとわかりました。けれど、黄鉄鉱の謎がまだ」

「酸を採るんだってば！」

口からクッキーの欠片を飛ばしながら、ミューリが言う。

「私もすぐに思いつくのはそれですね。けれど、船いっぱいに買い込んだら、私でさえ死ぬまでに使いきれるかどうか」

あっさり答えが出てくるとは思っていないが、ディアナに聞いてもわからなければ、残る選択肢は限られる。そのうちの一人は西の海の果てに向かい、もう一人の口を割らせるのが至難の業ならば、最も弱い立場にあるヴァダンに矛先が向かうことになる。

「ただ、錬金術師が関わっているのよね？　だとすると、単なる実験の段階はすでに過ぎていたってことでしょう」

よくわからず、口の端にクッキーの欠片をつけたミューリと顔を見合わせてしまう。

「つまり、なにか新しい技術を開発し、すでに実用的な段階に進んでいて、大量の黄鉄鉱を使っている、ということ。でも、なにかしらね。黄鉄鉱だなんて」

ディアナはこちらに聞かせるというよりも、自分の思考を深めるために言葉を紡いでいる。邪魔してはならない、と口をつぐんでいたのだが、隣ではミューリがごりごりと音を立てながらクッキーをかじっていた。

「ミューリ」

注意するが、歯ごたえがよっぽど気持ち良いのか、文字どおり牙を剝かれた。

「ふふ。そのクッキーも、あの二人の結婚式で出会った人に教えてもらったんですよ。たしか、エルサさんでしたっけ」

自分に信仰のことを本格的に教えてくれた恩人だ。

「あと、それは本当は飲み物でふやかして食べるものなのだけど」

「んぐ。そうなの？　この歯ごたえがいいのに」

歯が折れないかと不安になるが、さすが狼というところだろう。

「あ、ひとつお姉さんに聞きたいんだけど」

と、手にしていた最後の欠片を奥歯で嚙み砕いてから、ミューリは言った。

「黄鉄鉱？　ていうのから酸を採るって、具体的にはどんな感じなの？　現場を見たら、これだってわかったりする証拠があるの？」

ノードストンの屋敷で見た蒸留器を思い出す。

「お屋敷で見た蒸留器に入れて、蒸し焼きにするのでしょう」

「蒸し焼き……？」

「お酒なんかは、お酒の精髄のようなものと水が混ざり合っているのですが、火にかけて沸騰させると、その精髄だけを取り出すことができるのです」

「酸もそうやって？」

おそらくそうだろう、と思ってディアナを見やると、鳥の化身の錬金術師は、静かにうなずいた。

「大体そんな感じね。ただ、お屋敷で蒸留器を見たって言ったかしら？　残念だけど、それは多分証拠ではないわ。あなたたちが見て蒸留器だと思ったということは、金属製よね？」

「多分……銅のようだったと」

ディアナは少し考えて、言葉を選ぶ。

「だとするとやはり酸はどこか別の場所で採っていたのでしょう。黄鉄鉱から出た酸は、多くの金属を溶かすものなの。服でさえ溶かすのよ」

「えっ」

お洒落が大好きなミューリなので、慌てて自分の服を確認していた。

「だから黄鉄鉱から採った酸は、金属なら鉛か錫、可能なら硝子瓶に保存する。銅製の蒸留器で黄鉄鉱の蒸し焼きをすれば、たちまちぼろぼろになってしまうはず。それに、もしも本当にその蒸留器を使っていたら……そうね、狼のあなたなら、すぐにわかったんじゃないかしら」

その言葉はミューリに向けられていた。

「黄鉄鉱は火で焼いて、出てきた煙を集めて水に溶かし、その水を濃縮して酸を採る。その時の煙が、まあひどいものでね」

「臭いってことですか？」

自分が代わりに尋ねると、ミューリが急に声を上げた。

「あっ！」

ミューリの三角の耳がぴんと伸びるや、こちらの肩を痛いくらいに摑んでくる。

「そうだ、匂いだよ、兄様。ずっと気になってたの！」

「匂い？」

ミューリは言った。

「さっきのあのおじさんの話！　匂いだってば！」

全然わからない。

ディアナならなにかわかるだろうかと視線を向ければ、静かに首を傾げられた。

「もう～！　だって、私は狼だよ！　大麦と小麦の匂いだって嗅ぎ分けられる。だったら、人の骨が畑に撒かれていたら絶対気がつくよ！」

確かにミューリは広い麦畑を前に、すがすがしそうな顔をして、青臭い空気を胸いっぱいに吸い込んでいた。だとすれば、あの人骨が肥料という仮定は誤りなのだろうか。

手に入れた手掛かりが虚空に消える。

そう思った直後、麦畑にいたミューリの記憶がそのまま続く。

あの時のミューリは、麦畑に歩み寄ってしゃがみ込んでもいた。

「でも、麦畑では怪訝そうにもしていませんでした？」

「へ？　あ、うん。なんか妙な匂いもしたよ。あれ？　なら、あれが骨の匂いってこと？」

深夜の机の上で、文字を書いているときのようなもどかしさがあった。

せっかく明かりがあるのに、自分の手のせいで肝心の文字が見えにくい。

なにかもうすぐそこまできているはずなのに、届かない。

そんな自分たちを見て、ディアナはくすくすと笑っていた。

「ふふ。いいわね。とってもいい」

妖艶な錬金術師が、開け放った木窓の外の、日の暮れゆく路地を向いている。

そして、視線を戻せば眩しそうに目を細めていた。

「あの二人の結婚式を見ていたら、暗い部屋に一人でいるのも馬鹿らしくなった。それでまた、世の中に関わってみることにしたのだけど」

確かにミューリの両親を見ていれば、そんな気にもなるだろう。ニョッヒラの湯屋が大盛況なのは、そこに理由があるはずなのだから。

「他人との関りは辛いことも起きるけど、思いもよらない喜びもまた、もたらしてくれる。それはこんなふうに賑やかな夕べの語らいだったり、あるいは、見慣れた世界に新しい視点を持ち込んでくれたりね」

それはまさにミューリを見ていて実感することだが、ディアナの話の向かう方向が全然わからない。戸惑っていると、ディアナの細くて白い手が、すっとテーブルに伸びた。

「錬金術師は、思ってもみないものを組み合わせて新しいものを作り出す。だから、あなたたちの話を組み合わせてみたらどうかって思ったのだけど」

人骨の肥料の話と、黄鉄鉱の話、ということだろうか。

「肥料は、大地の栄養よね？　一方で、そこにあるのは、狼でもなければまともにかじれない堅いクッキー」

「……えっと」

答えたのは、ミューリだ。

「なんでも溶かす酸！」

ディアナはゆっくりと目を細めて微笑んだ。

「人もお腹を下した時には、柔らかく煮た粥を食べるものね。だったら、ほかの場合も同じではないかしら」

「大地も、また？」

「実際、実験の時に反応を早くしたければ、試料を細かく砕くしね」

だから固い骨も、溶かしてからのほうが効果があるということか。

「ついでに量の問題も解決しないかしら。広い畑に撒くならば、骨はいくらあっても足りないでしょうし、溶かすための酸も同じよね。たっぷりの甕一杯に溶かそうと思ったら、まあまあ大変な作業になるはずよ」

その瞬間、あの町の様子が視界いっぱいに広がった。

麦の大産地として有名な、ラポネルの町。

では、そこで豊作を司っていたのはなんだったか？

「まさか……だから、聖ウルスラなのだと？」

ラポネルに奇跡をもたらした守護聖人は、定番の羊や豚の背に乗るのではなく、大きな水瓶の上に座っていた。なぜなら聖ウルスラは、豊饒をもたらす水が沸くという、奇跡の水瓶を授けてくれたからだ。

「でも……いや……本当に？」

緩みかけていた証拠の数々が、急激に強固な線で繋がっていく。これならば、ノードストン家にまつわるすべての怪しげな噂に説明がつくのではないかと思った。

それまで不毛の大地だった場所に突如として現れたという豊穣の守護聖人や、嵐の日に吹き流されて人骨が大量に海岸に打ち寄せられることとなった幽霊船や、悪魔と取引しているとしか思えない大量の黄鉄鉱などが、すべて麦畑に集約する。

足がすくむような感覚に襲われるのは、想像の産物だと思っていたものが、今にも形を伴って空から落ちてこようとするからだ。

その興奮に飲み込まれかけたところ、不意にぐらりと視界が揺れて我に返る。

ミューリがこちらの肩を掴んで、揺らしていた。

「ほら兄様、しっかりして！」

「あ、は、はい」

赤い瞳に覗き込まれ、ようやく落ち着きを取り戻す。

鼠の奔流には目を回していたミューリが、こういう時には頼もしい。

「ディアナお姉さんなら、今の話が本当かどうかって確かめられる？」

「黄鉄鉱から採った酸ならそこにあるし、骨もまあ、肉屋さんに行けば豚か牛なら数本くらい手に入りそうね。溶かしたものが麦に効果的かどうかは、麦に宿る狼の血を引く貴女に聞くほかなさそうだけど」

「じゃあお願い！」

叩きつけるような依頼にも、ディアナはいっそ楽しそうに微笑んでいる。

「で、兄様！」

ミューリは立ち上がり、こちらを見た。

その顔は怒っているようで、同時に不安そうでもあった。

なぜそんな表情をしているかと問うのは、そんなに難しいことではなかった。

「あのお爺さんは、悪者なの？　それとも？」

ミューリが気にするのは、ノードストンが異端なのかどうかだった。狂気に駆られ妄想の世界に生きていたのか。それとも様々な事情から真実を明らかにできなかっただけだったのか。

ここまでの話ならば、それは剃刀の上を歩くような不安定さではあるが、異端とは言いきれなかった。それは人骨の利用についてさえそうだ。たとえば日照りで乾きに苦しむ村を訪れた聖人が、自らの血を飲ませ村人たちを救ったという話もある。人の血を吸うなど、状況が違えば一発で異端と見なされて縛り首だが、行為は目的によって正当化される。ノードストンと錬金術師のそれは、神の御心に適う境界線上の、神の側に立っていると思った。

「おそらく……異端では、ない、と思います。いえ」

頭を振って、言い直す。

「そうです。異端ではありません。私は、もしもこの話が真実なのだとしたら、自信を持ってノードストン様の味方をできます」

人骨の出どころがかつてのグレシア領だと示せれば、王たちもまたノードストンの肩を持つはずだ。戦を経験したことのある者ならば誰だって、その心情に共感するはずなのだから。

ならば自分たちが取るべき選択肢は、ヴァダンたちの船を予定どおり、ラウズボーンを経由してノードストンの下に返すことになる。

ラウズボーンからずっと耳にしていた不気味な話は、すべて理由のあることだったのだから。

「ほら兄様、早く鶏たちに伝えにいかないと。鼠さんたちだって不安なはずだもの」

ミューリなどはすでに立ち上がりかけ、袖をぐいぐいと引っ張ってくる。

「えっと」

と、ディアナを見れば、ディアナは楽しげに目を細めていた。

「私のことは気になさらず。けれど」

妖艶な美女の笑顔は、思いのほか無邪気だ。

「二人旅ねえ。それもまた、とっても楽しそう」

ニンジンが引っこ抜かれるようにミューリに立たされようとしている身として、その言葉には即座に同意するのが躊躇われた。しかしその隙間に、ミューリがこんなことを言う。

「旅の相手は選ばないとだめだよ！　兄様みたいなののお世話は、本当に大変なんだから！」

目を剥いてミューリを見ると、そうでしょう？　と睨まれる。

そしてディアナはついに声を上げて笑っていた。

「さあ、黒雲は晴れたよ！　兄様！」

ノードストンもヴァダンも悪者ではなかったということで、ミューリの機嫌は上々だ。

あまりにうるさく耳が痛いけれど、暗い話でめそめそしているよりかはずっといい。

ずっと、良かった。

「しかし、まさかすべてに説明がつくとは思いませんでしたよ」

「世に不思議の種は尽きまじ、けれど真実もまた、というやつかしら」

鳥の化身にして錬金術師のディアナは、自分たちを見送りながら、残りのクッキーを包んでくれた。

ミューリはそれを賢者の石のように受け取って、高々と掲げたのだった。

ローエン商業組合に戻ると、キーマンは芝居がかったしぐさで大きな地図を広げ、無言でひとつの地域を指さしていた。インクで囲まれているのは、カラカルよりも北に向かった先にある、小指の頭ほどの領地だった。

「古くはこの町の川を境に、正教徒と異教徒がいがみ合っていました。ここより北で、王国からの侵略も受けていたとなれば、三つ巴の激しい戦いだったでしょう。私もこんなところに王国の所領があったなど初耳でしたが、それはおそらく、語り継ぐ者さえいなくなった、ということでしょうね」

地図の中では取るに足りない、とても小さな囲みにすぎない。けれどもかつてそこに住んでいた人がいて、彼らの人生を翻弄した歴史と共に眠っているはずだ。

「お役に立てましたか？」

「ありがとう！」

ミューリはキーマンに飛びついて抱き着き、沈着冷静な商館の主が目を見開いて驚いていた。

「父様と母様の話だと、悪い人みたいに言われてたから心配してたけど！」

そんなことをあっけらかんと言ってしまうミューリの雑さにはらはらするが、当のキーマンはむしろ嬉しそうでさえある。

「そうですとも。私は悪い商人です」

「エーブお姉さんより？」

キーマンは背筋を伸ばし、手で服をびしっと直す。

「もちろん」

その不敵な笑みに、ミューリは大笑いしていた。

それからミューリは早速カラカルに戻りたいと主張したが、日が暮れかけているので、船は論外だ。馬に乗って陸路で行こうとまでは言い出さなかったのは、ブロンデル修道院に向かう時、馬の背に揺られて尻が痛くなったことがあるからだろう。

そんなわけで部屋に戻り、手紙を書くにとどまった。ミューリが木窓を開けて口笛を鳴らすと、たちまち窓枠に海鳥が舞い降りる。

「じゃあ、お願いね」

旧グレシア領の地図の写しと、そこにある教会施設を記したものに、事の経緯を簡単につづった手紙を首に結びつける。海鳥は二、三度風を確かめるように嘴を上下させてから、雲の目立つ藍色の空に、滑るように飛び立っていった。

「そういえば、ディアナさんも鳥の化身だとか？」

木窓を閉じて振り向くと、ミューリがベッドに横になって両手両足を伸ばしていた。今日は一日中あっちこっちに移動したうえ、ひとまずノードストンの嫌疑も晴れて気が緩んだのだろう。力んで膨らんだ尻尾が、脱力と共にしぼんでいる様に笑ってしまう。

「……ふう。そうだよ。鶏とは違う、首と足の長い、おっきな鳥さん」

背の高いすらりとした雰囲気から、北の渡り鳥だろうかと想像する。

すると、急にミューリが飛び起きた。

「大事なこと聞き忘れてた！　母様たちの話！」

ミューリはベッドから降り、いそいそと身支度を始めている。

「ミューリ、もう日が暮れますよ」

「やだ！　今日聞きたい！」

ミューリが騎士の落ち着きを手に入れるのは、まだまだ先のようだ。

「兄様はお部屋にいていいよ。私一人で行ってくるから」

腰帯に剣の鞘を革紐で括りつけながら、ミューリはそんなことを言う。

日暮れ後に女の子が町で一人歩きなど、と思ったものの、多分自分が一人でうろうろするより、ミューリのほうが身の危険は少ないだろう。とはいえそういう問題でもないような、と考え込んでいたら、すでにミューリはいなくなっていた。

木窓を開けて外を見れば、そうするとわかっていたかのように、こちらを見ていたミューリが人のまばらになった港で手を振っていた。

呆れてため息をつきながらも、苦笑交じりに手を振り返す。ミューリは楽しそうに笑い、薄闇の町に消えていく。

なんだかんだ、自分もミューリに毒されているようだった。

「さて、今のうちに残りの作業を片付けておきますか」

修道士が筆写したありがたい聖典には、時折猫の足跡がついているように、ミューリも自分が書き物をしているとすぐにちょっかいを出してくる。特にハイランドへの手紙には、そこに秘密の暗号文でも仕込んでいないかと疑う検閲官のごとく目を光らせたりする。

狼のいない間に、とばかりに椅子に座り、インク壺の蓋を開ける。ハイランドには事の経緯の詳細を報せ、善後策を練っておいてもらわねばならない。ヴァダンの正体だけは伏せ、あとはすべてありのままを知らせておいたほうがいいだろう。

そして、文章を考えながら羽ペンを手にした時、とんとんと、と扉が叩かれた。

「はい」

返事をするが、扉は静まったままだ。

気のせいだろうか、と立ち上がって扉を開けると、誰もいなかった。

「……？」

廊下の左右を見ても、商人たちが寝床に引き揚げてくるにはまだ時間がちょっと早いのか、暗い廊下は静まり返っている。扉を閉じ、もう一度椅子に座ろうというところで、とんとん、と音がした。

扉ではなく、窓だ。そのうえ、ばさ、ばさ、と羽音もした。

「もう返事が？」

いくらなんでも早すぎではないかと木窓を開けると、海鳥ではなく鳩が部屋の中に飛び込んできた。

「わ、わっ」

鳩はなにか怒っているかのような勢いで部屋の中を飛び回り、部屋を三周ほどしてようやくベッドに舞い降りる。首には書簡を提げているので、シャロンの命を受けている鳩だろう。けれど、近づこうとすれば羽を広げて飛び立とうとするし、鳩のほうもなにか困惑しているようなことに気がついた。

「あ、ミューリがいないから」

自分が町の鳩を見分けられないように、鳩のほうも自分が誰かなんてわからないのだ。

どうしたものかと思っていたら、木窓の向こうからまた羽音が聞こえ、木枠に別の鳩が舞い降りた。二羽目の鳩は、自分とベッドの上の鳩を見比べると、軽く羽ばたいてこちらの右肩に舞い降りる。この鳩は自分のことを識別できるらしい。

当然のように足に紙が括りつけてあり、ほどいて広げると『ご飯はディアナさんと食べてくるね！　寂しいかもしれないけど我慢して！』とミューリの汚い字で書かれていた。

まったくもう……とがっくりしたが、肩の上の鳩を見やって思いつく。身振り手振りでベッドの上の鳩を示してみたら、鳩は喉を膨らませ、肩の上で一声鳴いた。

ベッドの上の鳩は驚いたように首を伸ばし、呼応するように身震いした。

どうやら話が通じたようで、ベッドの上にいた鳩はこちらの左肩めがけて飛んできた。

「鳥もこうしてみると可愛らしいですね」

首に提げていた書簡を外し、頭を軽く指で撫でてやると、鳩は満足げにククルッと鳴いた。

「ええっと、それで、こちらは……」

手紙がくるとしたらシャロンからだろうと思っていた。ヴァダンたちの説得に成功して、向こうは向こうで謎の真相にたどり着き、連絡が入れ違いになったのかもしれない。

ミューリが悔しがるだろうか、なんて苦笑いしていると、丁寧に折りたたまれた紙を開いた瞬間の、圧のようなものに頬をひっぱたかれた。そこにあるのは、恐ろしく美しい文字で書かれた、端的な内容だ。それなのにうまく頭に入ってこないのは、それだけのものだったから。

手紙は、ラポネルにいるアズから寄こされたものだった。

——至急ラポネルに戻られたし。

——密輸の件が司教に知られ、町に混乱有。

——ステファン様は法の執行者として、先代を捕らえるとの布告。

文面はすぐに理解できたが、飲み込むのに時間がかかる。

その後の行に説明が簡潔につづられていて、ノードストンの密輸船に相乗りしていた商会の人間が船の座礁によって支払いに窮し、密輸の事実が明るみに出たとのことだった。密輸に手を出しているくらいだったので、もともと経営が苦しかったのだろう。そもそもステファンのいた屋敷が、王国と教会の対立によって交易が混乱し、税を滞納した商人から明け渡されたものではなかったか。

事情はなんであれ、ノードストンに疑惑の目を向けていた司教からすれば、行動を起こす動機としてこれ以上のものはないはずだ。実際、ステファンは現役の領主として、司教と争うことを諦めているようだった。ステファンからすれば、どう見ても異端のノードストンを無理して守るより、教会に恭順の意を示したほうが領地のためになるということなのだろう。

アズの見立てでは、司教は密輸の調査という入り口から、ノードストンを異端審問に引きずり出すのではないかということだった。もしも自分が司教ならばそうするし、万全を期して、王国の権力が届きにくい大陸側に、ノードストンを連れ出すだろう。

そうなる前に、誰かがノードストンの無実を示さなければならない。

「けれど、戻られたし……と言われても……」

自分に羽はなく、開けたままの木窓の向こうでは、夕刻よりも強く風が吹いていて、ひどく湿っぽく感じる。繋留された船の軋みに合わせ、白波の砕ける音が聞こえてきそうだ。

しかし、唸っていたところでどうにもならない。

「手紙を届けてくれませんか」

ミューリからの手紙を届けてくれた右肩の上の鳩に言葉を向けたが、頼りになるはずの鳩はこちらを見て首を傾げていた。

「……ああ、もう、ミューリに任せっきりだったから！」

アズが手紙を届けられたのは、おそらく用意周到にミューリから鳥を使った連絡のつけかたを聞いていたのだろう。けれども間抜けな羊のほうは、狼の後をついて歩くばかりでそれを怠っていた。

肩の上の鳩にはなんの罪もないので、丁重に肩から降りてもらい、蠟燭を消し、外套をひっ摑んで部屋を出てから、慌てて部屋に戻って木窓を閉じて出直した。もしかしたら嵐になるかもしれない。

一階の広間を抜ける時にキーマンがこちらを見て、「おや」という顔をしていた。

「あの、すみません、今この時間から王国に渡ることはできますか？」

無理だろうと思いつつ、聞かずにはいられなかった。

「……一応、探してはみましょう」

「お願いします」

そう言いおいて、外に出る。すると頬を叩く風が思いのほか冷たく、身震いしながら人のいなくなった港を走っていく。港は所々でかがり火が心細そうに焚かれている程度で、停泊する船はどれも厩に繋がれた馬のようにおとなしくしている。夜の海は自分たちの走る場所ではないとばかりに。

夜に船を出すとどうなるかを、自分は北の島嶼地域で学んでいる。しかも雲行きは再び怪しく、こんなに風が出ていればなおさらだ。キーマンなら命知らずの船乗りを見つけてくれるかもしれないが、その時は自分たちも命を危険にさらさなければならなくなる。

しかしノードストンのことを思えば、一刻も早くラポネルに戻らねばならない。せっかくノードストンの事情を明らかにできたのに、ここでつまずいてはすべて無意味になってしまう。

暗いケルーベの港町を走り、焦りばかりが募っていく。

そのせいで何度か道に迷い、ようやくディアナの投宿先にたどり着いた時は、扉を叩くことさえ惜しんで、道沿いの木窓を開けていた。

「あ、に、兄様⁉」

開けた木窓から中を覗き込むと、ミューリが尻尾の毛を逆立てて驚いていた。慌てて木のジョッキから手を放していたので、そこになにが注がれているのかはなんとなくわかった。

「え、えーっと……」

と、必死に誤魔化そうとしているので、いったんため息をついて黙らせる。そして胸元からアズの手紙を取り出し、ミューリに向けて差し出した。

ミューリは戸惑いながら、警戒するように近づいてきて、手を伸ばして受け取った。

そこに目を通してもらう時間も惜しく、ディアナを見やった。

「お願いがあるのですが」

美しい錬金術師は、うっすらと笑顔を張りつけたまま、優雅に小首を傾げてみせる。

「あなたは鳥の化身だとお聞きしました。私たちを王国まで運ぶことはできませんか？」

ミューリが驚きの声を上げたのは、自分の言葉にだったのか、それとも、アズからの手紙にだったのか。なんにせよ、口うるさい兄に隠れてこっそり葡萄酒を舐めていたような悪戯気分は吹き飛んだらしい。

「ど、どうしよう！　お爺さんが殺されちゃう！」

ディアナはミューリのその言葉に目を少し細め、改めてこちらを見た。

「火急の要件のようだけど、ごめんなさい」

ため息と共に椅子の背もたれに細身の体を預けていた。

「鳥だといっても、私ができるのはせいぜい赤ん坊を運ぶくらいね」

赤子を運ぶ鳥、という民話があった気がする。

平時ならば興味を引かれたかもしれないが、今は現実が重くのしかかる。

「船はいかがかしら。ここのところ天気が不安定なのが気がかりだけれど」

ケルーベから王国は目と鼻の先。天気が良ければ対岸が見え、腕自慢なら槍を投げて届くだろうとさえ思うほど。けれど風と波の高い夜に航行するのがどれだけ危険かは、身にしみてわかっている。

「今、探してもらっていますが……」

「なら、代わりにお姉さんが助けにいってもらえない？」

テーブルに身を乗り出すミューリの言葉に、ディアナは少し眉を硬くした。

「助けにいくことはできるけれど……その時は、なんの問題もなく、とはいかなくなるわ」

「な、なんで？　お爺さんが誰だかわからないから？　それならラポネルって町にいるアズって人がわかるから大丈夫！　鶏の仲間の鳥と仲良くしてるから、お姉さんならすぐにわかるはずだよ！」

ミューリがまくしたてるが、その声の大きさは、ディアナの変わらない表情のせいでもあるだろう。最後まで静かに話を聞いたディアナは、身じろぎひとつせずに答える。

「そういう問題ではないの。お兄様ならわかってくれると思うけど」

静かなディアナの視線と、燃えるようなミューリの視線が向けられる。

「……ノードストン様は異端を疑われています。そこでディアナさんが助ければ、不自然な状況がまた生まれてしまいます」

「っ」

ミューリは言葉を呑み、頭の回転の速い少女はすぐに気がついていた。

ノードストンは元々、悪魔に魂を売っているのではないか、というような疑惑をかけられていた。そこで人ならざる者の奇跡に頼れば、疑惑を認めるようなものだ。

「飛ぶ鳥跡を濁さず、というわけにはいかいなものね。私ならそのお爺さんがどこに幽閉されていたって、嘴で石壁ごと突き崩して、どこからでも連れ出してみせるけれど、それには大きな代償を伴うでしょう。そもそも私が町の空を飛んでいたら、悪魔の使いの怪鳥が現れた、なんて話になるのが目に浮かぶもの」

ディアナの正体がどのような鳥かはわからないが、およそ尋常のものでないだろう。とすれば、そんな鳥が現れただけでも、凶兆だとしてノードストンを火あぶりにする根拠になりかねない。

害虫の出た麦畑の側を通りかかった旅人がどうなったか、思い出すべきなのだから。

「じ、じゃあ、鶏！　鶏なら！」

「そうね……お話に聞くシャロンさんなら、人の世の仕組みに長けていそうだから、そちらに頼るのが正解ではないかしら。それに、鼠さんも仲間にいるのよね？」

正確に言うとヴァダンたちは仲間ではないのだが、ミューリの中ではすっかりそういうこととして話に出していたのだろう。

「だとしたら、シャロンさんと共に鼠さんたちに今晩中に王国に向かってもらい、こっそり忍び込んで牢破りをする、ということが現実的じゃないかしら」

「だよね！　ほら、兄様！」

「けれど」

と、ディアナはやはり冷静に釘を刺す。

「それでも脱獄をしたという事実そのものは消せないし、教会を敵に回している事実も変わらない。その先代領主の方は、もうその土地にはいられなくなる。それは構わないの？」

ミューリが大声を出すかのように口を開くが、そこからは嗚咽に似た息遣いしか出てこない。

ノードストンは乾ききった様子で、土地に根付けなかったことを悲しんでいた。

そこを自らあとにするのではなく、追い出されるようにして逃げ出すのだ。

そうすればいよいよ、ノードストンの居場所は死地へと続く西の海しかなくなってしまう。

賢い少女だから理屈を理解して、なんとか感情を押し込めているが、中身までそっくり大人になれたわけではない。

自分の胸の中の激情と、それを押しとどめる理性のせいで破裂しそうなミューリを見てられず、窓越しにその両肩を強く摑んだ。

「ミューリ、落ち着いてください。少なくとも今は向こうにアズさんがいます。あのエーブさ

ん の部下ですよ」

ならば打てる手は打ってくれているはずだ。

「ううぅぅぅ」

腕の中でミューリが唸るのは、ノードストンは異端などではないという確信があるからだ。

もう少しで万事丸く収まるところだったのに、という悔しさだろう。

「それに、遅くとも明日には私たちも王国に向かえます」

「この天気で？」

ミューリの狼の耳と尻尾の毛が、心なしか湿気ているように見える。

この少女は、ニョッヒラの山の天気を誰よりも早く察知していた。

「明日の天気は多分大荒れ。北の海でのこと、忘れてないよね？」

「ひとまずカラカルに向かったらどうかしら」

そこにディアナの声が割って入った。

「私はあまりにも目立つから、いよいよとなったら力を貸すけれど、まずはシャロンさんたちにこの話を伝えて、王国に向かってもらったらどう？　嵐になる前なら、王国側に渡れるのではないかしら。それで……そうね。本人の意向を聞いたらどうかしら。ノードストンという方は、西の海の果てを目指しているのよね？　もしも故郷に未練がないというのなら、私たちが助けるという手段が残される」

さすが古い町で錬金術師を長年やっているディアナだ。的確に道を照らしていく。

「で、カラカルまでなら、あなたの足ならすぐでしょう。少し葡萄酒を飲んでいたけれど、酔ってないわよね？」

その一言は、自分たちの緊張をほぐすためのものだったろう。ミューリは雷に打たれたように身をすくめ、泣きそうな顔でディアナに向かって無言の抗議をするし、自分のほうは、やっぱりという顔をミューリに向ける。

ディアナ一人が楽しそうに、ぱんぱんと手を叩く。

「ほら、すぐに動きなさい。あなたたちは私と違って、今を生きているのよ」

長い時を生き、鬱蒼とした場所を好むという鳥の化身。そのディアナがなぜ錬金術師をしているのか、ホロはなんとなく口にしていたことがあった。

鉛を金に変える秘法と並び、錬金術師の研究には永遠の命がよく出てくる。

確かこのディアナもまた、人に恋をして、避けられぬ別れを経験したという話だった。

「あなたが隠れて葡萄酒を飲んでいた件は、ホロさんに報告しますからね」

「ううう……」

ミューリは半べそでこちらを見やり、ディアナはそんなミューリを優しげに見守っている。

ディアナが流れ去る時に身を任せる一方、ミューリは大人になるのが待ちきれず、時の流れの上流を見ようと背伸びばかりしている。

そう思うと、なんとなくだが、ミューリが一人でこの部屋にきた理由がわかった気がした。

きっと、この先もずっと自分には教えてくれない、またその必要もない、人ならざる者同士の会話をしにきたのだ。かつてホロも同じように、旅の伴侶には聞かせられない話をディアナにしにきたように。

「ミューリ、カラカルまでお願いできますか？」

ディアナが自分たちを足で摑んで海を渡ることはできないが、狼に戻ったミューリの背中にまたがれば、カラカル程度の距離はあっという間だ。

「う～……振り落とされても知らないからね！」

ミューリはそう言って、こちらの手を振り払ったのだった。


ケルーベの町中では人目があるので、いったん徒歩で橋を渡り町の北側に向かい、昔の面影が残っている古い市街地を抜け、雑木林を見つけたのでそこで狼になってもらった。

月のない夜だが、暗闇の中にいるとミューリの銀色の毛は不思議な光のようなものを発しているように感じられる。これだけ神々しいのに、どうしていつまでもおてんば娘なのかと疑問が尽きないのだが、とにかくミューリの服をまとめ、剣と一緒に背負ってからまたがると、なんの合図もなく銀の狼が走り出す。

それだけ早く向かいたいということもあるだろうが、きっといくらかは葡萄酒の件への抗議が含まれていただろう。

そうしてあっという間に草原に出ると、ミューリは進路を海沿いに変えた。船の上から人家がないことは確認済みだったが、どちらかというと草原よりもさらにまっ平らな砂浜を思いきり走ってみたかったのかもしれない。足跡も波が浚って消してくれる。

ミューリは海に吹く風より速く、駆け抜けていった。

どれだけその背中にしがみついていたのか、気がつくと風を切る音ではなく、ミューリの息遣いと足音が耳につくようになった。それにいつの間にか砂浜から離れていて、内陸の草原を歩いている。

『海には見張りがいるでしょ』

周囲をきょろきょろしている自分に気がついたらしいミューリが、大した息切れも見せずにそう言った。

「カラカルは近いんですか？」

『もうすぐそこだよ。さっき私に気づいた鳥が飛んでいったから、鶏たちにも連絡がいってると思う』

そして足を止めると、背中にくっついたノミでも払うかのように身震いをしたので、その背中から降りる。ミューリは一度後ろ足で首のあたりを掻いて、もう一度身震いすると人の姿に戻った。

「もー、おんなじところばっかり摑んでるから、髪の毛に癖がついちゃったじゃない」

ミューリは葡萄酒の仕返しなのかそんなことを言うが、こちらは謝るよりも先に服を手渡す。

「早く服を着てください」

あまりに堂々と裸体を晒されていて、そっちのほうが落ち着かない。

それから徒歩でカラカルに向かえば、村の入り口にイレニアが立っていて、こちらに気がつくと手を振ってくれた。

「なにかあったのですか？」

ミューリは答えず、走り疲れたと言って胸に倒れ込むのを、イレニアはちょっと驚いたように受け止めていた。

「ノードストン様に身の危険が」

ふわふわの包容力でミューリを抱き止めていたイレニアが驚いて、思わず腕に力を込めてしまったらしい。ミューリがくぐもった悲鳴を上げ、尻尾が苦しそうにばたばたしていた。

「しかも、単純に助け出せばいいというような話でもなくて」

アズからの手紙のことを伝えれば、イレニアは一大事とばかりにミューリの手を引いて村の中に入る。途中、広場を横切る時、急ごしらえの木製の檻の中で、ヴァダンたちがこちらを見ていた。

「ちょっと待ってください」

イレニアに言いおいて、檻に歩み寄る。

「……なんだよ」

青年ヴァダンは海賊の頭領に相応しい険悪な目つきだが、自分は声を潜めて静かに伝えた。

「あなたも鼠に戻って話を聞きにきてください」

ノードストンを助けるには、ヴァダンたちの協力が欠かせない。

しかしヴァダンにはそれがあまりに意外だったようで、いっそ怪訝そうな顔をしていた。

「そう言って鷲の爪が待ち構えているって落ちじゃないだろうな」

「あ、そうですね。その爪の間に挟まるかもしれませんが……」

鷲のシャロンが鼠のヴァダンを運ぶとすれば、その形が自然だろう。しかしなぜわかったのかと思ったところ、ヴァダンと自分の間で話が食い違っていることに気がついた。ヴァダンは顔を青くしていたものの、檻の中に仲間もいる手前か、こちらが訂正する前に、胸を張ってこう言った。

「じ、上等じゃねえか」

そうしてあっという間に鼠に戻り、這い出してくる。いまさら勘違いを説明するのも妙かと思い、黙っておいた。そんなヴァダンを踏まないようにしながら、ミューリたちが待つ村長の屋敷に向かい、明かりのついた室内に入った。

「こんな時間にどうした？」

シャロンは酒杯を手にしていて、ほんの少し顔が赤い。対する村長や領主はすっかりできあがっているので、船の保護と引き取りの了承に感謝して、地元の有力者をもてなしている、というところだろう。

「お酒飲んでるの？」

葡萄酒をこっそり飲んでいた廉で叱られたばかりのミューリは、恨みがましそうに言う。

「仕事だ。それで？」

ミューリの噛みつきは軽くいなし、シャロンがこちらを見る。

「ラポネルから手紙が」

アズからの手紙を見せると、わずかに残っていた赤みが引き、別のなにかが顔に現れる。

「面倒なことを」

「いかがされましたかな」

すでに目がとろんとしている領主の声に、シャロンは振り向いて肩をすくめた。

「密輸船を巡って余計な茶々が入りそうで。よくあることなのですが」

「おお、それはいかん、あの船はラウズボーンの司直にこそ送らるるべきだからな」

若干怪しい口調で領主がまくしたてるが、酒の席はまさにこういう関係を築くために必要なのだろう。

「少し、外で話してまいります」

「おお、おお、こちらのことはお気になさらず……」

高齢の村長はすでに船を漕ぎ始めていて、領主は手酌で酒を注いでいた。

宴席から離れる際、暗がりにいたヴァダンに向け、シャロンが一瞥をくれていた。

「幽霊船の謎やらはすべて解けたのですが、肝心のノードストン様の身に危険が及んでいます」

村長の屋敷を出て、ひとけがないことを確かめてからそう切り出す。

足元では、手紙を読んでいたヴァダンが驚いて顔を上げる。

『おい、ちょっと待て、その話』

その話というのがどれをさすのか迷っていたら、ヴァダンが手紙を放り出して両手を挙げた。

『謎を解いた？　嘘だろ？』

そんなヴァダンの前にしゃがみ込んだのはミューリで、両手で掬うようにして持ち上げた。

「人骨は肥料の材料で、黄鉄鉱はその骨を溶かすために使う素材ですね？」

『……』

うなずかないのが、せめてもの意地だったのだろう。

ヴァダンたちからすれば、異端かどうかの境目などわかりようもない。

最後まで迷ったようだったのは、異端と見なされる可能性が排除できなかったからだ。

そんなヴァダンの鼻面を指ではじいたのは、シャロンだった。

「どうせこの鼠らが黙っていたのは、恩義でもなんでもなく、金の話だろう。肥料ってことは、麦の生産に関わることだろ」

誰も目をつけていない人骨と、使い道のない黄鉄鉱の組み合わせ。ノードストン家のラポネルが圧倒的な麦の名産地でいられるのは、世界でおそらくここだけが知っている、この方法のおかげだ。

けれどシャロンのその意地悪は、ヴァダンたちへの慰めにも感じられた。

『か、金のためでなにが悪い』

そう答えれば、彼らはあくどい海賊であり、決しておろおろ戸惑っていたわけではないと取り繕えるからだ。

「ですが、ノードストン様に身の危険が迫っています。異端審問ということで大陸側に連れていかれでもしたら、助け出すのが非常に困難になります。そこで、シャロンさんとヴァダンさんだけでも先にラポネルに向かい、私が到着するまでどうにか時間を稼いでくれないかと」

ヴァダンは再び驚きに目を見開いていたが、シャロンはなんとなく予想していたらしい。

「こんな風の強い、夜の海を飛ぶのはぞっとするな……」

最後のため息は、そうするほかあるまい、というものだった。

そして、しばし足元を見てなにかを考えていたシャロンは、こちらを見た。

「だが、いざという時にはどうするんだ？　助けてもいいのか？」

その口ぶりは、ディアナと同じことをシャロンもまた、気がついているからだろう。

「……命を失うよりかはいいかと」

「鼠さんたちと協力すれば、西の海に向かう冒険はまだ続けられるかもしれないし」

ヴァダンは話の流れがわからなかったらしく、ミューリが説明して、頭を抱えていた。

『くそ、そうか……俺たちが助けたら、怪しさが増すだけだもんな』

ヴァダンやノードストンは、自分たちのやっていることを隠すため、幽霊船やら怪しげな話を、おそらくは偶然もありつつでっちあげた。悪い噂は出回るが、多少妙なことをやっていても、さもありなんと見過ごされる。また誰かが怪しげな噂話を調べにやってきても、当たり前だが悪魔崇拝の証拠などない。

今まではそれでうまく煙に巻いてきたが、ここにきてその煙が首を絞めるものとなっていた。

『けど、あんたがくるまでしのげれば、なんとかなるんだな？　薄明の枢機卿なんだろ？』

ヴァダンが小さな黒い瞳をこちらに向けてくる。

「私の中身はしがない聖職希望者ですが、なぜか人々はひどく大きく私のことを見ているようですから」

その錯覚は、こういう時にこそ使わなければ嘘だ。

「真っ暗な海面は感覚が狂うから、お前を落としても文句を言うなよ」

『鷲の爪の間に挟まる時点で、死んだような気分だよ』

吐き捨てるように言ったヴァダンは、ミューリの手のひらの上で頭を落としている。そして、そのままの姿勢でシャロンを見上げた。

『だが、頼む。俺たちがあいつを守れなかったら、またコソ泥に逆戻りになっちまう』

それは猫への恩義という意味だろうかと思ったが、ヴァダンはこう続けた。

『お前たちにノードストンを人質に取られたくなかったから、猫への恩義だと口にした。けど、俺たちはあの爺さんの純粋な味方だよ。当たり前じゃねえか』

その黒いつぶらな瞳が、悲しげに歪む。

『俺たちだって、猫に連れていって欲しかったんだから』

そしてその顔が隠れたのは、ミューリが両手でヴァダンを包み込んだからだ。

「風にあおられ、諸共に海に落ちないことを祈っててくれ」

シャロンは冗談でもなさそうにそんなことを言ったが、ヴァダンたちのことを気にかけているのは明らかだった。

「とりあえず席を辞することを伝えてくる。ちょっと待ってろ」

シャロンが村長の屋敷に戻っていくと、ミューリの手の中から嗚咽に似た声が聞こえてくる。

『俺たちの船さえ、無事だったら……』

その背中を見送り、ヴァダンが泣きながら唸っていた。村から海を見れば、船体に当たって砕ける波の白さに照らされ、ぼんやりと船が見えている。

「ケルーベに戻って、誰かの船を奪っちゃったら？　鼠さんたちならできない？」

手の中のヴァダンに、ミューリが物騒な提案をする。

ミューリの小さな手では体のほとんどが隠れていないヴァダンは、ごしごしと目を擦ってから、言った。

『できるかできないかなら、できる。だが、話しがでかく、ややこしくなっちまうだろ』

ケルーベで盗まれた船に乗り、ノードストンを助ける誰かが現れたとなれば、ケルーベの差し金ではないのか？　となりかねない。そうなれば穏便に話をまとめるのは輪をかけて難しくなる。

「とにかく、シャロンさんとあなたが王国に渡れば、間違いなく時間は稼げるはずです。司教様はノードストン様のお屋敷を調べようとするはずですから、たとえばそれを妨害してもらうとか」

『む、うむ』

「それに最も警戒すべきは、大陸への移送ですが、船の出航の妨害などはいかがですか？」

『それ、は……できる。けど、それなら船ごと奪って……ってそれは駄目か、同じ問題に突き当たるのか』

ノードストンがこの先もあの領地にいられ、自らの意思で西の海の先を目指すためには、こちらが手を出せるうちにその身の安全を確保しなければならない。

『ああ、くそ！　俺たちは結局、脇役なんだ！　肝心なところで無力なんだ！』

ミューリの手の上でヴァダンが叫ぶ。

ヴァダンは短く小さな手で、目を覆っていた。

ミューリが再びヴァダンを冷たい風から守ろうと手を閉じかけたが、そうさせなかったのはシャロンだ。シャロンがヴァダンの首根っこを摑み、顔の高さに持ち上げた。

「お前だけじゃなく私がいる。明日になれば薄明の枢機卿もくる。それまでできることをやる。それしかないだろ？」

シャロンの言葉に、首根っこを摑まれぶら下がったままのヴァダンは、短い手で目を擦り、じたばたと暴れ出す。

『そうだ！　俺は海賊の頭領、ドッド・ヴァダン様だ！』

「ふん。じゃあさっさと向かうか。町の灯台の灯りが爺いの焼ける炎だなんてことになってたら笑えないしな」

「鶏っ」

ミューリの咎めるような声に、シャロンは肩をすくめるばかり。

ヴァダンはシャロンの手から飛び降りて、さっそく仲間に話を伝えにいこうとする。

そこにふと、黒い塊が割って入った。

「イレニアさん？」

ミューリが驚いたのは、イレニアが膝をついて、ヴァダンを見下ろしていたからだ。

「あなたがた」

と、羊の角を出したイレニアが、涙で顔の毛並みがぼさぼさになったヴァダンを見つめていた。

「風の強いこんな夜でも、本当にきちんと船を操船できるのですか？」

柔らかなふわふわの黒髪が、冷たい海風に揺られて陽炎のようだ。

ヴァダンはイレニアを見上げ、言った。

『俺たちは……西の海の果てを目指す海賊、だぜ』

幽霊船が目撃されるのは、自分の手も見えないほど霧深い日や、天気の悪い夜闇の中だった。

「ではシャロンさんには予定通り先行してもらい、私たちは船で追いかけましょう」

「え、船って、でも、町で盗むの？」

もっともおてんばなミューリでさえ怯むし、その案は問題含みだと指摘したはずでは。

そう思っていたら、イレニアが言った。

「船ならあるじゃないですか、あそこに」

砂州に乗り上げ、座礁した船。

「曳航船はまだケルーベにもきてないだろ」

シャロンの指摘にも、イレニアはその船を指したまま。

そして言葉を継げない自分たちに向けて、悪戯っぽく片目をつむって見せたのだった。


座礁した船の責任はラウズボーンが持つから、今晩は見張りに立たなくていい。

そう言って、こんな風の強い日に運悪く見張り役をして震えていた者たちを家に帰した。

シャロンと共にラウズボーンからきた司直たちは、酒を飲んで一足先に眠っている。

これで目撃者はいない。

あるいは、カラカルで新しい奇譚を語るのは、小便をしに家から出てきた、寝ぼけ眼の子供かもしれない。

「うわっ……」

甲板に立つミューリが思わずといった様子で、感嘆のため息とも、畏怖の唸りとも取れる声を出していた。

『馬になった気分ですね』

巨大な角に何本もの綱を結びつけた、大きな黒羊のイレニアが言った。空の雲が風で流れ、遠浅の海がさんざめく中、その光景は闇が形を持ったようにも見える。

『引っ張った途端、ばらばらになりませんよね？』

イレニアの問いに、人の姿で船首に立つヴァダンは、しかめっ面を返すだけだ。ヴァダンもまた、確信など持てないのだろう。とにかく鼠の海賊たちは、座礁してしまった船を引っ張り出すため、太くて重い綱を持って船とイレニアの角を何往復もした。

「だめだったら、おとなしくケルーベで船をかっぱらうしかないな」

そう言って笑うヴァダンの顔は引きつっていたし、ミューリの尻尾は緊張と期待でぱんぱんに膨れ上がっている。

「頼んだぜ……偉大な羊さんよ」

最後の綱を固定し終わり、ヴァダンがイレニアに声をかける。

『ええ。お任せくださいな』

イレニアはちらりと後ろを見てから、羊が突進する時の、角を下げた姿勢を取る。

『私の名は、イレニア・ジゼル。ボラン商会の、黒羊』

闇の塊が動くと、張り詰めた綱が船のあちこちに食い込んでいき、船全体が不穏な軋み音を立て始める。イレニアの足が徐々に砂州に沈み、波が当たって砕け、なおも沈んでいく。

ミューリの胴体よりも太い綱は、歯ぎしりのような音を立てて張力に耐えている。

そして、イレニアの角がさらに沈んだかと思うと、船が大きく揺れ、すぐにつんのめるように止まった。

「うは……動いたぜ」

ヴァダンは船首から海面を見下ろし、大きく息を吸うと、言った。

「頼む、俺たちの城を助け出してくれ！」

『もちろんです』

イレニアは沈み込ませた足を引き上げ、前に進む。

直後に船が再び大きく揺れ、甲板にいる者たちの少なくない人数が後ろ向きに倒れた。

彼らが立ち上がる前にイレニアの足が砂の中から上がり、海面に下ろされる。

その繰り返しはあっという間に滑らかなものになり、船の前進と急激な停止の境目が曖昧になっていく。

そして誰も転ばなくなる頃には、明らかに船が波に合わせて揺蕩っていた。

「おお、出た、海に出たぞ！」

ヴァダンが声を上げても、イレニアは興が乗っていたのか、それとも安全を考えてより深くに船を導いていたのかはわからないが、ざばざばと軽快に海を進んでいく。

このまま王国までたどり着いてしまうのではないかという頃になって、ようやく足を止めて振り向いた。

『こんなものかしら？』

綱を解くため、多くの鼠たちが綱を伝ってイレニアの下に走る。

ヴァダンは船首からイレニアに向かい、感謝の叫びを繰り返していた。

勢いのついていた船は、巨大なイレニアを回り込むように進んでいく。イレニアはそんな船をやり過ごしてから、じゃれつくように頭を下げ、船尾を押して沖に進ませる。

イレニアはこのままカラカルに戻り、シャロンたちや密輸船が消えたことについて、村長や領主に説明する役を引き受けることになっていた。

ヴァダンたちは水を得た魚のように船の上を駆けずり回り、みるみるうちに張られた帆が一気に風を受け、船を荒々しい沖合の海へと連れ出した。

船からイレニアを振り向けば、あれほど大きかった体がすでに小さくなっていた。

完全に闇に消えた、と思ったのは、イレニアが笑って目をつむったからだ。

「あはは！　大冒険だね！」

「どんな冒険譚だって、こんなに荒唐無稽ではありませんよ」

無事座礁した砂州から抜け出せたが、それこそ船のように巨大な羊に引き出してもらったなんて、誰に話しても信じてもらえないだろう。しかも甲板では、ヴァダンのような人の姿を取る者たちも多数いたが、鼠のまま働いている者たちもまた多かった。その様子はまるっきりおとぎ話だ。

へたに動くと踏んづけてしまいそうで、船べりに腰掛けて彼らの作業を見守るしかない。

「あのお爺さんに、見せてあげたいね」

隣に座ったミューリが、ふと言った。

「だって、お爺さんを助けるために、皆がこんなに頑張ってるんだもの」

言葉を失ったのは、そう言って笑うミューリの笑顔が、あまりにも眩しかったからだ。

「ええ、そうです。そうですね」

ノードストンは一人領地に取り残され、西の海の果てに救いを見出していた。そこに至るまでには多くの苦悩があったろうと思う。そのために、道を誤るような誘惑があったかもしれない。

けれど、ノードストンは踏みとどまった。

滅ぼされたグレシアの土地から逃げ延びて、病床の妻と錬金術師との三人で、領地を盛り上げてきた。妻は去り、錬金術師も確かに去った。けれどまだ希望はある。あるはずだった。

「兄様」

風に銀色の髪の毛を吹かれたミューリが、こちらを見た。

「お爺さんを助けてあげて」

乱れる前髪の向こうから、揺るぎのない赤い瞳がこちらを見つめている。

「もちろんです。誰も傷つかないようにしましょう」

ステファンだってノードストンのことを気にかけているはずなのだ。けれども彼は現役の領主として、家のために、領民のために安全策を取らなければならない。

「その案には賛成だけど」

と、ミューリが言った。

「でも、猫さんを見つけたら、なんでもっと残される人たちのことを気にかけなかったんだって、毛を逆なでしてやりたい」

それはそのとおりだ。

「新大陸を目指す理由がひとつ増えましたね」

ミューリがくすぐったそうに笑うのと、ヴァダンが自分たちを呼びにくるのは、ほとんど同時のことなのだった。

上陸は覚悟してくれよ、と事前にヴァダンに言われていた。

港に船をつけるわけにはいかないから、町から離れた岸辺を探し、座礁しないぎりぎりのところに船を止めることになる。そこからは手漕ぎの小さな船で、陸に向かう。もしも海流に捕まって岩礁地帯に流されれば、波で打ちつけられて木っ端みじんだ。

そのうえ、ミューリの予想どおり天気はますます悪くなってきていて、暗闇の中でさえ白波の砕ける様が見える。

牛の膀胱で作った浮袋をいくつも渡され、最悪これにしがみついていれば海に放り出されても風向きで岸に打ち上げられると言われたが、もちろん不安しかない。北の海では訳もわからず海に放り出されたが、ここでは意志を持って夜の海に繰り出すので、殊更に怖かった。

一足先にラポネルに向かったシャロンの姿が夜空に消える頃、岸に上がるための小舟を海に下ろした。甲板から見下ろすとなんとか耐えられそうに見えた波も、小型の船に乗れば頭上を越えるのではという大波に見えた。

船の操作はヴァダンの腕利きの部下に任せ、自分たちは油を塗った牛皮の外套を頭から羽織り、ついでに牛の膀胱にしがみついて無事を祈るしかなかった。

ミューリはずっと笑っていたが、多分怖かったのだろうと思う。わずかな砂地に船が滑り込むように到着した時、明らかに膝が震えていた。

『参りましょう』

船からは五匹ほど鼠も降りてきて、一匹が人の言葉でそう言った。ミューリは船から陸に上がる際、ずぶ濡れになった尻尾を殊更強く振って水を切ってから、夜戦に赴く騎士のように、無言で町を指し示した。

幸いラポネルには市壁らしい市壁がなかったが、それでも念のために鼠たちに先行してもらい、人のいない場所の柵を乗り越えて町に入る。そこまでくると町の中心部からのざわめきが、風向きによっては耳に届くようになる。船から見えていた明かりも、教会の前で焚かれている大きなかがり火だとわかった。

「鶏は？　あいつならもうお爺さんを見つけてないかな」

『仲間を広場に向かわせました。誰かしらが動向を探っているはずです』

鼠に先導され、庭で豚が寝ていた民家の軒下にいったん落ち着いた。

家の住人は広場の騒ぎに向かっているのか、不在のようだ。

「まさかと思いますが、もう火刑に処されていたり……しませんよね？」

「私の鼻が馬鹿になってなければ、お肉の焼ける匂いはしないよ」

だとすると、ノードストンを教会かどこかに幽閉し、その正当性を司教が民衆に説いている頃合いかもしれない。しかしこの状況で誰かの報告を待つしかないというのは、胃がねじ切れそうな焦燥感に駆られるものだ。

「大丈夫だよ、鶏はあれで目ざといんだから」

待つということに関しては自分より圧倒的に苦手なミューリが、懸命に笑ってみせる。

海水のしぶきで湿った髪ごと頭を強めに撫で、大きくうなずいておいた。

そうこうしていると、庭の片隅からこちらを怪訝そうに見つめていた豚が、視線をふと路地のほうに向ける。子鼠が三匹駆けてやってきた。

「どうだった？」

『シャロン様は西に向かって飛んでいったそうです』

子鼠たちから耳打ちをされた鼠が答える。

「西？　町から出ちゃったってこと？」

子鼠たちは自分が怒られたかのように身をすくめていた。

『仲間の鼠が言うには、人間も一人、武装してシャロン様の後を追いかけたようです』

「アズさんですね。しかし、武装、ですか」

鼠は子鼠から追加の話を聞いて、翻訳してくれた。

『町の人間たちが松明を掲げ、西に向かったのを見て、彼らを追いかけていったようです』

ミューリがこちらを見る。考えたことは同じだろう。

「それって、お屋敷にってことだよね」

異端の証拠集めか、それとも、魔女狩りのための焼き討ちか。

「いつ頃のことですか？」

『つい先ほどだと』

ノードストンはまだ捕らえられていないのだ。町からあの屋敷までは結構な距離がある。松明を掲げての行軍ならば、まだ余裕はあるだろう。先回りしてノードストンと接触を試みるべきだ。

「ミューリ、私たちもそこに向かいましょう」

ミューリはうなずきかけてから、鼠たちを見る。

「皆も背中に乗る？」

鼠たちは毛を逆立てつつ、無言でうなずいたのだった。

狼になったミューリの走る速度は、カラカルに向かった時よりも圧倒的だった。

深夜の麦畑を矢のように駆けていく。

結局鼠たちは自分の懐に入れたので、それを見たミューリがなにか言いたげだった。後でなにかねだられるかもしれないと思いながら、気がつかないふりをした。

全力疾走するミューリの背中に必死でしがみつく中、ふと、遠くの道を行く人々の明かりに気がついた。先頭に立つ者は教会の紋章を染め抜いた旗を掲げているように見えたので、密輸という領地の秩序に関する話ではなく、異端を念頭に置いてのことだとまざまざとわかる。

彼らが向かうのは、まさに彼らの目の前に広がる麦畑を作り上げ、ラポネルを発展させた者たちが過ごした家なのだ。異端、という呟きは、ミューリの首筋の毛に顔を埋め、熱に変わった。

ミューリの走る速度は森に入ってからも変わらず、自分は枝で首を刈られないよう必死に頭を下げてミューリにしがみついていた。

そして、ようやく速度が落ちると、屋敷の前には馬が一頭繋がれているのが見えた。まだ息が荒いことから、アズの馬だろう。屋敷の中からは灯りが漏れていて、ミューリの存在に馬が恐れをなしたような声を上げると、剣を提げ皮の胸当てをつけたアズが様子を見に出てきた。

「コル様」

アズはミューリの姿をラウズボーンで見ているので驚きもしない。

「シャロンさんは？」

『ここにいる。早かったな』

煙突の上から鷲が舞い降り、アズの肩に止まった。

そのアズが、言った。

「司教が密輸を契機に、ノードストン様の異端を宣言し、ステファン様がそれを追認しかけているという状況です。司教は証拠を手に入れるべく、町の人々をこちらに寄こしているところです。道中見かけませんでしたか？」

「いました。まだ森にたどり着くまでは時間がありそうでした。ノードストン様は？」

「私からは、ノードストン様にはひとまず身を隠すために逃げてもらうよう進言いたしました。しかし、ここに残ると……」

この土地になにも残せなかったと口にしながらも、やはりここはノードストンにとって大切な土地なのだ。ミューリやヴァダンの力を借り、単に命だけを助けることはできる。けれどそうすればノードストンはここにいられなくなるのだから、それは正しい選択肢ではない。

自分は腹を決めて、言った。

「ノードストン様と話してきます」

ミューリにはそこにいるようにと目配せし、歩を屋敷に向けた。

風の強い曇天の夜の中、その屋敷は不気味さを増しているというよりも、冷たい風に身をうずくまらせている、傷ついた熊のようにも見えた。

しかし、ノードストンは異端ではない。人骨を酸で溶かして肥料とする、などと表現すれば誰しもが不気味なことを想起するだろうが、その人骨は生家の土地で戦った者たちの骨であり、溶かした骨は麦畑の肥料として利用して、不毛だった土地の多くの人々の命を繋いできた。

誰もノードストンを責められはしないはずだ。暗い屋敷の中、一人失意に沈むようなことは間違っている。ヴァダンの船の上でミューリが言ったように、あなたの味方はたくさんいるのだと伝えたかった。

深呼吸をし、屋敷の扉に手をかける。

武骨な木の幹をそのまま使った、扉の取っ手を握りしめた瞬間だった。

「！」

扉が勝手に開いて、額を直撃した。

「コ、コル様⁉」

珍しく慌てたアズの声が聞こえ、ミューリまで駆け寄ってくる。

額の痛みでうずくまっていれば、頭上から声が降ってきた。

「ん？　なんだ、薄明の枢機卿か？」

「うぅ……ノードストン様……」

衝撃でまだふらふらしながら、なんとか立ち上がってその名を呼ぶ。

「わ、私は、あなたを――」

守りにきました、と続けようとした言葉は、ようやく焦点のあったノードストンの姿を前に飲み込まれた。

「なんだ、お前がステファンの代わりに私を捕らえにきたのか？」

ノードストンは手にしていた松明に、軒先に置いてあった蠟燭から火を点けた。先端に油を染み込ませた布が撒いてあったようで、ばちばちと音を立てて激しく燃え始める。

息を呑んだのは、その炎の勢いにではない。

その炎に照らされた、炎の勢いにも負けていないノードストンの勇猛な格好にだった。

「ノ、ノードストン様、その格好は……」

「ふん。恩知らずの馬鹿どもがここを目指しているのだろう？　誰がこの土地を切り開いてきたか、思い出させてやろうと思ってな」

左手に燃え盛る松明を持ち、右手には騎士が馬上で持つような大ぶりの剣を提げている。背中には盾と斧を背負い、足には脛当てをつけ、兜まで被っている。

誰がどう見ても戦支度であり、呆気に取られるこちらとは裏腹に、狼のミューリが隣で目を見開いて尻尾を振っていた。

「それで？　最初の敵はお前か？」

アズは捕縛の手勢がくる前に、ノードストンに逃げろと進言した。しかしノードストンはそれを断ったらしく、自分はそのことをノードストンが失意に沈んでいるのだと推測した。

だが、まったく逆だった。

ノードストンは、そんなやわではなかったのだ。

「い、いえ、あの、私はあなたを守りに……」

「んん？」

怪訝そうに顔をしかめられたうえ、ノードストンはこちらの頭からつま先まで品定めしてくる。

「その体で剣を振るうのか？」

ノードストンのほうが背が低いし、どちらかといえばやせ型で、なにより高齢だ。

けれどもその背中には、なにか太い芯のようなものが入っている。それが筋金というやつなのだろう。

決してなまくらな剣などでは断ち切れない、固くて熱いなにかだ。

「剣ではなく、その」

しかしこちらも相応の覚悟がある。

息を吸い直し、言った。

「私はあなたが異端ではないと確信を得ています。私は司教様を説得しようと思っています」

驚いた顔のノードストンは、ようやく剣の切っ先を地面につけた。

「あなたは人骨を肥料に用いていますね？」

「ヴァダンが口を割ったのか」

その問いには、明確に首を横に振る。

「私の仲間が散々脅しましたが、口を割りませんでした。元刀剣職人の鉱物商と、知り合いの錬金術師様から知恵を借りました」

ノードストンは目を細めてこちらを見て、肩をすくめた。

「隠されているものはいつか暴かれる、と聖典にもあるとおりだな」

「私はそれゆえに、あなたのことを異端ではないと確信しています」

ノードストンはこちらを見る。

松明の炎が映り込む、透きとおった目だ。

その目が、瞼に覆われた。

「それで、ヴァダンたちは無事なのか」

「それは……はい。その船に乗ってここまで戻ってこれました」

ノードストンはゆっくりとうなずき、ため息と共に目を開く。

「ならば積み荷を町の商会に届けてくれ。それで窮地を脱する者たちが多くいる」

「わかりました。それと、あなたのことです。武器を置いてください。私が代わりに司教と交渉いたします。頼りない若造かもしれませんが、世の中の人間はなぜか私のことを――」

と説明している最中に、ノードストンが剣を握ったまま、その拳でこちらの胸を軽くついてくる。

「その心意気だけ受け取っておこう。誰もが怪しいとしか思っていなかったことの、真実にたどり着いた。単なる信仰馬鹿ではなさそうだという私の見立ては、間違っていなかった」

胸を押され、一歩後ろに下がると、ノードストンは小さく笑う。

「私は異端ではない。だが、教会の敵だ」

「それは言葉遊びでしょう？」

するとノードストンは破顔した。

声の出ない、不思議な笑い方だった。

「いいや、敵だ。敵なのだよ」

「礼拝に参加しないからといって、不信仰にはなりません」

「そんな話をしていない」

ノードストンは右手の剣を軽々持ち上げ、肩にかけた。

たくましい戦士の姿のはずなのに、なぜか農具を肩にかけているように見えた。

「私は敵なのだ。ステファンは薄々そのことに気がついているのだろう。だからお前は私に関わるな。これはヴァダンを助けてくれた礼でもある。真面目な警告だ」

「……」

「だが、別にあいつらにおとなしく捕まるつもりはない」

二の句を継げないでいると、側に控えているミューリの大きな三角の耳が動き、アズの肩に止まっていたシャロンが首を伸ばした。

森の向こうから、木々のざわめきのような轟きが聞こえてきた。

捕縛の者たちが森の入り口にたどり着いたのだろう。

「私はせいぜい暴れて、悪魔に取りつかれた哀れな老人を演じてみせる。そうすればステファンは遠慮なく私をこの領地から切り離せる。私はようやく」

と、ヴァダンは屋敷を振り向いた。

「ここをあとにする決意ができた。ヴァダンたちの船に乗ってきたと言っていたな？　完璧だ。お前の提案どおり、私は名を捨て、実を取ることにしよう」

ノードストンは自暴自棄に駆られているわけではない。これまでもきっと、常に残された少ない時間のことを考えてきて、けれども一歩を踏み出せなかっただけなのではないか。

そこについにこの機会が訪れ、あとは前に進むのみだと腹をくくれた。

そんな気迫に満ちていて、悲壮感など欠片もない。むしろせいせいしたという顔つきで、ヴアダンたちと共に西の海に向かう様がまざまざと想像できた。

「そうだな、お前たちに頼みごとがあるとすれば、屋敷の奥にいるグラートを港に連れていってやってくれないか。それと、ヴァダンたちに連絡をつけてくれ。今宵、ついにあの錬金術師を共に追う旅に出るぞ、とな」

その様子に、ノードストンのことを錬金術師に置いていかれた物語の脇役などと思った自分のことを恥じた。ノードストンは脇役などではない。ミューリの大好きな冒険譚の、主人公に相応しかった。

そこでは挫折した主人公が、何度だって立ち上がるのだから。

「この狼は訓練しているのか？」

そんなノードストンが、ミューリを見て言った。

「えっと」

『ヴォウ』

自分には聞かせたことのない、いかにも狼らしい吠え真似をして、ミューリは前足をそろえて座ってみせる。

「私一人では迫力に欠けるが、この狼ならば見栄えがする。貸してもらえないか」

「えっ……と……」

迷ったのは、ミューリの目がらんらんと輝いていて、大暴れの予兆に興奮しているとわかったからだ。

おてんば娘……と苦々しく思いつつ、だめだと言えば本気で噛みつかれるかもしれない。うなずくほかなかった。

「感謝する。麦畑で恩知らずどもを蹴散らすなら、狼はぴったりだ」

腰を上げてノードストンの側に寄ったミューリが、剣を置いたノードストンに荒々しく撫でられながら不思議そうな目を向けていた。

「麦の育成方法を調べている時に、大陸側の民話を見つけたことがある。豊かに実った麦穂が風に揺られることを、狼が走る、と表現するらしい。だからそこでは、狼が麦の豊穣をもたらしてくれる象徴なのだそうだ」

動きを止めていたミューリの尻尾が、水を流された水車のように力強く揺れ始める。放っておいたら、ノードストンと共に西の海の果てについていきそうな勢いだった。

「まあ、麦穂にたとえるには、この毛皮の色は白すぎるんだが」

ミューリはたちまち喉の奥で唸り、鼻先でノードストンの体を小突く。

「ふふふ。賢い狼は人の言葉がわかるというのは本当だな。ああ、悪かった。悪かった」

乱暴に頭を撫でる様は手慣れていた。

そういえば、屋敷の周りには豚だの羊だのが平和そうに放し飼いにされていた。

「さあ、恩知らずどもに目にものを見せにいこう」

『ヴォウ！』

ノードストンは大股に歩き出し、ミューリはこちらをちらりとも振り返らずについていく。もう何十年も戦いを共にしているかのような、二人の後ろ姿だ。

アズは律義にこちらを見て、少し逡巡していた。

「私もあちらのお手伝いに」

「お願いします」

それはノードストンを助けてくれというより、ミューリがやりすぎないようにという意味を含んでいた。

アズがノードストンたちを追いかけていくと、シャロンが羽ばたいて、こちらの肩に載った。

『見くびりすぎだったな』

ノードストンという人物は、世が世なら分厚い年代記に挿絵が残ったに違いない。

「あくまで教会の敵を貫き通そうとするのは、同意できませんが……」

『意地なのだろう』

その意地のせいでステファンが心労に苛まれていたのだから、若き領主に同情してしまう。けれども湿っぽい結末にならないようで、それだけは助かった。

「では、グラートさんという方を港にお連れして、ヴァダンさんたちと連絡を取りましょう」

『ヴァダンには私が連絡をつけにいこう。グラートとやらはお前に任せた』

と言って飛び立とうとするので、慌てて止める。

「ついてきてくれませんか。道に迷ったら笑えません」

『……』

シャロンから冷たい目を向けられるが、一人だと森を抜けられるかさえ怪しい。ケルーベでは言葉の通じない鳩を前に、間抜けな慌てかたをした。自分は薄明の枢機卿などと呼ばれているが、それ以外はミューリに呆れられるくらいの間抜けなのだから。

『待っているから連れてこい』

シャロンは軽く羽ばたいて、屋根に止まった。

森の向こうがひときわ騒がしくなり、ノードストンと民衆が対峙したのかもしれない。

やや心配だが、ミューリがいれば滅多なことにはならないだろう。そもそも夜の森の中で、なにも知らない人間があの狼に出会ったら、どんな猛者でさえ腰を抜かすはず。

扉を開けて屋敷に入ると、点々と蠟燭が灯された奥から、物音がする。

「グラートさん！　いらっしゃいますか！」

すると、奥のほうから間延びした声で、お待ちくださいませ、と弱々しい返事が聞こえてきた。

屋敷をあとにするというから、荷づくりをしているのかもしれない。それに声からして、随分高齢のようだった。もしかしたらグレシア領からやってきた領地の生き残りなのかもしれない。

自分も手伝おうと屋敷の中に入り、本だらけの入り口を抜けると、鉱石の標本などが並べられた部屋に入る。猫の錬金術師は、きっとここで研究していたのだろう。

その部屋を抜けると、麦が分類わけされ、ノードストンが今もなにかを研究していた部屋になる。あるいは、まだ妻がいて、錬金術師がいた頃に、三人で麦の育成のための知恵を絞っていた部屋だろうか。床にはその頃の名残のように、羽ペンが散らばっていたことを思い出す。

今はそれらも片づけられ、少しすっきりしていた。そのまま部屋を通り過ぎようとしたのだが、ふと足が止まる。部屋が広すぎるような気がしたのだ。

「？」

周囲を見回しても、なにかが変わったわけではない。

そう思ったところ、ようやく気がつく。

「蒸留器が、ない？」

麦の名産地なので、酒の研究にでも使ったものかと思っていた。奇妙なほど綺麗な球形で、怪しげな文様が描かれていたことから、錬金術師が利用していたのではないかと思った。

窮屈そうに本やら羊皮紙の束やらに囲まれるようにして置かれていたそれが、なくなっていた。

「……」

屋敷に司教の手の者がやってくるということで、難癖をつけられそうな怪しげなものは隠したのかもしれない。そう思ったのだが、なぜか妙な胸騒ぎを感じ、蒸留器があったはずの場所の前から動けなかった。

——なにをしている。

今にもそんな声が、部屋の奥から聞こえてきそうだ。

「蒸留器……」

最初、自分はそれで酒の研究でもしているのだと思い、次に、黄鉄鉱から酸を採るのではないかと思った。けれどディアナは、酸を採る道具としては不適切だと言っていた。

それに、顔を覗かせていた真ん丸な球形の表面には、不思議な文様が刻まれていた。

あれはいったい、なんだったのか。

いや、と思う。

「どこかで、見た、ような……」

必死に記憶をたどろうとするが、思い出そうとすればするほど、銅製の赤い表面に刻まれた文様は海面に描かれた文字のように揺らいでいく。

そこに、部屋の奥から大きな荷物を引きずるような音が聞こえてきた。

「ひい、はふ……い、今しばらくお待ちくださいませ……」

どさっと大きな荷物を置いたのは、あまり背の高くないノードストンより、さらに小柄な老人だった。今夜がここにいられる最後かもしれず、どうしても置いていくわけにはいかない物を必死にまとめていたのだろう。大きな行李を置くと、再び奥の部屋に戻ってしまう。

「私も手伝います！」

そう声をかけて追いかけようとしたが、釣り針で引っ掛けられたようにそこから動けない。

「ああ、もうっ」

これでは屋台の串焼きから目を離せないミューリと同じではないか。自分の足を床から引き剝がすようにして、グラートの手伝いに向かおうとする。

そこに強い風が吹いて、屋敷の硝子窓を叩いた。それが自分を呼び止める音のように聞こえたのは、錯覚だったのか。

そして風で流れた厚い雲の隙間から、欠けた月が顔を覗かせた。さあっと音がするかのように硝子窓から月明かりが差し込んで、暗闇に慣れた目には眩しいくらい、白い光が部屋の中を照らしていく。

やはり蒸留器のあった場所は、不自然にぽっかりと空いている。ここには確かにあの不思議な球体があり、ノードストンはそれをわざわざ片づけたのだ。月明かりで照らされた部屋は昼間よりも陰影が濃く、床には書物の山やらを引きずった跡が明確に残っていた。

「単なる蒸留器なら、町にいくらでもあるのに……」

やはりあの不思議な文様のせいだろうか。

神への冒瀆の祈りでも刻んであったのだろうか？

そんな極端なことを考えた瞬間、息が止まった。

「神、への……」

声にならないうわ言のような呟きの向こう。

汚れた硝子窓の向こうに浮かぶ、欠けた月を見た。

月の表面のでこぼことした模様がはっきりわかり、欠けた部分は影のように滲んでいた。

その様子はまるで、球体に横から光を当てたような――。

「あっ」

その瞬間、すべてを理解した。

――異端ではないが、教会の敵だ。

その言葉と、屋敷から消えた、不思議な文様の描かれた蒸留器のような銅製の球体。

そして、西の海の果てを目指した錬金術師と、それを追いかけようとしている元領主。

錬金術師は、一体どうして、西の海の果てに大陸があると思ったのだと言っていた？

「星占い」

呟いてから、その言葉をごくりと飲み込んだ。

確証はない。

証拠はどこにもない。

けれども、毛糸球を追いかける猫のように、錬金術師は西に向かったのだという。なぜそんな当てのない旅に出ることができたのか。死に際して身を隠すという猫の習性だとヴァダンは言っていた。それくらい、普通に考えれば無謀なことなのだ。

だが、確信があったとしたらどうか。

西に向かい続けていれば、やがて東から戻ってこられるのだという確信が。

大きな銅製の球体を回し、目を細めてそこに刻まれた紋様を見つめる錬金術師の姿が見えたような気がした。

そこに刻まれていたのは、きっとミューリも見つめていた世界地図だ。

「お、お待たせいたしました」

そんな声で我に返る。振り向けば、グラートが肩で息をしながら荷物をまとめ終えていた。頭は空炊きした鍋のようで、心臓が音を立てて脈打っている。しかし、体が勝手に動いてくれた。

グラートの手には余るだろう大きな行李に縄をかけ、自分も強靭とは言えない肩に背負う。

「す、炊事場の出入り口を開けてあります」

まだ息が整わないグラートがそう教えてくれる。言われたとおり、歩を建物の奥、炊事場のほうに向ける。そこでもう一度部屋を振り向くと、月が雲に隠れたのか、もはや暗く静まり返っていた。

まるで雷鳴が見せた、一瞬の悪夢のよう。

自分はこれが現実であると確かめるため、行李の重さを乗せた足を踏み出した。

荷物を外に運び出し、アズの乗ってきた馬に載せ、なにをもたもたしていたのだと呆れた様子を見せたシャロンの先導に従って、森の中を進んでいく。

屋敷は森の中で静かにたたずんでいる。

なにも語らず、黙してそこにうずくまっている。

それはまるで冬の終わりを待つ、一頭の熊のようなのだった。

終

幕

熱を出して寝込んだ。

その間、繰り返し見た夢は、狼のミューリに引きずられてひたすら草原を走らされ、その草原がやがて壁のように立ちはだかり、ついには天と地が入れかわってしまうものだった。

自分はそのひっくり返った世界でどうすることもできず、今にもミューリの背中から落ちそうになる恐怖に震えるばかり。

息苦しさ、体の痛さ、手足が満足に動かないもどかしさに、何度も目を覚ました。

そのたびに、夢だったのかと安堵した。

それと同時に、息苦しさと体の痛さと手足の動かないもどかしさは、すべて現実でミューリにしがみつかれているからなのだと理解した。

そんなふうに幾度となく微睡みと覚醒を繰り返した三日目の朝。

ようやく熱が引いてくれた。

「旅の鉄則そのいち。体調が悪い時はきちんと言うこと」

ミューリに人差し指で、文字どおり額を指されながらそう言われた。

「びっくりしたよ！　教会の人たちと話してる最中に、目を回して倒れちゃうんだもの」

怒っているのは、それだけ心配してくれた証拠だ。

ミューリの手を取って、ぐいとその体を引き寄せて、抱きしめた。

「すみませんでした」

「へ⁉　え、あっ……う、うん……」

　自分からしがみつくのは大得意でも、こちらからやられるとたちまち戸惑うミューリは、狼の尻尾を遠慮がちに振りながら、もぞもぞと居心地悪そうにしていた。

「……」

　ミューリが腕の中でおとなしくしてくれていたのは、なにか妙な空気だと察していたからだろう。

「……悪い夢でも見たの？」

　ようやく出てきたのはそんな言葉で、ミューリの華奢な体をもう一度強く抱きしめると、解放した。

「そう、ですね」

　ベッドに寝るこちらの上に倒れ込むような形になっていたミューリは、なにか言いたげな顔を見せてから、それを擦り取るように胸に顔を押し当ててきた。

「私がいるよ」

　心強いと思ったが、笑ってしまったのは悪夢で苦しんだ八割くらいが、看病している際に眠ってしまったのか、こちらの胸の上に突っ伏していたミューリのせいだったからだ。

「ノードストン様たちの件はどうなりましたか？」

　その問いに、騎士はお休みらしいミューリがいそいそと同じ毛布の中に入りながら答えた。

「町の人たちは、ほとんど全員があのお爺さんの味方だった。そこまでは覚えてる？」

「はい」

ミューリがノードストンと共に森から出ていった後、そこで見たのはラポネルの人々が教会に反旗を翻しているところだったらしい。自分が屋敷に入る前に聞いた轟きは、町の人々が教会の人間相手に上げていたものだったのだ。

「港町のほうでも大騒ぎになっていて、教会の人たちは結局、イタンシンモンっていうのを取り下げることになった」

ステファンを交えた公式な交渉のところで、自分は高熱を出して倒れ込んだのだ。

「でも、密輸してたのは本当だってお爺さんが認めたから、ステファンだっけ？　あのいつも泣きそうな顔の人が、お爺さんの罪を問わない代わりに、領地から出ていって欲しいと頼んで、お爺さんはそれを承諾した」

司教の顔も立てなければならず、妥当な判断だろう。

「泣きそうな顔の領主様はお爺さんを追い出すって決断したんだけど、だれかがお爺さんのために山ほど麦とかなんか色々用意して、鼠さんの船に積み込んでいた。出港の時は町の人たちだけが見送ってたけど、海岸沿いにはいつまでも、船を追いかける下手な手綱捌きの馬が走ってたってさ」

ステファンは領地のことをひたすら考えていたが、恩知らずなわけではない。

秩序を守る立場の手前、町の人々のように堂々とノードストンを送り出せなかったのだろう。

「アズさんから聞いたけど、肥料のことは麦畑を管理する村の偉い人たちはみんな知ってたみたい。商売上の秘密だから、これからも秘密のままにするけれど、密輸船を使えなくなっちゃうから、これからはおとなしく羊とか豚の骨を使うって言ってた。そうすると買い集めるのにお金がかかるから、その分だけ麦の値段が上がりそうで、頭が痛いってアズさんは言ってたよ。これは金髪も同じじゃないかな」

麦を仕入れる側のエーブやハイランドにとっては、あまり良くない報せだろう。

「イレニアさんたちは？」

「鶏はさっさとラウズボーンに帰ったよ。イレニアさんは、お爺さんの屋敷から運び出された資料を読みたくて、ヴァダンさんの船に乗っていっちゃった」

「えっ、西に向かったんですか？」

驚いて聞き返すと、すっかり自堕落なおてんば娘に逆戻りのミューリが、こちらの腕にしがみつきながら大きなあくび混じりに答えた。

「お爺さんたちは、西の海に向かうお金を集めに、王都に向かうみたい。兄様に頼らないのは、お爺さんの意地だろうね」

ノードストンと共に、捕縛の手勢を蹴散らそうと森の中を走ったミューリは、楽しげにそんなことを言っている。

けれど自分は、ノードストンが自分と顔を合わせるのを避けるかのようにさっさと出港したことに、もう少し別の意味を見出していた。

「ねえ兄様」

そんなところに、ミューリがちょっと甘えるような声を出す。

「私たちも早く戻ろうよ。ラウズボーンのほうが賑やかで面白いもの」

ただ、そう言いながら、ミューリは朝寝の体勢だ。

「まあそんなわけで、このお話は……あふ。一件、落着……」

あくびを挟み、もうどこか寝言めいているミューリの言葉に、自分はノードストンの屋敷のことを思い出す。自分は元々隠しごとが得意ではないし、ミューリは狼の目と鼻を持つ少女だ。けれどあの夜のことをまだ話しておらず、ミューリがそれに気がついているふうでもないのは、自分自身、あれが悪い夢だったのではないかと思っているからだろう。

あれは自分の妄想なのだろうか。それとも、錬金術師の妄想なのだろうか。

西の海の果てにあるという、新大陸。その大陸があるとわかれば、世界に大きな軋轢を生み出している王国と教会の争いを止めるきっかけになるのではないかと思った。

けれど、あの夜の夢が現実ならば、事態はもっと深く、重い物をもたらすことになる。

「ミューリ」

その名を呼ぶと、看病で疲れていたのか、それとも自分が寝ている間に細々とした事後のことをアズと共に処理してくれていたせいなのか、うとうととしていたミューリが、耳だけぱたぱたさせて言葉の続きを待っていた。

「私が……私がまた悪夢に苛まれたら、助けてくれますか？」

ミューリがみじろぎをした、と思ったのは、笑ったせいだったらしい。

「兄様」

同じ毛布の中に入るミューリが顔を上げ、呆れたような赤い瞳がこちらを見た。

「私は兄様の騎士だって言ったでしょ？」

真っ暗な凍りつく海にだって、この銀色の狼はついてきてくれた。

ならばその言葉に、嘘なんてない。

「では、起きてステファン様に挨拶をしにいきましょう」

「へ？」

毛布を剝がして体を起こすと、ミューリが寒そうに身を縮めていた。

「ほら起きてください。ラウズボーンに帰るんでしょう？　もうとっくに日は昇っているんですよ。キーマンさんやディアナさんにもお礼の手紙を書かないといけませんし、ぐずぐずしている暇はありません」

「ずっと寝てたのは兄様でしょ⁉」

ミューリの抗議には耳を貸さず、木窓を開けて外の風を部屋に入れる。

よく晴れたラポネルの港は明るく、海は青い。

その果てになにがあるのか、きっと多くの者が夢想した。

そして世の中には、ミューリ以上の夢を見る者たちが存在するのだ。

「兄様、先にご飯食べにいこう！」

その声に振り向けば、元気なミューリが立ちはだかっている。

どんな辛い時だって、その無邪気な笑顔を見ればつい引き込まれてしまう。

あの屋敷で気がついたことは、遠からずミューリにも知らせて相談しなければなるまい。その時のことを想像すれば、ミューリはきっと、恐れおののくどころか尻尾を膨らませて大興奮だろう。もうそれだけで、三日間も高熱にうなされることになった恐怖が胸から消え去るような気がした。

「そういえば」

と、外套を手に取りながら、そんなミューリに言った。

「ノードストン様と一緒に森から出て、教会から寄こされた人たちと対峙したんですよね？あなたたちは村の人たちと争わなかったらしいですが……遠くからでもずいぶんな騒ぎに聞こえましたよ。本当に平和的だったんですか？」

「あ、その話！　聞いてよ！　もうあのお爺さんがすっごい格好よくてね!!」

嬉しそうに語るミューリは、すっかり騎士の見栄を忘れて、部屋から出る時にはこちらの手を握っていた。

「それでね。お爺さんが一喝したらね」

と語る話に耳を傾けながら、その手をずっと握り返していた。

自分は世界がひっくり返る夢を見た。

この世にはまだまだ、とんでもない秘密が隠されている。

王国と教会の争いがかすむほどの、とんでもない秘密が。

「私は兄様と大立ち回りしたかったたんだけどなあ！」

自分だけではきっと立ち向かえない。

けれどこの白い毛並みの騎士がいれば、どこにだって行けるはずだ。

「それでさ、兄様、私はやっぱり伝説の剣が欲しいんだけど！」

ミューリに笑い返し、自分は再び、外へと続く扉を開けた。

まだ見ぬなにかが待つ、広い世界なのだった。

あとがき

いつもお世話になっております。文倉です。また一年近く空いてしまいました……。

プロット上では、今回こそ簡単に書けるはず！　起承転結大スペクタクルテンタクルス！　と強い手ごたえを感じていまして、担当さんにも「九月末には書きあがりそうっすね！」とかメールを書いておりまして、なのに書きあがったのが十二月も半ばごろでした。

結局、あの悪夢の四巻以上に苦しんだかもしれません。今回もまた一度書き上げて担当様方に読んでもらい、駄目ですね☆　というニュアンスのことを遠回しに伝えられ帰宅し、担当K氏から「今回は本当につまらないですね」と言われる夢を見て夜中に飛び起きたりしました（念のため、私の見た夢です）。

青息吐息でなんとか書き上げたものを、また頭から書き直すという作業を経て、どうにかこうにか形になりました。心残りは、もっとミューリとコルのやり取りを入れたかったなあとか。とはいえ今回はミューリが思いのほか成長したように感じられ、ホロとロレンスとはまた違ったじゃれ合いの道が開けてきたような気がしました。

さて、物語としてはひとつ大きな節目になったかなと思います。『狼と香辛料』では問題が大きくなりそうなので避けていたことに、『狼と羊皮紙』では立ち向かえていけたらなと思っています。たぶん毎回話をまとめるのに非常に苦労するのは、お話の柱にそういった世界の問題と、コルとミューリの関係と、さらに毎巻ごとのネタの三種類を盛り込まねばならないから、というのが担当Ｋ氏の分析でした。鋭い……。そう言われると、『狼と香辛料』では二本柱か。それでも苦労しました。

今年はなんと作家デビュー十五周年ということもあり、もう少し刊行速度を上げられたらなと思っている次第です。

ちなみにアニメの世界に入ってキャラクターと会う！　がコンセプトのＶＲアニメ『狼と香辛料ＶＲ』の『２』が発売しております。なんとミューリも登場しており、画面の中を所狭しと駆けまわってくれています。さらには『狼と香辛料』アニメ版の第一話をホロとミューリと一緒に見るモードもあり、アニメの中に入ってアニメのキャラたちとそのアニメキャラが出ていたアニメを鑑賞（哲学）することができます。新時代のコンテンツをぜひお試しいただけたら！　『狼と香辛料ＶＲ２』で検索すれば出てくると思います。

そんなわけで今年もよろしくお願いいたします。

次はホロとロレンスのお話か、このままコルとミューリの続きかな。

支倉凍砂

◉支倉凍砂著作リスト

「狼と香辛料Ⅰ〜XXII」（電撃文庫）
「新説 狼と香辛料 狼と羊皮紙Ⅰ〜Ⅵ」（同）
「マグダラで眠れⅠ〜Ⅷ」（同）
「少女は書架の海で眠る」（同）
「WORLD END ECONOMiCA（ワールドエンドエコノミカ） Ⅰ〜Ⅲ」（同）
「DVD付き限定版 狼と香辛料 狼と金の麦穂」（電撃文庫ビジュアルノベル）

本書に対するご意見、ご感想をお寄せください。

ファンレターあて先
〒102-8177　東京都千代田区富士見2-13-3
電撃文庫編集部
「支倉凍砂先生」係
「文倉 十先生」係

本書は書き下ろしです。

電撃文庫

新説 狼と香辛料
狼と羊皮紙VI

支倉凍砂

◆◇◇

2021年３月10日　初版発行
2021年11月５日　再版発行

発行者　青柳昌行
発行　株式会社KADOKAWA
〒102-8177　東京都千代田区富士見2-13-3
0570-002-301（ナビダイヤル）
装丁者　荻窪裕司（META＋MANIERA）
印刷　株式会社KADOKAWA
製本　株式会社KADOKAWA

●お問い合わせ
https://www.kadokawa.co.jp/（「お問い合わせ」へお進みください）
※内容によっては、お答えできない場合があります。
※サポートは日本国内のみとさせていただきます。
※ Japanese text only

※定価はカバーに表示してあります。

ISBN978-4-04-913624-1　C0193　Printed in Japan

電撃文庫　https://dengekibunko.jp/

電撃文庫創刊に際して

文庫は、我が国にとどまらず、世界の書籍の流れのなかで〝小さな巨人〟としての地位を築いてきた。古今東西の名著を、廉価で手に入りやすい形で提供してきたからこそ、人は文庫を自分の師として、また青春の想い出として、語りついできたのである。

その源を、文化的にはドイツのレクラム文庫に求めるにせよ、規模の上でイギリスのペンギンブックスに求めるにせよ、いま文庫は知識人の層の多様化に従って、ますますその意義を大きくしていると言ってよい。

文庫出版の意味するものは、激動の現代のみならず将来にわたって、大きくなることはあっても、小さくなることはないだろう。

「電撃文庫」は、そのように多様化した対象に応え、歴史に耐えうる作品を収録するのはもちろん、新しい世紀を迎えるにあたって、既成の枠をこえる新鮮で強烈なアイ・オープナーたりたい。

その特異さ故に、この存在は、かつて文庫がはじめて出版世界に登場したときと、同じ戸惑いを読書人に与えるかもしれない。

しかし、〈Changing Times,Changing Publishing〉時代は変わって、出版も変わる。時を重ねるなかで、精神の糧として、心の一隅を占めるものとして、次なる文化の担い手の若者たちに確かな評価を得られると信じて、ここに「電撃文庫」を出版する。

1993年6月10日
角川歴彦